I0641843

MEMOIRES

POUR SERVIR

A L'HISTOIRE

DES

HOMMES

ILLUSTRES.

TOME XVII.

Le Public est averti que le R. P. Niceron recevra les Remarques sur les Tomes XI. & suivans, pour les employer dans le XXe. Vol. qui doit paroître à la fin de cette année 1732. *On peut remettre chez le Libraire, où cet Ouvrage se debite, ce qu'on aura à faire tenir au R. P. Niceron.*

Nota. Ce Volume qui est marqué Tome XVII. se trouve être le XVIIIe. à cause de la seconde Partie du Xe. Volume qui a été donné sur la fin de l'année précedente & qui tient lieu d'un Volume.

MEMOIRES

POUR SERVIR
A L'HISTOIRE
DES
HOMMES
ILLUSTRES
DANS LA REPUBLIQUE DES LETTRES.
AVEC
UN CATALOGUE RAISONNÉ
de leurs Ouvrages.
TOME XVII.

A PARIS,
Chez **BRIASSON**, Libraire, ruë S. Jacques,
à la Science.

M. DCC. XXXII.
Avec Approbation & Privilege du Roy.

TABLE ALPHABÉTIQUE
des Auteurs.

Fin de la Table Alphabetique.

LIVRES NOUVEAUX.

LES Memoires de M. *Michel de Castelnau*, nouvelle Edition, 3. vol. *in-fol. Brusselles* 1732. On délivre les deux premiers Volumes, le troisiéme paroîtra dans le courant de l'année.

De l'Etat des Morts & des Ressuscitans, par M. *Burnet*, trad. du Latin en François à *Roterdam*.

Le même Livre en Latin, *in-8°. Roterodami* 1729.

Th. Burnetius de fide & officiis Christianorum, *in-8°. Londini*.

Les Voyages de M. de *la Mottraye* en Prusse, en Pologne & autres parties de l'Europe, &c. *in-fol. la Haye* 1731. avec figures.

La Theologie Physique, par M. *Derham*, nouvelle Edition *in-8° Roterd.* 1732.

Zodiaque de la Vie, trad. du Latin de *Pallingene*, *in-12. la Haye* 1731.

Les Oeuvres de Poësie de M. le Baron de *Walef*, *in-8°. Liege* 1730.

Recüeil de Chansons avec les Airs nottez, *in-12. 5. Vol. la Haye* 1732.

Histoire de la Medecine, par *Daniel le Clerc*, continuée in-4°. *la Haye* 1730.

Les Memoires pour servir à l'Histoire du XVIII. siécle, par M. *Lambert* in-4°. Tomes 9. & 10. *la Haye* 1732. fig.

On trouve encore dans la même Boutique le corps complet de cet Ouvrage.

Musschenbroeck *Tentamina experimentorum Physicorum*, in-4°. *Lugd. Bat.* fig. 1732.

Le Christianisme raisonnable, trad. de l'Anglois de M. *Locke*, avec la Religion des Dames, &c. in-8°. 2. Vol. *Amsterd.* 1730.

Thucydidis Opera omnia Græce & Latine cum notis & variantibus, in-fol. *Amsterd.* 1732.

La Bibliotheque raisonnée, in-8°. 6. Vol. en douze Parties, *Amsterd.* 1728. & 1731.

On trouve chez le même Libraire un Catalogue de Livres François & Latins, qu'il vient de recevoir tout nouvellement des Pais étrangers.

MEMOIRES
POUR SERVIR
A L'HISTOIRE
DES
HOMMES
ILLUSTRES
DANS LA RE'PUBLIQUE
des Lettres.

Avec un Catalogue raisonné
de leurs Ouvrages.

HENRI-CORNEILLE
AGRIPPA.

ENRI - CORNEILLE   H. C.
Agrippa naquit à *Cologne* AGRIPPA
le 14. Septembre 1486.
d'une famille Noble &
ancienne, dont le nom
étoit de *Nettesheim.* (*a*)

(*a*) *Teiſſier* n'a pas compris ce que *Mel-*

Tome *XVII.*   A

H. C. Les heureuſes diſpoſitions qu'il
Agrippa eut pour les ſciences, l'y firent avancer avec beaucoup de rapidité ; il
voulut les parcourir toutes, & il fit
dans chacune de grands progrès,
malgré les diſtractions que lui cauſerent les differens emplois dont il fut
chargé.

Voulant marcher ſur les traces de
ſes ancêtres, qui depuis pluſieurs
generations avoient rempli des Charges auprès des Princes de la maiſon
d'Autriche, il entra de fort bonne
heure au ſervice de l'Empereur *Maxi-*
milien I. Il eut d'abord un emploi de
Secretaire ; mais il le quitta au bout
de quelque-temps, pour prendre le
parti des Armes, & ſervit ſept ans
dans l'Armée de ce Prince en Italie,
apparemment à differentes repriſes.
Car il ſeroit difficile d'accorder autrement ce fait, avec les autres dates de
ſa Vie.

Mbior Adam a rapporté ſur ce ſujet, lorſqu'il a dit dans ſes *Additions aux Eloges*
de M. de Thou, qu'*Agrippa* étoit natif de
Nettesheim, dans le Païs de *Cologne* ; faute
qu'il a retranchée depuis. *Thevet* eſt tombé
dans une plus lourde, en le faiſant naître le
13. Septembre dans la Ville de *Neſtre.*

Il fe fignala en plufieurs occafions,   C. H. & obtint en récompenfe de fes belles Agrippa actions, le titre de Chevalier. Mais non content de ces honneurs Militaires, il voulut y joindre les honneurs Academiques, & fe fit recevoir Docteur en Droit & en Médecine.

On ne peut nier que ce ne fût un grand efprit, & qu'il n'eût acquis un grand nombre de connoiffances ; mais fa trop grande curiofité, fa plume trop libre, & fon humeur inconftante, le rendirent malheureux. Il changeoit continuellement de lieu, & fe faifoit par tout des affaires.

Il fit un voyage en France avant l'année 1507. comme il paroît par fes Lettres ; il paffa en Efpagne en 1508. & en 1509. il étoit à *Dole*, où il fit des leçons publiques, & expliqua, à la priere de quelques perfonnes de qualité, le Livre de *Reuchlin*, *de Verbo Mirifico*. Il le fit avec tant de fuccès qu'il fut affocié aux Profeffeurs de Theologie de cette Ville. Mais la matiere qu'il avoit traitée déplut aux Moines qui haiffoient *Reuchlin*, & il fut attaqué fur ce fujet par

A ij

H. C. un Cordelier nommé *Catilinet*, com-
AGRIPPA me je le dirai plus bas,

Pour mieux s'infinuer dans les
bonnes graces de *Marguerite d'Autriche*, Gouvernante des Païs-Bas, il
compofa alors fon Traité de l'excellence du fexe feminin ; mais les tra-
verfes que les Moines lui fufciterent,
l'empêcherent de le publier. Il fut
même obligé de quitter la partie, &
fe retira en Angleterre, où il travailla
fur les Epîtres de S. Paul, quoiqu'il
eût à y négocier une affaire très-fecré-
te, comme il nous l'apprend lui-
même.

Etant retourné à *Cologne*, il y fit
des leçons publiques de Theologie
fur les queftions qu'on nomme *Quod-
libetales.*

Laffé de ces emplois, il reprit les
armes, & alla joindre en Italie l'Armée de l'Empereur *Maximilien*, où
il demeura jufqu'à ce que le Cardinal
de *Sainte-Croix* l'appella à *Pife*, pour
être Theologien du Concile qui s'y
tenoit ; mais la ceffation de ce Concile ne lui permit point de remplir les
fonctions de cette Charge.

Il enfeigna depuis publiquement

là Theologie à *Turin*, & à *Pavie*, où   H. C.
il fit des leçons fur *Mercure Trifme-* AGRIPPA
gifte l'an 1515. Sa fortie de cette Ville,
arrivée la même année, ou la fuivante, tint plus de la fuite que de la
retraite.

Il paroît par fes Lettres que fes
amis travaillerent alors en divers
lieux à lui procurer quelque établiffement honorable, ou à *Grenoble*,
ou à *Geneve*, ou à *Avignon*, ou à
Mets. Il préfera le parti qui lui fut
offert dans cette derniere Ville, &
il y exerçoit en 1518. l'emploi de
Syndic, d'Avocat, & d'Orateur de
la Ville. Mais les perfecutions que
les Moines lui fufciterent, tant par
ce qu'il avoit réfuté l'opinion, commune en ce temps-là, des trois Maris
de Sainte *Anne*, que parce qu'il avoit
protegé une Païfane accufée de for-
cellerie, lui firent abandonner *Mets*
l'an 1520. pour fe retirer dans fa
Patrie.

Il y a de l'apparence qu'il n'y fut
pas mieux traité, puifqu'il en fortit
dès l'an 1521. pour aller à *Geneve*. Il
efperoit avoir une penfion du Duc de
Savoye, & il paroît par les plaintes

H. C. qu'il fait de n'avoir pas le moyen de
AGRIPPA faire un voyage à *Chamberi*, pour la
solliciter lui-même, qu'il en avoit
un grand besoin. Mais voyant que
cette espérance n'aboutissoit à rien,
il sortit de *Geneve* où il avoit été reçu
Bourgeois *Gratis* le 11. Juillet 1522.
comme il paroît par les Registres du
Conseil de cette Ville, citez par M.
le Clerc dans son *Histoire de la Medecine*, p. 818. & il alla en 1523. à
Fribourg en Suisse, pour y pratiquer
la Médecine, comme il avoit fait à
Geneve.

L'année suivante il passa à *Lyon*, &
obtint une pension de *François I.*
Il entra chez la mere de ce Prince en
qualité de Médecin ; mais il n'y fit
point fortune, & ne suivit pas même
cette Princesse, lorsqu'elle partit de
Lyon au mois d'Août 1525. pour aller mener sa fille sur les Frontieres
d'Espagne. On le laissa se morfondre
à *Lyon*, & implorer vainement le crédit de ses amis, pour le payement de
ses gages.

Avant que de les toucher, il eut
le chagrin d'être averti, qu'on l'avoit
rayé de dessus l'Etat de la maison de

cette Princeſſe. La cauſe de ſa diſ- H. C.
grace fut qu'ayant reçu ordre de ſa AGRIPPA
Maîtreſſe de chercher par les régles
de l'Aſtrologie le cours que devoient
avoir les affaires de France, il deſa-
prouva trop librement qu'elle voulût
l'appliquer à ces vaines curioſitez,
au lieu de ſe ſervir de lui dans des
choſes plus importantes. La Princeſſe
prit en mauvaiſe part cette leçon ;
mais elle fut encore plus irritée, lorſqu'elle ſçut, qu'*Agrippa* promettoit,
ſuivant ſon Aſtrologie, de nouveaux
triomphes au Connetable de *Bourbon*.

En effet *Agrippa* qui étoit en relation avec ce Connetable, l'aſſûra
lorſqu'il alloit à *Rome*, que les murailles de cette Ville tomberoient à
ſes premieres attaques, & qu'il y ac-
quereroit beaucoup de gloire. Mais
il oublia le principal, c'eſt que ce
Prince y ſeroit tué.

Agrippa ſe voyant caſſé, murmura,
menaça, écrivit, & dit tout ce que
ſon humeur mal endurante lui ſug-
gera. Il déclara qu'il alloit faire des
Livres où il découvriroit tous les défauts des Courtiſans qui étoient
cauſe de ſa diſgrace ; il s'emporta

H. C. même jufqu'à dire qu'il tiendroit de-
 formais la Princeffe, dont il avoit été
Confeiller & Médecin, pour une
cruelle & perfide *Jefabel*; il fit entendre qu'il pourroit fe porter à faire
quelque méchant coup. Que n'au-
roit-il point fait dans une telle colere,
& dans un tel defir de vengeance,
s'il avoit eu autant de crédit auprès
des Démons, qu'on a voulu le perfuader? Mais il ne paroît point que
fes menaces ayent produit aucun
effet.

Au refte dans la néceffité où il fe
trouva de fonger à un nouvel établiffement, il jetta les yeux fur les Païs-
Bas, & ayant obtenu à *Paris*, après
une infinité de délais, le paffeport
qui lui étoit néceffaire, il fe rendit à
Anvers au mois de Juillet 1528. Une
des caufes de ces délais fut la brufque-
rie du Duc de *Vendôme*, qui au lieu
de figner fon paffeport, le déchira,
en difant qu'il ne vouloit pas figner
pour un Devin.

L'année fuivante 1529. *Agrippa* fe
vit appellé en même temps par
Henri VIII. Roy d'Angleterre; par
Gattinara, Chancelier de l'Empereur

A GRIPPA

Charles-Quint ; par un Marquis Ita-   H. C.
lien, & par *Marguerite d'Autriche*, AGRIPPA
Gouvernante des Païs-Bas.

Il choifit ce dernier parti, & accepta la Charge d'Hiftoriographe de
l'Empereur, que cette Princeffe lui
fjt donner. Pour répondre à cet honneur, il commença par publier l'Hiftoire du Couronnement de ce Prince,
& fit peu de temps après l'Oraifon
funébre de la Princeffe *Marguerite*,
qui mourut le 1. Decembre 1532. Il
fçut quelque-temps après, qu'on
avoit prévenu cette Princeffe contre
lui, & que fi elle eût vécu plus long-
temps, il eût été en danger de fa vie.
On lui rendit de même de mauvais
offices auprès de l'Empereur.

Le Traité *de la Vanité des Sciences*
qu'il fit imprimer à *Anvers* l'an 1530.
irrita extrêmement fes ennemis. Celui qu'il publia bien-tôt après touchant *la Philofophie Occulte*, leur
fournit de nouveaux motifs de fou-
lever tout le monde contre lui. Le
Cardinal *Campegge*, Legat du Pape,
& le Cardinal de *la Marck*, Evêque de
Liege, s'employerent en fa faveur ;
mais ils ne purent lui faire rien tou-

H. C. cher de sa pension d'Historiographe,
AGRIPPA ni empêcher qu'il ne fût mis, à la
poursuite de ses créanciers, dans les
Prisons de *Bruxelles* l'an 1531. Leur
crédit l'en fit cependant sortir peu de
temps après.

Il alla l'année suivante voir l'Archevêque de *Cologne*, à qui il avoit
dédié sa Philosophie Occulte, &
dont il avoit reçu une Lettre pleine
d'honnêtetez. Il ne devoit demeurer
auprès de lui que peu de tems; mais
la crainte de ses créanciers l'obligea à
y faire quelque séjour. Il se tint donc
à *Bonn* jusqu'en 1535. qu'il eut envie
de retourner à *Lyon*. Ce voyage ne
fut pas heureux; car il fut emprisonné
en France, pour certaine chose qu'il
avoit écrite contre la Mere de *François I*. mais on l'élargit à la priere de
quelques personnes. Il se retira aussi-
tôt après à *Grenoble*, où il mourut
la même année 1535. âgé de 49. ans.
Quelques-uns veulent qu'il mourut
à l'Hôpital; mais selon *Gabriel Naudé*, ce fut chez le Receveur General
de la Province du Dauphiné, & selon *Gui Allard*, dans une maison qui
étoit alors au Président *Vachon*.

Il a été marié trois fois. Il épouſa H. C.
ſa premiere femme en 1509. âgé de Agrippa
23. ans; elle ſe nommoit *Louiſe Tyſſie*,
ſelon *Thevet*, qui ne connoiſſoit que
celle-là, & ne lui en donne point
d'autres. Il en fut fort content, & il
la repreſente dans ſa 49e. Lettre du
2e. Livre, douée de tout ce qu'il
pouvoit ſouhaiter, belle, jeune,
vertueuſe, d'une famille Noble, &
d'une complaiſance qui ne ſe démen-
toit jamais. Il la perdit en 1521. &
voulut, je ne ſçai pourquoi, qu'elle
fût enterrée à *Mets*, quoiqu'il n'y
demeurât plus. Il ne paroît pas qu'il
en ait eu plus d'un fils.

Il ſe remaria à *Geneve* l'an 1522. &
il ne ſe loüe pas moins de ſa ſeconde
femme, que de la premiere. Il en eut
pluſieurs enfans, & elle mourut à
Anvers au mois d'Août 1529. âgée de
27. ans.

Il ne parle point dans ſes Lettres
de ſon troiſiéme Mariage. Mais *Jean
Wier*, qui avoit été ſon domeſtique,
le ſuppoſe dans ſon Livre *de Magis*,
ch. 5, p. 111. lorſqu'il dit qu'*Agrippa*
étant à *Bonn* en 1535. y répudia ſa
femme.

H. C.   *Agrippa* avoit beaucoup d'esprit &
AGRIPPA d'érudition ; il sçavoit huit Langues,
dont il n'y avoit que deux , qu'il ne
possedât pas parfaitement. » Il écri-
» voit bien & composoit des Pieces
» assez justes ; mais il étoit trop grand
» déclamateur , trop satyrique , trop
» emporté , trop libre & trop hardi.
» Il ne réflechissoit pas assez à ce qu'il
» écrivoit, & le jugement n'étoit pas
» ce en quoi il excelloit le plus. Sem-
» blable à ces Déclamateurs anciens ,
» il ne faisoit pas attention à la soli-
» dité de ses raisonnemens , mais
» seulement à l'impression qu'ils pou-
» voient faire. Le vraisemblable lui
» suffisoit , & il se mettoit peu en
» peine de la certitude. « C'est le
jugement que M. *du Pin* porte de cet
Auteur.

Voici une Piece qui a été faite sur
lui , & qui exprime assez son caractere.

Inter Divos , nullos non carpit Momus.
Inter Heroas , monstra quæque insectatur
    Hercules.
Inter Dæmones , Rex Erebi Pluto irasci-
    tur omnibus umbris.

Inter Philoſophos, ridet omnia Democri-
tus.

Contrà deflet cuncta Heraclitus.

Neſcit quæque Pyrrhon.

Et ſcire ſe putat omnia Ariſtoteles.

Contemnit cuncta Diogenes.

Nullis hic parcit Agrippa : contemnit,
Scit, neſcit, deflet, ridet, iraſcitur, in-
ſectatur, carpit omnia.

Ipſe Philoſophus, Dæmon, Heros, &
omnia.

Quelques Auteurs ont accuſé
Agrippa de magie , & en ont publié
des Hiſtoires qui n'ont aucune vrai-
ſemblance. *Paul Jove*, qui eſt le premier Auteur de cette calomnie, rapporte qu'il menoit toûjours avec lui
un Diable, ſous la figure d'un Chien
noir ; & qu'étant près de mourir,
comme on l'exhortoit à ſe repentir de
ſes pechez, il ôta au Chien un collier
garni de clous, qui formoient des
Inſcriptions nécromantiques, & lui
dit : Va-t-en, malheureuſe bête, qui
es la cauſe de m'a perte ; & que ce
Chien alla auſſi-tôt ſe précipiter dans
la Saone, ſans qu'on l'ait vû depuis.
Mais c'eſt un conte fait à plaiſir.

H. C.
AGRIPPA

Agrippa n'est pas mort à *Lyon* dans un méchant Cabaret, où *Paul Jove* suppose que cette histoire est arrivée. D'ailleurs *Jean Wier*, son domestique, témoigne que ce Chien noir étoit un vrai Chien, qu'il avoit souvent mené avec un cordon de crin, qu'*Agrippa* aimoit beaucoup, qu'il baisoit souvent, & souffroit quelquefois dans son lit; & qui, pendant que lui *Wier* & *Agrippa* étudioient ensemble sur la même table, se tenoit toûjours couché entr'eux deux sur un tas de papiers. *Delrio* dans ses Disquisitions magiques, rapporte quelques autres faits semblables, qui ne sont pas plus vrais. Il dit entre autres, qu'*Agrippa* en voyageant payoit dans les Hôtelleries en Monnoye, qui paroissoit très-bonne; mais qu'au bout de quelques jours on s'appercevoit qu'il n'avoit donné que des morceaux de corne ou de coquilles. S'il avoit eu ce secret, il ne se seroit pas plaint, comme on l'a vû ci-dessus, qu'il n'avoit pas dequoi faire le voyage de *Chambery*.

　　La passion qu'*Agrippa* avoit pour les sciences occultes, les apparitions,

& les visions ridicules qu'il rapporte,   H. C.
& plus que tout cela encore, l'attache- AGRIPPA
ment qu'il avoit à la Cabale Judaïque,
ont donné occasion à cette accusa-
tion de magie qu'on lui a intentée,
& sur laquelle *Gabriel Naudé* l'a fort
bien justifié.

D'autres ont mis en question, si
Agrippa étoit Lutherien, ou Catholique Romain; & *Sixte de Sienne* &
Martin Delrio, ont soûtenu qu'il
étoit Lutherien; apparemment dans
la persuasion qu'un homme qu'ils
croyoient magicien, ne pouvoit faire
que du deshonneur à la Religion
Catholique. Mais il est sûr qu'il a
toûjours vécu dans la Communion
de l'Eglise Romaine. Il traite *Luther*
d'Hercsiarche dans le 6e. Chapitre du
Traité de *la Vanité des Sciences*, où il
parle ainsi: *Qui sunt Duces Germani-*
carum Hæresum, quæ ab uno Luthero
suscepto exordio, hodie tam multæ sunt,
ut ferè singulæ Civitates suam pecul ia-
rem habeant hæresim? Il proteste à
Erasme, en lui envoyant sa Déclamation sur *la Vanité des Sciences*, qu'il
n'avoit point d'autres sentimens que
ceux de l'Eglise Catholique; & dans

H. C. la dédicace de l'apologie de cette dé-
AGRIPPA clamation, il témoigne au Legat du
Pape, le Cardinal *Campegge*, qu'il
souhaitoit que Dieu purgeât son
Eglise des heretiques. Il est vrai qu'il
s'est beaucoup menagé dans ses Lettres à l'égard de *Luther*; qu'il le loüe
en quelques endroits, & paroît en
d'autres, favorable à son parti. Son
inconstance naturelle, & les persé-
cutions qu'il a eu à soûtenir, ont
peut-être été cause de ces variations;
mais il n'est pas moins certain qu'il a
vécu & est mort dans la Communion
de l'Eglise Romaine, & qu'il n'a
point soûtenu dans ses Ecrits les erreurs de *Luther*, quoiqu'il en ait
avancé d'autres, qui lui sont particulieres. Ce qu'on lit dans la 82e. Lettre de 3e. Livre de celles qu'on a sous
son nom, ne doit point faire soupçonner le contraire; car quoiqu'on
ait mis au titre : *Agrippa ad amicum*,
il est facile de reconnoître qu'elle
n'est point de lui. Celui qui l'a écrite
marque que sa femme étoit accouchée
d'un fils le 29. Novembre 1525. or la
femme d'*Agrippa* ne peut être celle
dont il est parlé là, puisqu'elle étoit
accouchée

accouchée d'un fils au mois de Juillet   H. C.
précedent, comme il paroît par la   AGRIPPA
76e. Lettre du 3e. Livre, où l'on apprend que le Cardinal de Lorraine
fut parrain de l'enfant. D'ailleurs
Agrippa n'étoit point à *Strasbourg*,
mais à *Lyon*, au temps que cette Lettre fut écrite de *Strasbourg*; c'eſt-à-
dire le 31. Decembre 1525.

    J'ajoûterai que l'eſprit de curioſité,
qui animoit *Agrippa*, le porta à chercher la Pierre Philoſophale. Il y travailla de fort bonne heure, & avec
beaucoup de confiance, ſans cependant rien trouver. On voit par la
Lettre 4e. du 1. Livre, que dès l'an
1508. on l'avoit vanté à quelques
Princes comme un excellent ſujet
pour le grand œuvre ; ce qui avoit
mis quelquefois en riſque ſa liberté.
Mais malgré la réputation qu'il avoit
en cette matiere, il n'avoit encore
fait aucune découverte en 1526. Il eſt
vrai qu'il témoigne dans une Lettre
du 21. Octobre de cette année, qu'il
travailloit à une opération dont il eſ-
peroit voir bien-tôt les fruits, & il
s'en felicite par avance : mais toutes
ſes eſperances n'aboutirent à rien, &

Tome XVII.   B

H. C. l'état de pauvreté dans lequel il fut AGRIPPA toute sa vie, fait voir qu'il n'en sçavoit pas plus qu'un autre en ce genre.

Catalogue de ses Ouvrages.

1. *De incertitudine & Vanitate Scientiarum atque Artium Declamatio. Antuerpiæ* 1530. *in-*8°. It. *Coloniæ* 1531. *in-*8°. It. *Parif.* 1531. *in-*8°. Cet Ouvrage qui a été imprimé plusieurs autres fois depuis, est une Déclamation semblable à celle des anciens Rheteurs, dans laquelle *Agrippa* entreprend de prouver ce paradoxe, qu'il n'y a rien de plus pernicieux & de plus dangereux pour la vie des hommes & pour le salut de leur ame, que les Sciences & les Arts. Pour le montrer, il parcourt toutes ces Sciences & ces Arts; rapporte ce que chacun a de faux, d'incertain & de dangereux, & découvre le mauvais usage qu'on en fait, ou qu'on en peut faire. On peut dire que son Livre est un prodige d'érudition. Dès qu'il eut paru, les Docteurs de *Louvain* y trouverent bien des choses qu'ils crurent dignes de censure, & firent un Recueil des propositions qu'ils y desaprouvoient, qu'ils défererent à l'Em-

pereur. Ce Prince le donna à examiner   H. C.
à ſon Conſeil privé, qui renvoya la   Agrippa
connoiſſance de cette affaire au Grand
Conſeil de *Malines.* *Agrippa* aſſûre
dans ſes défenſes, que quoique ces
propoſitions fuſſent entre les mains
de tout le monde, il y avoit déja un
an que cette affaire étoit pendante an
Conſeil de *Malines,* avant qu'il en
eût entendu parler. Dès qu'il l'eut
appris, il demanda qu'on lui donnât
copie des propoſitions qu'on reprenoit dans ſon Ouvrage, afin qu'il
pût apprendre ce qu'il devoit expli-
quer, corriger, ou rétracter; décla-
rant qu'il étoit prêt de le faire avec
toute l'humilité & la ſoumiſſion poſ-
ſible. On lui en donna effectivement
une copie le 15. Novembre 1531.
mais on lui fit dire en même-temps
que l'Empereur vouloit abſolument
qu'il les rétractât.

Agrippa perſuadé qu'on avoit mal
pris, ou mal rapporté ſes ſentimens,
ne crut pas devoir obéir à cet ordre,
qui lui avoit été donné ſans qu'il eût
été entendu; & il prit le parti de faire
une plainte contre la maniere dont on
en uſoit envers lui, & de compoſer

H. C. une Réponse à la censure des Doc-
Agrippa teurs de *Louvain*. Ces deux Pieces se
trouvent dans le Recuëil de ses Oeuvres. La Déclamation d'*Agrippa* a
été traduire en François par *Louis
Turquet*, Lyonnois, sous ce titre :
*Déclamation sur l'incertitude, vanité &
abus des sciences, traduite en François
du Latin de Corn. Agrippa, par L. T.
Oeuvre, qui apporte merveilleux con-
tentement à ceux qui fréquentent les
Cours des grands Seigneurs, & qui
veulent apprendre à discourir d'une infinité de choses contre la commune opinion.*
Jean Durand, 1582. in-8°. On en a
une autre traduction plus récente,
faite par *Gueudeville*, comme on le
verra plus bas.

2. *De Occulta Philosophia Liber.*
Agrippa fit cet Ouvrage dans sa premiere jeunesse, & le montra à l'Abbé
Tritheme, dont il avoit appris bien
des choses. *Tritheme* en fut charmé,
comme il paroît par la Lettre qu'il lui
écrivit le 8. Avril 1510. mais il lui
conseilla de ne le communiquer qu'à
des personnes affidées. On ne sçait si
l'Auteur le communiqua à trop de
gens, ou si les premiers qui en eurent

une copie manquerent de diſcrétion ;
ce qu'il y a de ſûr, c'eſt qu'il en courut par toute l'Europe diverſes copies
manuſcrites, défectueuſes pour la plûpart, comme c'eſt l'ordinaire. *Agrippa*
ayant appris qu'on ſongeoit à imprimer ſon Ouvrage ſur ces copies, ſe
détermina à le publier lui-même avec
les additions & les changemens qu'il
y avoit faits, depuis qu'il l'avoit
montré à l'Abbé *Tritheme*. Il le fit
approuver par des Docteurs en Theologie, & par des perſonnes que le
Conſeil de l'Empereur commit pour
cela. Sur ces approbations il obtint
un Privilege de ce Prince, fit imprimer ſon Livre à *Anvers*, & le dédia
à l'Electeur de *Cologne*. Son Epître
dédicatoire eſt datée de *Malines* au
mois de Janvier 1531. & c'eſt la 13e.
du 6e. Livre de ſes Lettres. Ce livre
parut en 1531. *in-*8°. & fut réimprimé d'abord à *Paris*. Ces deux éditions ſe vendirent ſans nul obſtacle,
& l'Auteur fit travailler à une troifiéme à *Cologne*. Le P. *Conrad d'Ul-
me*, Inquiſiteur de la Foy, l'ayant
ſçu, en fit arrêter l'impreſſion ; mais
la vigoureuſe Requête d'*Agrippa*

H. C. aux Magistrats, eut sans doute son
AGRIPPA effet, puisqu'on a une édition de la
Philosophie Occulte, faite à *Cologne* en
1533. *in-fol.* Celle-ci contient trois
Livres, au lieu que les précedentes
ne contenoient que le premier. On y
joignit après la mort d'*Agrippa* un
quatriéme Livre, mais qui n'est point
de lui:

3. *In Artem brevem Raymundi Lullii
Commentaria. Coloniæ* 1533. *in-8°.* It.
Coloniæ 1568. *in-8°.* Ouvrage aussi
peu interessant que le précedent,
mais moins dangereux.

4. *Orationes Decem. Historiola de
Duplici Coronatione Caroli V. Cæsaris
apud Bononiam. Ejusdem (Agrippæ)
& aliorum Doctorum virorum Epigrammata. Coloniæ* 1535. *in-8°.* Les dix
Discours contenus dans ce Recueil
sont les suivans. I. *In Prælectionem
Convivii Platonis in Ticinensi Gymna-
sio, Amoris laudem continens.* II. *In
Prælectionem Hermetis Trismegisti, de
Potestate & sapientia Dei, Oratio habita
Papiæ, anno* 1515. III. *Pro quodam
Doctorando.* IV. *Ad Metensium Domi-
nos, dum in illorum Advocatum, Syn-
dicum & Oratorem acceptaretur.* V. *Ad*

Senatum Lucenburgiorum pro Dominis **H. C.**
fuis Metenfibus habita. VI. In Saluta- **AGRIPPA**
tione cujufdam Principis & Epifcopi
pro Metenfibus fcripta. VII. In Salu-
tatione cujufdam Magnifici Viri pro
Dominis Metenfibus fcripta. VIII. Per
quemdam affinem fuum Carmelitanum
facræTheologiæBaccalaureum formatum,
in acceptione Regentiæ, Parifiis habita.
IX. Pro filio Chriftierni, Daniæ Regis,
habita in adventu Cæfaris. X. In funere
Divæ Margaretæ Auftriacorum & Bur-
gundiorum Principis.

5. Les Oeuvres d'*Agrippa* ont été
imprimées plufieurs fois à *Lyon, apud*
Beringos fratris, in-8°. en deux ou
en trois Volumes fans date. Je vais
marquer ici en détail ce qui y eft contenu, en fuivant l'Edition en deux
Volumes que j'ai devant les yeux.

Dans le premier font les Ouvrages
fuivant.

De Occulta Philofophia, Libri tres.

Geomantica difciplina. C'eft comme
un Supplément aux Livres précedens.

Liber de Ceremoniis Magicis. Wier
prétend que cet Ouvrage, dont on
fait le quatriéme de celui *De Occulta*

H. C. *Philosophia*, n'a pas été composé par
AGRIPPA *Agrippa*; qu'on lui fait même tort de
le lui attribuer , & que ce n'est qu'un
ramas confus d'impertinences &
d'impiétez. On a mis à la suite dix
autres petits Ouvrages de differens
Auteurs, qui traitent de la magie , &
dont il est inutile de parler ici.

Le second Volume contient :

De Incertitudine & Vanitate Scientiarum , atque Artium , Declamatio , p. 1.

Crenius dans ses *Animadversions Philologiques* , a découvert qu'on a retranché dans les éditions de *Lyon* un passage dans le Ch. 64. *de Lenonia ,* qui ne se trouve que dans les plus anciennes. On peut le voir dans le Dictionnaire de *Bayle* à l'article d'*Agrippa. L. X.*

Apologia pro defensione Declamationis de Vanitate Scientiarum contra Theologistas Lovanienses , p. 257.

In Artem brevem Raymundi Lullii Commentaria , p. 333.

Querela super Calumnia ob editam Declamationem de Vanitate Scientiarum , p. 437.

Tabula abbreviata Commentariorum

in

in Artem brevem Raimundi Lullii, p.   H. C.
460. Cette Table avoit été imprimée AGRIPPA
à la fuite du Commentaire dans l'E-
dition citée au *N°.* 3.

*Liber de triplici ratione cognofcendi
Deum*, p. 480. Les trois moyens de
connoître Dieu, dont il s'agit, ici,
font les Créatures, la Loy, & l'E-
vangile.

Dehortatio Gentilis Theologiæ, pag.
502.

*Expoftulatio fuper expofitione fua in
librum de Verbo Mirifico cum Joanne
Catilineto Fratrum Francifcanorum per
Burgundiam Provinciali Miniftro.* Ce
Cordelier ayant accufé *Agrippa* d'être
un herétique Judaifant, parce qu'il
avoit introduit dans l'Ecole la Cabale
des Juifs, qu'il croyoit un art très-
méchant & juftement condamné;
Agrippa fit contre lui cette plainte,
dans laquelle il fe juftifie du reproche
que ce Cordelier lui faifoit, & montre qu'il n'eft fondé que fur ce qu'il
ne fçavoit pas ce que c'étoit que la
Cabale, qu'il attaquoit.

*Declamatio de Nobilitate & præcel-
lentia fœminei fexus*, p. 318. *Agrippa*
fe plaifoit à faire voir fon efprit, en

Tome XVII.   C

H. C. soûtenant des Paradoxes dans des
Agrippa Déclamations faites à l'imitation de
celles des anciens Rheteurs. Celle-ci
qu'il a composé sur l'excellence des
Femmes, au-deſſus des Hommes, eſt
de ce genre ; elle eſt en effet pleine
d'eſprit & d'érudition ; il l'entreprit,
comme je l'ai déja dit, pour s'inſinuer
par-là dans les bonnes graces de
Marguerite d'Autriche. On en a trois
traductions Françoiſes, l'une ancienne
intitulée : *Traité de l'excellence de la
Femme, fait en François du Latin de
Henri Corneille Agrippa, par Loys
Vivant, Angevin. Paris, Jean Poupy,
1578. in-16.* L'autre nouvelle ſous ce
titre : *De la grandeur & de l'excellence
des Femmes au-deſſus des Hommes :
Ouvrage compoſé en Latin par H. C.
Agrippa, & traduit en François avec
des Notes curieuſes, & la Vie d'Agrippa.
Paris 1713. in-12. pp. 124.* La troiſiéme encore plus nouvelle intitulée ;
*Henri Corneille Agrippa ſur la Nobleſſe
& excellence du ſexe feminin, de ſa
préeminence ſur l'autre ſexe, & du
Sacrement de Mariage ; avec le Traité
ſur l'incertitude auſſi bien que la Vanité
des Sciences & des Arts ; par M. de*

Gueudeville. Leyde 1726. *in-* 12. 3. H. C.
tomes. Il a été aussi traduit en An- AGRIPPA
glois par *H. Care*, & imprimé en
cette Langue à *Londres*, en 1670.
*in-*8°.

De Sacramento Matrimonii, p. 543.
Ce Traité est fort bon & conforme à
la Doctrine de l'Eglise Catholique,
à l'exception cependant de ce qu'il
semble dire que le Mariage peut être
dissous en cas d'adultere. Proposition
sur laquelle il se défendit aussi-bien
que sur quelques autres choses moins
considérables qu'on y reprenoit, dans
la septiéme Lettre du troisiéme Livre.

*De Originali peccato disputabilis
opinionis Declamatio*, p. 553. Il y prétend que le peché d'*Adam* n'a été
autre chose que le commerce charnel
qu'il eut avec *Eve*. C'est une de ses
opinions singulieres.

Sermo de Vita Monastica, p. 565.
Agrippa composa ce Discours pour
l'Abbé de *Browiler*, qui le récita ; il
y traite son sujet d'une maniere fort
noble.

*Sermo de inventione Reliquiarum B.
Antonii Heremitæ*, pro quodam venera-
bili ejus Ordinis Religioso, p. 573.

C ij

H. C.   *Contra Pestem Antidota securissima*,
AGRIPPA p. 578. Cet Ouvrage a été aussi imprimé *cum Anonymi Consilio contra Diarrhæam. Coloniæ* 1625 *in-8°*.

De Beatissimæ Annæ *Monogamia ac unico puerperio, propositiones abbreviatæ, & articulatæ, juxta disceptationem Jacobi Fabri Stapulensis in Libro de Tribus & una,* p. 588. Il regnoit du temps d'*Agrippa* une opinion assez singulière, qui étoit que Sainte *Anne* avoit eu trois Maris, sçavoir : *Joachim, Cleophas* & *Salomas*, dont elle avoit eu trois *Maries* ; l'une mariée à S. *Joseph*, qui est la Vierge Mere de Dieu ; la seconde à *Alphée*, & la troisiéme à *Zebedée*. Le *Fevre d'Etaples* avoit combattu cette opinion qui n'a aucun fondement, & *Agrippa* prit son parti & eut une conférence sur ce sujet avec un Magistrat de la Ville de *Mets*. Quelques Moines ignorans & entêtez ne pouvant souffrir qu'il pensât autrement qu'eux, se mirent à déclamer dans leurs Sermons contre lui, comme si la Prédication destinée uniquement à instruire les fidéles des veritez du salut, avoit été à leur égard un moyen pour soûtenir leurs imagi-

nations, & satisfaire leurs passions particulieres. Leurs invectives obligerent *Agrippa* à réduire la question à
certaines propositions en forme de
Theses, & ce sont ces Propositions
qui forment l'Ecrit dont je viens de
parler.

Defensio Propositionum prænarrata-
rum contra quemdam Dominicanum il-
larum impugnatorem, qui Sanctissimam
Deiparæ Virginis Matrem Annam co-
natur ostendere Polygamam, p. 594.
Claude Faber, Prieur des Domini-
cains, ayant dressé & publié des
Propositions contraires à celles d'*A-*
grippa, écrites d'un stile barbare, &
appuyées sur des fondemens fort peu
solides, *Agrippa* y fit cette réponse
où il traite les mêmes matieres plus
au long. Comme ce Moine lui avoit
reproché qu'il n'étoit pas Theologien, il rapporte au commencement
de cet Ouvrage les emplois Theolo-
giques qu'il avoit eus, & les Livres
de Theologie qu'il avoit composés,
parmi lesquels, outre ceux dont j'ai
parlé, il fait mention d'un *Traité de*
l'Homme, d'un *Commentaire sur l'Epî-*
tre aux Romains, & d'un *Commentaire*

H. C. *sur Mercure Trismegiste*, qui ne sont
AGRIPPA point parmi ses Oeuvres imprimées.

*Epistolarum ad familiares, & eorum
ad ipsum Libri septem*, p. 681. Ces
Lettres qui s'étendent depuis l'an
1507. jusqu'en 1533. sont curieuses
& bien écrites.

*Orationes Decem. Historiola de Du-
plici Coronatione Caroli V. & Epigrammata nonnulla*, p. 1062. J'ai déja parlé ci dessus de toutes ces Pieces qui
terminent ce Volume.

Quelques-uns ont rapporté qu'*A-
grippa* avoit fait un Traité en faveur
du divorce du Roy d'Angleterre
Henri VIII. mais c'est un fait absolument faux. Ce que M. *Burnet* dit à
son sujet dans son Histoire de la
réformation d'Angleterre ne l'est pas
moins. Il y rapporte que *Cranmer*
ayant fait un voyage en Allemagne,
y connut le célebre *Corneille Agrippa*,
qu'il l'entretint de l'affaire du divorce, & qu'il lui en representa si bien la
nécessité, que ce grand Homme dé-
fendant avec chaleur les poursuites
de *Henri*, fut fort maltraité par
l'Empereur, & mourut enfin en Prison. Ce narré est ridicule dans tou-

tes ses parties. 1°. *Agrippa* ne mourut H. C.
pas en prison dans les Païs de la dé- AGRIPPA
pendance de l'Empereur, mais à *Gre-*
noble dans une pleine liberté. 2°. On
voit par ses Lettres, qu'il n'étoit
point du sentiment de *Cranmer.*
L'Ambassadeur de l'Empereur à *Lon-*
dres, ayant écrit à *Agrippa* le 26.
Juin 1531. pour l'exhorter à soûtenir
les interêts de la Reine, celui-ci lui
répondit qu'il s'engageroit de bon
cœur à cette entreprise, pourvû que
l'Empereur lui expédiât ou ses ordres, ou sa permission; il marque
dans sa Lettre, qui est la 20. du 6e.
Livre, qu'il détestoit ces lâches
Theologiens, qui approuvoient le
divorce; cependant il y represente le
danger auquel il s'exposeroit en écri-
vant contre une chose que tant de
gens approuvoient. L'Ambassadeur
étant revenu à la charge, *Agrippa*
s'engagea en quelque maniere à faire
ce qu'il souhaitoit; mais il ne paroît
pas qu'il ait satisfait à son engage-
ment; se voyant en disgrace à la Cour
de l'Empereur, il trouva bon sans
doute de ne se point exposer à l'indi-
gnation du Roy d'Angleterre.

H. C. V. *Pauli Jovii. Elogia Doctorum Viro-*
Agrippa *rum*, p. 236. Eloge rempli de fauf-
fetez. *Melchioris Adami Vitæ Germa-*
norum Medicorum. Freheri Theatrum
Virorum Doctorum. L'Article qu'en
donne cet Auteur eft copié de *Mel-*
chior Adam. Thevet, Hiftoire des fça-
vans Hommes, tom. 7. p. 221. Auteur
fort peu exact & grand difeur de ver-
biages. *Additions de Teiffier aux Eloges*
de M. de Thou, tom. 3. p. 437. *Bayle*
Dictionnaire. C'eft ce que nous avons
de meilleur fur cet Auteur. *Du Pin*
Bibl. des Auteurs Ecclefiaftiques du
16e. *fiécle.*

CHRISTOPHE DE LONGUEIL.

CHRISTOPHE *de Longueil* (en Latin *Longolius*) naquit l'an 1490. à *Malines.* Il nous apprend lui-même que cette Ville fut le lieu de ſa naiſſance. Ainſi *Eraſme* s'eſt trompé, quand dans une de ſes Lettres il l'a fait Hollandois, natif de *Schoonhoven*, Ville de la Hollande. Ceux qui ont prétendu qu'il étoit Pariſien né ſe font pas moins éloigné de la verité ; c'eſt cependant la qualité qu'on lui a donné dans quelques éditions de ſes Ouvrages.

Sa naiſſance eût une tache, qui ne fait cependant aucun tort à ſon mérite & à ſa vertu, & il peut être mis au rang des illuſtres Batards. Il fut fils naturel d'*Antoine de Longueil*, Evêque de *Leon*, & Chancelier de la Reine *Anne* de Bretagne. Ce Prélat étant Ambaſſadeur dans les Païs-Bas, y eut un commerce de galanterie avec une Demoiſelle de *Malines*, dont il eut ce fils, que non ſeulement il ne ſe fit point une honte de reconnoître,

C. DE
LON-
GUEIL.

mais pour l'éducation duquel il n'oublia rien.

Après l'avoir laissé à *Malines* avec sa mere, jusqu'à l'âge de huit à neuf ans, il le fit venir à *Paris*, pour l'y faire instruire dans les sciences. Les heureuses dispositions du jeune *de Longueil* & le goût qu'il avoit pour l'étude, l'y pousserent avec beaucoup de rapidité. Sa pénétration lui faisoit entendre sans peine les Auteurs les plus difficiles, & sa mémoire prodigieuse ne lui laissoit rien perdre de ce qu'il y trouvoit de plus remarquable. Il ne laissoit pas cependant de faire des Recüeils de ce qu'il lisoit, s'accoûtumant ainsi de bonne heure à discerner le bon d'avec le mauvais.

Quelques inclinations qu'il eut pour les Belles-Lettres, ses parens & ses amis l'en retirerent, en lui inspirant le desir de parvenir aux Charges de la Robbe, & lui persuadant d'aller à *Valence* en Dauphiné, étudier le Droit Civil sous *Philippe Decius*, qui y professoit.

Il employa à cette étude six années entieres, au bout desquelles il revint à *Paris*, pour donner des preuves des

connoiſſances qu'il avoit acquiſes C. DE
dans la Juriſprudence. L O N-

Il y plaida, & y fit toutes les fonc- G U E I L.
tions d'Avocat, avec tant de réputation, qu'au bout de deux ans, il fut,
quoique très-jeune, fait Conſeiller
au Parlement de *Paris*, ſi l'on en
croit le Cardinal *Polus*, Auteur de ſa
Vie. La choſe eſt cependant d'autant
moins croyable qu'on étoit alors plus
difficile ſur la diſpenſe d'âge, &
qu'on étoit plus attentif à ne laiſſer
entrer dans des places de cette importance que des perſonnes graves & vé-
nérables par le nombre de leurs années. Il faut apparemment mettre
cette particularité dans le même rang
que celle que le même Auteur rapporte plus bas, que le Roy d'Eſpagne
Philippe le choiſit à dix-huit ans pour
être Secretaire d'Etat, ce qui ne peut
être, puiſque *Philippe* mourut le 2 5.
Septembre 1506. lorſque *de Longueil*
n'avoit encore que 16. ans.

Au reſte l'amour des Belles-Lettres
ayant repris le deſſus dans l'eſprit de
notre jeune Sçavant, il oublia alors
entierement la Juriſprudence pour ſe
livrer à ſon penchant. Ce qui fait voir

C. DE que fon élevation à la Charge de Con-
L o N- feiller eft imaginaire, puifqu'elle au-
G U E I L. roit été pour lui une nouvelle obliga-
tion de s'appliquer à l'étude des Loix.

Pline fut le principal Auteur qui
lui parut meriter fon application.
Perfuadé qu'il y trouveroit affez de
matiere pour travailler pendant bien
des années, il entreprit d'examiner
& d'approfondir toutes les chofes
dont cet Auteur traite dans fon *Hiftoire naturelle*, foit en lifant les autres
Auteurs qui en ont traité, foit en
confultant la nature.

Il lui falloit pour cela lire tous les
Auteurs anciens Grecs & Latins, &
voyager en divers païs; & c'eft ce
qu'il fe mit d'abord en devoir de faire.
Comme il ignoroit entierement la
Langue Gréque, qui lui étoit cependant néceffaire pour l'execution de
fon projet, il commença à s'y appliquer avec tant d'ardeur qu'au bout
d'un an il fe vit en état d'entendre
tous les Livres écrits en cette Langue.

Il paffa enfuite cinq années à lire les
Auteurs Grecs, dont il crut pouvoir
tirer quelques lumieres pour l'intelli-

gence de *Pline*. Ce qu'il lut dans ce   C. DE
naturaliſte, des Plantes & des Poiſ- L O N-
ſons, l'engagea à faire un voyage en G U E I L.
Provence, où il ſçavoit devoir trouver la plûpart de choſes dont il y eſt
parlé, pour mieux comprendre par la
vûë ce qu'il y rapporte.

Le deſir même de voir tous les
lieux dont cet Auteur fait mention,
lui fit entreprendre de grands voyages. Il voulut viſiter l'Angleterre,
l'Allemagne, la France & l'Italie, &
auroit même paſſé dans le Levant, ſi
les Guerres des Turcs ne l'en euſſent
empêché.

Il courut mille hazards pour con-
tenter ſa curioſité. Comme il paſſoit
par la Suiſſe avec deux de ſes amis,
les Suiſſes, qui depuis la Bataille de
Marignan ne regardoient les François qu'avec horreur, le prirent avec
ſes Compagnons pour des eſpions, &
les pourſuivirent juſques ſur les bords
du Rhône. L'un d'eux fut tué en faiſant réſiſtance, l'autre paſſa le Rhône
à la nage, & *de Longueil* fut bleſſé à
un bras & arrêté priſonnier.

Il eut beaucoup à ſouffrir, faute
de ſecours, pendant un mois que

C. DE
ON-
UEIL.

dura sa prison ; mais s'étant adressé au bout de ce temps à l'Evêque de *Sion* , ce Prélat lui procura la liberté, le fit guerir de sa blessure , & lui donna de l'argent & un Cheval, pour s'en retourner en France.

Ayant été à *Rome* honoré de la qualité de Citoyen , il se vit en bute aux calomnies & aux accusations de ses envieux , sous prétexte qu'il avoit composé un Ouvrage où l'honneur des Romains étoit blessé : mais il se justifia pleinement par ses écrits & par le secours de ses amis.

Il fit ensuite un voyage en France, d'où étant retourné en Italie il alla fixer sa demeure à *Padoue*, & y demeura d'abord chez *Etienne Sauli* , noble Genois, & après le départ de ce Protecteur, chez *Renaud Polus* , jeune Anglois , qui fut depuis Cardinal.

Il mourut chez ce dernier le 11. Septembre 1532. dans sa 33e. année, & fut enterré dans l'Eglise des Franciscains de *Padoue* , revêtu de l'habit de leur Ordre , comme il l'avoit ordonné. On mit sur son Tombeau cette Epitaphe faite par *Pierre Bembo* , son ami.

Christophoro Longolio, Belgæ, Ro-
manam civitatem propter eximiam in
studiis litterarum præstantiam adepto,
summo ingenio, incredibili industria,
omnibus bonis artibus prædito, supra
Juventæ annos in qua extinctus est magno
cum Italiæ dolore, cui ingentem spem sui
nominis excitaverat, Petrus Bembus
amico, atque hospiti posuit.

Te juvenem rapuere Deæ fatalia nentes
Stamina, cum scirent moriturum tempore
    nullo,
Longoli, tibi si canos seniumque dedis-
    sent.

Bembo étoit un de ses principaux
amis, & ce fut lui qui l'engagea à
changer son stile, qu'il s'étoit formé
lui-même sans s'attacher à aucun Auteur, pour le rendre entierement
Ciceronien. Pour parvenir à ce changement, *de Longueil* fut pendant un
temps considérable à ne lire que les
Ouvrages de *Ciceron*, & il se les rendit par-là si familiers, qu'il s'accoûtu-
ma à ne se servir d'autres termes, ni
d'autres manieres de parler que des

C. DE siennes ; en quoi l'on peut dire qu'il
LON-a donné dans un excès, qui a été
GUEIL. justement censuré par *Vives*. Depuis
son premier stile lui déplut tellement,
qu'il recommanda en mourant qu'on
supprimât tous les Ouvrages, où il
l'avoit employé. Ainsi il nous est resté
peu de choses de lui.

Catalogue de ses Ouvrages.

1. *Oratio de Laudibus D. Ludovici*
Francorum Regis habita Pictavii in
Cœnobio Fratrum Min. an. 1510. *Paris.*
apud Henr. Stephanum, 1510. *in-4°.*
Quelques traits qui lui échaperent
dans ce Discours sur la Cour de Rome
l'ont fait supprimer dans le Recüeil
de ses Oeuvres; mais *du Chesne* l'a
inseré dans le cinquiéme tome des
Historiens de France, p. 500.

2. *Christophori Longolii, Civis Ro-*
mani perduellionis rei Defensiones duæ.
Se trouve *Venetiis, Aldus, in-8°.* * Il composa ces
à Paris chez deux défenses à *Venise* après être sorti
Briasson. de *Rome* pour venir faire un tour en
France.

3. *Ad Lutheranos jam damnatos*
Oratio. Coloniæ 1529. *in-8°.*

4. *Christ. Longolii Orationes, Epis-*
tolæ & Vita, nec non Bembi & Sadoleti
Epis-

Epiſtolæ. Pariſ. 1533. *in-*8°. It. *Baſilea* 1540. *in-*8°. It. *Baſilea* 1580. *in-*8°. It. L Colonie 1591. *in-*8°.

C. DE L O N-G U E I L.

Il eſt rapporté dans ſa vie qu'il avoit fait dans ſa premiere jeuneſſe un Commentaire ſur *Pline* qui fut imprimé à ſon inſçu, & *Baillet* en parle comme s'il l'avoit vû, puiſqu'il dit qu'il eſt écrit dans un ſtile aſſez peu uniforme. Cependant ce prétendu Commentaire n'a jamais vû le jour.

On a long-temps ignoré qui étoit l'Auteur de la Vie *de Longueil*, qui a été jointe à ſes Oeuvres. Comme elle eſt fort bien écrite, quelques-uns croyoient qu'elle étoit *de Longueil* même, & qu'on y avoit ſeulement ajoûté quelque choſe après ſa mort. D'autres la donnoient à *Simon Villanovanus.* Enfin *André Duditius* a pris ſoin de nous apprendre dans la Vie du Cardinal *Polus*, que celle de *Longueil* étoit de ce Cardinal. *Melchior Adam*, qui fait profeſſion de copier mot à mot les Vies qu'il a raſſemblées, n'a pas manqué de copier celle-ci d'après *Fichard*, copiſte de *Polus.* Elle a été depuis inſerée dans la Collection de *Guillaume Bates*, publiée

Tome XVII. D

C. DE
LON-
GUEIL.

fous le titre de *Vitæ Selectorum aliquot Virorum. Londini* 1681. *in-*4°. fans qu'on y ait indiqué le nom de l'Auteur, que *Baillet* dans fes *Enfans célebres*, où il en donne l'abregé, croit bonnement être *Melchior Adam.*

V. auffi *P. Jovii Elogia. Gallorum Doctrina illuftrium Elogia Scævolæ Sammarthani. Swertii Athenæ Batavæ. Valerii Andreæ Bibliotheca Belgica. Gefneri Bibliotheca. Auberti Miræi Elogia illuftrium Belgii Scriptorum,* p. 134.

GILBERT DE LONGUEIL.

GILBERT *de Longueil* (en Latin *Longolius*) naquit en 1507. à *Utrecht* d'une famille noble.

G. DE LON-GUEIL.

Après avoir fait ses premieres étu-des dans fa Patrie, il alla en Italie, où il continua à s'appliquer aux Bel-les-Lettres, aufquelles il joignit la Philofophie & la Médecine.

S'étant fait dans ce Païs recevoir Docteur en cette derniere Faculté, il retourna dans fa patrie, & alla s'éta-blir à *Deventer*, où il tint pendant quelque temps une Ecole.

Il quitta dans la fuite cette Ville pour paffer à *Cologne*, où il enfeigna les Langues Gréque & Latine, & pratiqua en même temps la Médeci-ne. L'Archevêque de *Cologne*, *Her-man*, le prit même pour fon Méde-cin, & ce fut apparemment auprès de lui qu'il prit du goût pour le Lu-theranifme, que ce Prélat avoit em-braffé, & qu'il embraffa lui-même à fon exemple.

En 1543. l'Academie de *Roftock*

D ij

G. DE lui offrit un poste qu'il accepta, & il
LON-alla faire un tour en cette Ville pour
GUEIL. voir s'il s'y accommoderoit; mais étant
ensuite retourné à *Cologne*, pour faire
transporter sa Bibliotheque, il y tomba malade, & y mourut le 30. May
de la même année 1543.

Il voulut à la mort recevoir la
Communion sous les deux especes;
ce qui ayant confirmé dans le soup-
çon qu'on avoit de son attachement à
la nouvelle Religion, la Sepulture
lui fut refusée dans tous les Cime-
tieres de la Ville de *Cologne*. Ainsi ses
amis le firent transporter à *Bonn*, où
il fut enterré.

Catalogue de ses Ouvrages.

1. *Scholia in Desf. Erasmi libellum de
Civilitate Morum puerilium. Coloniæ*
1530. *in*-12. Réimprimé plusieurs
fois depuis.

2. *Philostratus de Vita Apollonii
Tyanei, Interprete Alemano Rhinucci-
no, ad Græcum exemplar emendatus;
annotationibus ad Marginem adjectis.
Coloniæ* 1532. *in*-8°.

3. *Lexicon Græco-Latinum auctum.
Coloniæ* 1533. *in*-8°. Il a augmenté ce
Dictionaire de près de mille mots.

4. *Annotationes in Metamorphosin* G. DE
Ovidii. Coloniæ 1534. & 1538. *in-8°.* LON-

5. *Annotationes ad loca difficiliora* GUEIL.
Rhetoricorum ad Herennium. Coloniæ
1535. *in-8°.*

6. *Scholia in Plautum. Coloniæ* 1538.
in-8°.

7. *Scholia in libros Elegantiarum*
Laurentii Vallæ. Coloniæ 1539. *in-8°.*

8. *Concilium Nicænum e Græco La-*
tine verfum. Coloniæ 1540. *in-8°.*

9. *Plutarchi Opuscula aliquot mora-*
lia hactenus non converfa, G. Longolio
Interprete. Coloniæ 1542. *in-8°.* Ces
Opufcules font les fuivans. 1°. *Num*
Seni fit gerenda Refpublica. 2°. *De pa-*
rentum erga liberos amore. 3°. *Caufa-*
rum naturalium Liber. 4°. *Utrum aqua*
an ignis fit utilior. 5°. *Stoicos magis mi-*
rabilia, quàm Poëtas afferere. 6°. *De*
tribus Reipublicæ Generibus, Monar-
chia, Democratia, & Oligarchia. 7°. *De*
Odio & invidia.

10. *Dialogus de Avibus & earum*
nominibus Græcis, Latinis & Germani-
cis non minus feftivus quam eruditus, &
ad intelligendos Poetas utilis. Accefsit G.
Longolii Carmen Elegiacum protrepti-
cum ad bona ftudia. Coloniæ 1544. *in 8°.*

G. D E L'Auteur n'a pas eu le temps d'ache-
L   o N- ver cet Ouvrage, où il ne parle que
G U E I L. des Oiseaux qu'on appelle en Latin
Aves Pulveratrices.

11. *Notæ in Epistolas familiares Ci-
ceronis.* Dans une Edition de ces Epîtres faite en 1557. *in-fol.*

12. *Scholia ad Vitas Imperatorum
Græcorum Æmilii Probi. Coloniæ in-8°.*

V. *Henri Pantaleon Lib.* 3. *Prosopo-
graphiæ. Melchior Adam Vita Medicorum Germanorum. Swertii Athenæ Belgicæ. Valerii Andreæ Bibliotheca Belgica. Gesneri Bibliotheca.*

DENIS GODEFROY,

LE JURISCONSULTE.

DENIS *Godefroy* naquit à *Paris* D. GODE-
le 17. Octobre 1549. d'une fa- FROY.
mille très-noble, alliée à celles de
Harlay, de *Thou*, & de *Fauchet*. *Leon
Godefroy*, Seigneur de *Guignecourt*,
fon pere, étoit Confeiller au Châte-
let, & *Marie-Lourdel Fauchet*, fa
mere, comptoit parmi fes parens le
Chancelier de *Chiverny*.

Après avoir fait les études ordinaires, il fe donna à celle du Droit,
& vifita pour cela les Univerfitez de
Louvain, de *Cologne* & d'*Heidelberg*.

De retour à *Paris*, il fut bien-tôt
dégoûté de fon féjour par les troubles
qu'il voyoit regner par tout. Ainfi il
prit le parti de fe retirer à *Geneve*, où
on lui donna une Chaire de Profeffeur en Droit, après qu'il eut été
reçu Docteur en cette Faculté à *Orleans* le 28. Decembre 1579.

Sa réputation lui acquit l'eftime
du Roy *Henri IV.* qui le fit, le 11.
May 1589. Bailli de *Gex* & de deux

D. Gode
FROY.

autres Baillaiges qui font aux pieds du *Mont-Jura*, & qui outre cela l'honora le 12. Juillet fuivant, d'une Charge de Confeiller furnumeraire au Parlement de *Paris*. Mais ayant été dépoüillé de fes emplois, & ayant même perdu la meilleure partie de fes biens & fa Bibliotheque, dans les troubles qui fe firent fentir dans le Païs où il demeuroit, il fe vit obligé de paffer en Allemagne, pour y jouir du repos qu'il ne trouvoit point là.

Il fe retira d'abord à *Bafle*, où *Philippe Glaferus*, qui y étoit allé fe faire recevoir Docteur en Droit, l'ayant trouvé, lui procura une Chaire de Droit à *Strasbourg*.

Il fe rendit en cette Ville le 1. May 1591. & y fut chargé d'enfeigner les Pandectes; emploi qu'il remplit jufqu'en 1600. que l'Electeur Palatin, *Frederic IV.* le fit venir à *Heidelberg*, pour y enfeigner le Droit.

Il ne demeura dans cette Univerfité, que fix mois, au bout defquels voyant que fa réputation excitoit la jaloufie des anciens Profeffeurs, qui faifoient tout leur poffible pour lui caufer du chagrin, il en fortit pour
aller

aller reprendre fon premier pofte à
Strasbourg, ce qu'il fit au mois de
Novembre 1601. Il ne laiffa pas trois
ans après, c'eft-à-dire en 1604. de
retourner à *Heidelberg* dont le féjour
lui plaifoit, lorfqu'il vit les efprits
mieux difpofez à fon égard.

D. GODE-
FROY.

La France fentant la perte qu'elle
avoit faite en laiffant échapper ce
grand homme, fit en divers temps
des tentatives pour le rappeller;
mais inutilement. Le 3. Octobre
1603. le Roy *Henri IV.* lui écrivit
pour l'engager à venir prendre pof-
feffion de la Chaire de Droit que le
grand *Cujas* avoit remplie à *Bourges*,
& qui étoit vacante depuis long-
temps, par fa mort. Le 7. May 1609.
le Chancelier de France, *Nicolas
Brulart de Sillery*, lui offrit la premiere Chaire de Droit à *Angers.* Le
9. Janvier 1610. le Roy *Henri IV.*
écrivit encore à l'Electeur Palatin,
pour le lui redemander en faveur de
l'Univerfité de *Valence*, où il lui
deftinoit un pofte femblable. Six
mois après on lui fit encore des inf-
tances de la part des Univerfitez de
Bourges & de *Valence*. Mais quoique

Tome XVII. E

D. GODE-
FROY.

toutes les places qu'on lui offrit fussent considérables, il les refusa constamment, se trouvant dans un âge,
où il se faisoit une peine de changer
de domicile. Ce fut pour la même
raison qu'il remercia en 1608. l'Academie de *Franeker* des conditions
avantageuses qu'elle lui offrit pour
l'attirer dans cette Ville.

D'ailleurs il se trouvoit bien à
Heidelberg, où il étoit estimé de l'E-
lecteur & des personnes les plus considerables, & où il avoit beaucoup
d'amis ; & il s'étoit proposé d'y finir
ses jours. Mais les troubles qui agitè-
rent le Palatinat, ne le lui permirent
pas ; il se vit obligé d'en sortir en
1621. & de se retirer à *Strasbourg*,
son ancien domicile.

Là accablé de chagrin, de fatigues
& d'infirmités, il mourut le 7. Septembre 1622. âgé de 73. ans.

Il avoit épousé *Denise de Saint-Yon*,
d'une famille Noble de *Paris*, dont
il eut plusieurs enfans ; entre autres,
Theodore & *Jacques*, dont je parlerai
plus bas.

Catalogue de ses Ouvrages.

1. *Notæ in IV. Libros Institutionum
Civilium. Geneva* 1583. *in-8°.* It.

Lugd. 1586. *in*-8o. & plusieurs autres D. GODE-
fois depuis. FROY.

2. *Opuscula Varia Juris. Geneve*
1586. *in*-8o. & 1634. *in*-4o.

3. *Paratitla, Variæ lectiones, &*
Nomenclator Græcus ad Constantini
Harmenopuli promptuarium Juris. Græ.
Lat. Geneve. 1587. *in*-4o. La traduc-
tion Latine de l'Ouvrage d'*Harmeno-*
pule, est de *Jean le Mercier*, ou
Mercerus.

4. *Notæ in M. Tullium Ciceronem.*
Lugd. 1588. & 1591. *in*-4o.

5. *Corpus Juris Civilis cum Notis.*
Ces Notes de *Godefroy* sont regardées
avec justice, dit M. *de Ferriere*, dans
son *Histoire du Droit Romain*, comme
un chef-d'œuvre, à cause de la précision, de la clarté, & de la profonde
érudition que l'on y remarque. Il
n'est donc pas surprenant qu'elles
ayent été imprimées si souvent avec
le corps du Droit. La premiere Edition est de *Lyon* 1583. *in*-4o. les suivantes sont de *Francfort*, 1587. *in-fol.*
Lyon 1589. *in-fol. Geneve* 1590. *in-fol.*
& 1598. *in*-4o. *Venise* 1598. *in*-4o.
Geneve 1602. *in-fol. Lyon* 1602. *in-fol.*
Geneve 1604. *in*-4o. *Geneve* 1614. *in*-

E ij

D. GODE-4°. Ibid. 1615. *in-fol.* Ibid. 1620.
FROY. *in-4°.* Ibid. 1624. *in-fol.* Ibid. 1625.
in-4°. Paris, *Antoine Vitré*, 1628.
in-fol. 2. vol. *Jean-Albert Fabricius*,
dans sa *Bibliotheca Latina*, prétend
que cette édition & celle d'*Amsterdam* de 1663. font préférables à toutes les autres, parce qu'outre qu'elles
font fort belles, il y a plufieurs chofes qu'on ne trouve point dans les
autres. *Francfort* 1649. *in-4°.* *Lyon*
1652. *in-4°.* *Génève* 1655. *in-4°.* *Lyon*
1662. *in-4°.* *Francfort* 1663. *in-fol.*
Amfterdam 1663. *in-fol.* Elzevir, par
les foins de *Simon-Van Leeuwen*:
Edition magnifique. *Francfort* &
Lipfic 1688. 1705. 1719. Ces trois
font conformes à la précedente. Outre cela le texte du Droit Civil a été
fouvent imprimé feul fuivant la re-
vifion de *Godefroy*, fans fes Notes.

6. *Antiquæ Hiftoriæ ex XXVII. Autoribus contexta Libri fex, totidem So-
lemnes temporum Epochas continentes.*
Bafileæ 1590. *in-8°.* It. *Lugduni* 1591.
in-12. 2. vol. Il eft étonnant que *Godefroy* ait fait entrer dans ce Reçueïl
les Auteurs fabuleux, publiés par
Annius de Viterbe, & qu'il n'en ait
pas reconnu la fuppofition.

7. *Praxis Civilis ex antiquis & re-* D. GODE-
centioribus Autoribus, Germanis, Ita- FROY.
lis, Gallis, Hifpanis, Belgis, & aliis,
qui de Practica ex profeffo fcripferunt,
collecta, fummariis, notis etiam inter-
dum aucta. Francof. 1591. *in-fol.*

8. *Conjecturæ, Variæ Lectiones, &*
Loci Communes, five Libri aureorum in
Senecâ, cum Nomenclatore vocum no-
tabilium, nominumque propriorum.
Bafileæ 1590. *in-8°.* It. *Coloniæ* 1593.
in-8°. It. *Genevæ* 1618. & 1638. *in-fol.*
à la fuite des Ouvrages de *Seneque* le
Philofophe. *Janus Gruter* ayant publié, comme on peut le voir dans fon
article, tom. 9. de ces Mémoires,
p. 397. un Ouvrage pour attaquer les
conjectures de *Godefroy*, celui-ci y
répondit par le fuivant.

9. *Pro Conjecturis in Senecam brevis*
ad J. Gruterum Refponfio. Francofurti
1591. *in-8°.*

10. *Index Chronologicus Legum &*
Novellarum à Juftiniano Imperatore
Compofitarum. Argent. 1592. *in-4°.*

11. *Autores Latinæ linguæ in unum*
redacti corpus, adjectis Notis Dion. Go-
thofredi. Genevæ 1595. 1602. 1622.
in-4°. C'eft un Recüeil des anciens
Grammairiens Latins.   E iij

D. GODE-   12. *Confuetudines Civitatum & Pro-*
FROY.   *vinciarum Galliæ, cum Notis. Francof.*
1597. in-fol.

13. *Quæstiones politicæ ex jure Com-*
muni & historia defumptæ. Argentor.
1598. in-4°.

14. *Difputationes ad Digeftum Jufti-*
niani. Argentor. 1604. in-4°.

15. *Differtatio de Nobilitate. Spiræ*
1610. in-4°.

16. *De Tutelis Electoralibus teftamen-*
tariis legitimas excludentibus Libri fep-
tem, adverfus Synopfim Zachariæ Frid-
henrici. Heidelbergæ 1611. in-4°.

17. *Prodromi adverfus Zefchlini*
Vindicias Tutelares. Heidelbergæ 1614.
in-4°.

18. *Statuta regni Galliæ, juxta Fran-*
corum, Burgundorum, Gothorum &
Anglorum, Gentium Germanicarum in
ea Dominantium confuetudines, cum
jure Communi collata, & Commenta-
riis illuftrata. Francof. 1611. in-fol.

19. *Synopfis Statutorum Municipa-*
lium ad Pandectarum Methodum & or-
dinem digefta. Francof. 1611. in-4°. It.
Geneva 1653. in-4°.

20. *Fragmenta XII. Tabularum fuis*
nunc primum tabulis reftituta. Heidel-
bergæ 1616. in-4°.

21. *Avis pour réduire les Monnoyes* D. GODE-
à *leur juſte prix & valeur, & empêcher* FROY.
le ſurhauſement & empirance d'icelles,
par Denis Godefroy. Paris 1611. *in-8°.*
Je n'oſe pas aſſûrer que cet Ouvrage
ſoit veritablement de notre Auteur.

22. *Maintenuë & défence des Empe-*
reurs, Rois, Princes, Etats & Répu-
bliques, contre les Cenſures, Monitoi-
res, & Excommunications des Papes.
(*Geneve*) 1592. & 1607. *in.8°.* Le P.
le Long donne cet Ouvrage à *Godefroy.*

V. ſon Eloge par *Matthias Berneg-*
gerus, imprimé d'abord à *Strasbourg &*
enſuite inſeré à la ſuite des *Opuſcules*
de Loiſel, p. 584. *Godefroy* étoit mort
chez *Berneggerus,* où il avoit demeuré depuis ſa derniere arrivée à *Stras-*
bourg, c'eſt-à-dire depuis le 21. Septembre 1621. Ainſi cet Auteur devoit
être inſtruit parfaitement de toutes
les particularitez de ſa vie. On en
trouve un abregé, fait par *Melchior*
Sebizius, dans les *Memoriæ Juriſcon-*
ſultorum Henningi Witten, & un autre
dans le *Theatrum Freheri.*

E iiij

THEODORE GODEFROY.

THEODORE *Godefroy* naquit le 17. Juillet 1580. à *Geneve*, de *Denis Godefroy*, dont je viens de parler, & de *Denise de Saint-Yon*.

Il commença ses études dans cette Ville, & les alla continuer à *Strasbourg*, où son pere avoit été appellé en 1591. pour remplir une Chaire de Droit.

Dès qu'il les eut finies, il quitta ses parens, & vint en 1602. à *Paris*, où abandonnant la Religion Protestante, dans laquelle son pere l'avoit élevé, il rentra dans le sein de l'Eglise Catholique.

Depuis ce temps-là il se donna avec une application infatigable, à l'étude de l'Histoire, & principalement de celle de France, dans laquelle il se rendit très-habile, comme le témoignent les Ouvrages qu'il publia dans la suite.

Il ne laissa pas de se faire recevoir Avocat au Parlement, qualité qu'il prend à la tête de quelques-uns de

ſes Livres, mais dont il ne fit pas T. GODE-
grand uſage.   FROY.

Les Mémoires qu'il donna en 1613.
touchant la preſéance des Rois de
France ſur ceux d'Eſpagne, lui procurerent une penſion de ſix cens livres, que le Roy lui donna par un
brevet du 26. Avril.

Deux ans après il fut nommé par
Arrêt du Conſeil du 21. May 1615.
avec *Pierre Dupuy*, pour travailler
ſous le Procureur General du Roy, à
l'Inventaire du Tréſor des Chartres,
& il leur fut donné à chacun ſix-cens
livres d'appointement pour ce travail.

En 1617. ſa penſion de ſix-cens
livres fut augmentée juſqu'à douze-
cens, par brevet du 17. Avril.

Les Ouvrages qu'il donna depuis
au Public engagerent la Cour à répandre ſur lui de nouveaux bienfaits.
Le Roy l'honora en 1632. du titre d'
l'un de ſes Hiſtoriographes, aux gages de trois mille ſix-cens livres,
dont il fit expédier un brevet & des
Lettres le 28. Fevrier & le 4. May de
cette année.

Il le pourvut auſſi en 1634. de

T. GODE-   l'Office de Conseiller au Conseil sou-
FROY.   verain de *Nancy*, & le commit la
même année pour faire l'Inventaire
des Titres de Lorraine, dont il fit
apporter les plus importans à *Paris*
en 1635.

Il fut l'année suivante envoyé à
Cologne, à l'occasion de l'Assemblée
pour la paix, où le Cardinal *de Lyon*
devoit se trouver pour la France. Son
Instruction est du 6. Decembre 1636.
Cette Assemblée ayant été transferée
à *Munster*, il y fut envoyé en 1643.
avec une Instruction particuliere datée du 26. Septembre, pour travailler auprès des Plenipotentiaires à la
paix generale, & le Roy l'honora en
même temps de la dignité de Conseiller en ses Conseils d'Etat & Privé,
par Lettres du 9. Octobre de la même
année.

On a conservé long-temps dans la
Bibliotheque de M. le Chancelier
Seguier les Mémoires qu'il fit sur ce
sujet pendant son séjour à *Munster*,
où la paix fut concluë entre la France
& l'Empire le 30. Octobre 1648.
Après quoi il resta en cette Ville
pour le service du Roy.

Il y mourut le 5. Octobre 1649. T. GODE-
âgé de 69. ans. Je parlerai plus bas de FROY.
Denis Godefroy son fils.

Catalogue de ses Ouvrages.

1. *Genealogie des Rois de Portugal
issus en ligne directe masculine de la
Maison de France*, qui regne aujour-
d'hui. *Paris* 1610. 12. 14. 16. 24. *in-4°*.
Ces cinq Editions pourroient bien
n'en faire que deux, ou trois differentes. It. avec l'*Entrevûë de Charles IV.
Empereur, & du Roy Charles V. Roy de
France. Paris* 1613. *in-4°*. C'est le premier Ouvrage de *Theodore Godefroy*,
qui lui fit honneur.

2. *Mémoire concernant la Préséance
des Rois de France sur les Rois d'Espagne. Paris* 1613. *in4°*. It. *seconde Edition*. Ibid. 1618. *in-4°*. It. avec les
*Annotations sur l'Histoire de Charles
VI. Paris* 1653. *in-fol.*

3. *Entrevûë de Charles IV. Empereur, de son fils Wenceslas, Roy des
Romains, & de Charles V. Roy de
France*, à *Paris*, l'an 1378. Plus l'*Entrevûë de Louis XII. Roy de France,
& de Ferdinand, Roy d'Arragon*, à *Sa-
vonne* en 1507. tirée de *Jean d'Auton* ;
avec un *Discours sur l'origine des Rois*

T. GODE-
FROY.

de Portugal issus de la Maison de France, & des Mémoires concernant la dignité des Rois de France. Paris 1613. in-4°.

4. *Histoire de Charles VI. & des choses mémorables advenues durant 42. ans de son regne, par Jean Juvenal des Ursins, Archevêque de Reims, mise en lumiere par Theodore Godefroy. Paris 1614. in-4°. Denis Godefroy, fils de Theodore, a donné une Edition bien plus ample de cette Histoire en 1653. comme on le verra dans son article.*

5. *Histoire de Louis XII. & des choses mémorables advenues de son regne, depuis l'an 1498. jusqu'en 1515. par Claude de Seyssel, Archevêque de Turin, Jean d'Auton, & autres Auteurs contemporains; mise en lumiere avec plusieurs Actes & des Annotations, par Theodore Godefroy. Paris 1615. in-4°.*

6. *Histoire du Chevalier Bayard, & de plusieurs choses mémorables advenues en France, en Italie, en Espagne; par un Auteur contemporain, seconde Edition avec des Remarques & des Annotations. Paris 1616. & 1619. in-4°. La premiere Edition de cette Histoire avoit paru à Paris en 1527. in-4°. It.*

avec le Supplement à cette Histoire, par T. Gode-
Claude Expilly & les Annotations de Froy.
Theodore Godefroy, augmentées par
Louis Videl. Grenoble 1651. in-8°.

7. *Histoire de Charles VIII.* par
Guill. de Jaligny, André de la Vigne
& autres Historiens de ce temps-là; où
sont découvertes les choses les plus mémorables arrivées pendant ce regne, depuis
l'an 1483. jusqu'en 1498. mise en lumiere par Theodore Godefroy. Paris
1617. in-4°. Denis Godefroy en a donné
en 1684. une Edition bien plus
ample.

8. *Le Cérémonial de France, ou description des Cérémonies, Rangs, &
Séances observées aux Couronnemens,
Entrées & Enterremens des Rois & des
Roynes de France, & autres Actes &
Assemblées solemnelles;* recueilli des Mémoires de plusieurs Secretaires du Roy,
Heraults d'Armes & autres. Paris, 1619.
in-4°. Il seconde Edition beaucoup plus
ample, donnée par Denis Godefroy,
en 2. vol. in-fol. sous ce titre: *Le Cérémonial François; Tome I. contenant
les Cérémonies observées en France aux
Sacres & Couronnemens des Rois & des
Roynes, & de quelques anciens Ducs de*

T. GODE-
FROY.

Normandie, d'Aquitaine, & de Bretagne; comme aussi à leurs Entrées solemnelles, & à celles d'aucuns Dauphins, Gouverneurs de Provinces, & autres Seigneurs, dans diverses Villes du Royaume. Tome II. contenant les Cérémonies observées en France aux Mariages & Festins, Naissances & Batêmes; Majoritez des Rois; Etats generaux & particuliers; Assemblées des Notables; Lits de Justice; Hommages, Sermens de fidélité; Réceptions & Entrevûës; Sermens pour l'observation des Traitez; Processions & Te Deum; recueilli & Extrait de divers Auteurs & Mémoires, par Theodore Godefroy, & mis en lumiere par Denis Godefroy, son fils. Paris 1649. in-fol. 2. vol. Cet Ouvrage auquel Theodore Godefroy a travaillé plus de 50. ans, est un excellent Recüeil, qui cependant n'est pas complet; car l'Editeur se trouva exposé à tant de contradictions, qu'il ne jugea pas à propos de publier la suite, qui devoit contenir les Chevalleries, les Pompes funébres; divers Traitez, Discours, & Actes de Préséance, &c. les Regles & les Maximes principales en fait de Cérémonies, dont les manus-

crits font entre les mains de ses en- T. GODE-
fans. FROY.

9. *Histoire de Louis XII. & des choses mémorables advenues de son regne, ès
années* 1499. 1500. 1501. *&* 1502. *tant
en France qu'au recouvrement du Duché
de Milan, en la conquête de Naples &
autres lieux, par Jean d'Auton ; mise
en lumiere par Theodore Godefroy. Paris*
1620. *in-*4°. La Chronique de *Jean
d'Auton* est conservée en manuscrit
dans la Bibliotheque du Roy, en 3.
vol. *in-fol.* dont le premier contient
ce qui s'est passé en 1499. 1500. &
1501. Le second comprend les Evenemens arrivez depuis 1502. jusqu'à
la fin de 1505. Le troisiéme renferme
l'Histoire de 1506. & 1507. mais ce
dernier ne s'y trouve plus maintenant. *Godefroy* avoit publié la fin de
cette Chronique en 1515. dans l'Histoire de *Louis XII.* marquée ci-dessus
au *No.* 5. & il en a donné dans celle-
ci les quatre premieres années.

10. *Histoire de Jean le Meingre, dit
Boucicault, Maréchal de France, &
de ses mémorables faits, sous les Rois
Charles V. & Charles VI. jusqu'en*
1408. *écrite par un Auteur contempo-*

T. GODE-rain, *& mise en lumiere par Theodore*
FROY.   *Godefroy. Paris 1620. in-4°.*

11. *Histoire de Louis XII. & des cho-*
ses advenues en France & en Italie, juf-
qu'en 1510. par Jean de Saint-Gelais,
Seigneur de Montlieu, mise en lumiere
avec d'autres Pieces qui y ont rapport,
par Theodore Godefroy. Paris 1622.
in-4°.

12. *Histoire d'Artus III. Comte de*
Richemont, Duc de Bretagne, Conné-
table de France, contenant ses faits mé-
morables, depuis l'an 1413. jusqu'en
1457. mise en lumiere par Theodore Go-
defroy. Paris 1622. in-4°. Denis-Gode-
froy a auſſi inferé cette Hiſtoire, qui
eſt, ſelon lui, de *Guillaume Gruel,*
dans ſon *Hiſtoire de Charles VII. Paris*
1662. *in-fol.* Elle commence en 1393.
mais l'Auteur dit ſi peu de choſes
depuis cette année juſqu'en 1413. que
Theodore Godefroy a jugé à propos de
n'en marquer le commencement
qu'en cette derniere année.

13. *De la veritable origine de la Mai-*
ſon d'Autriche, contre l'opinion de ceux
qui la font deſcendre en ligne maſculine
des Rois de France de la race Merovin-
gienne, Paris 1624. in-40°. Godefroy
montre

montre dans cet Ouvrage que la Mai- T. GODE-
fon *d'Autriche* defcend de *Werner III.* FROY.
Comte de *Hasbourg*, par *Itte de
Thierftein*, ou de *Homberg*, fa mere,
fille de *Werner I.* Comte de *Hasbourg.*

14. *Genéalogie des Ducs de Lorraine,
fidélement recueillie de plufieurs Hiftoires & Titres autentiques. Paris* 1624.
in-4°. Godefroy réfute ici l'opinion de
ceux qui font defcendre la Maifon de
Lorraine en ligne directe mafculine
de l'Empereur *Charlemagne*, & il
prouve qu'elle defcend de *Gerard
d'Alface.* Il vouloit donner une nouvelle Edition de cette Genealogie,
& de la précedente beaucoup plus
ample ; mais il ne l'a point fait.

15. *L'Ordre & les Cérémonies obfer-
vées aux Mariages de France & d'Ef-
pagne ; fçavoir entre le Roy Louis XIII.
& Anne d'Autriche, & entre Philippe
IV. Roy d'Efpagne & Elizabeth de
France, en* 1615. *Paris* 1627. *in-4°.*

16. *Genéalogie des Comtes & Ducs
de Bar, jufqu'à Henri, Duc de Lorraine & de Bar, en* 1608. *recueillie des
Titres & Hiftoires anciennes. Paris*
1627. *in-4°.*

Tome XVII. E

T. Gode-   17. *Traité touchant les Droits du Roy*
froy.   *très-Chrétien sur plusieurs Etats & Sei-*
gneuries, possedez par plusieurs Princes
voisins, & pour prouver qu'il tient à
juste titre plusieurs Provinces contestées
par les Princes étrangers. Recherches
pour montrer que plusieurs Provinces &
Villes du Royaume sont du Domaine du
Roy. Usurpations faites sur les trois
Evêchez, Mets, Toul, & Verdun. Du
droit d'Aubeine & du Trésor des Char-
tres; le tout composé & recueilli avec les
preuves par Pierre Dupuy. Paris 1655.
in-fol. It. Roüen 1670. in-fol. Quoique
ce Traité ait paru sous le nom seul de
Pierre Dupuy, parce qu'il s'est trouvé
après sa mort parmi ses manuscrits;
il est aussi de *Theodore Godefroy* à qui
on le doit attribuer, du moins pour
une bonne partie. 1°. Parce que les
Traitez differens dont ce Recüeil est
composé, se trouvent écrits de sa
main en trois volumes *in-fol.* dans la
Bibliotheque de *Denis Godefroy,* son
petit fils, & que dans les manuscrits
de la Bibliotheque du Roy, ceux-ci
ont été marquez par *T. G.* qui est la
marque que *Theodore Godefroy* mettoit
sur tous ses Ouvrages. 2°. Parce que

Pierre Dupuy & *Theodore Godefroy*, T. GODE-
furent chargés de ce travail par le FROY.
Cardinal de *Richelieu*, comme il paroît par une Lettre originale fignée
des deux, écrite à ce Cardinal le 27.
Octobre 1631. dans laquelle ils lui
rendent compte de ce qu'ils avoient
fait pour fatisfaire à fes ordres. (*Le
Long Bibl. de la France*, N°. 11934.

18. *Vie de Meffire Guillaume Ma-
refcot, Confeiller du Roy en fes Confeils,
&c. dreffée par M. Theodore Godefroy.*
Elle fe trouve à la page 601. des
Opufcules de Loifel. Paris 1652. *in*-40.

Theodore Godefroy a laiffé outre cela
un grand nombre de manufcrits, dont
il eft bon de parler ici.

Recuëil de Cérémonies, en 49. volumes *in-fol.* Ce Recuëil, qui eft confervé daus la Bibliotheque de fes enfans, comprend les Pieces qui com-
pofent les deux volumes de fon Cérémonial François & ceux qui devoient
les fuivre.

*Cérémonial de la Cour du Parlement
de Paris*, en 4. volumes *in-fol.* confervé dans la Bibliotheque de fes enfans, dans celle de M. le Chancelier

F ij

T. Gode-*Seguier*, & parmi les manuscrits de
Froy.   M. *Dupuy.*

Mémoires, Actes & autres Pieces
concernant les droits du Roi sur la Na-
varre, recueillis par ordre du Cardinal
de Richelieu. Dans la Bibliotheque de
M. le Chancelier *Daguesseau.*

Des Titres de Lorraine, Barrois, &
des Evêchez de Mets, Toul & Verdun,
en 1634. & 1635. mis en 1636. au Trésor des Chartres du Roy dans la Sainte
Chapelle, avec la Table alphabetique,
huit volumes *in-fol.* Ces Titres ont
été recueillis par *Theodore Godefroy,*
commis par le Roy pour ce travail,
& sont conservez dans la Bibliotheque du Roy, & en trois volumes
dans celle de M. le Chancelier *Se-*
guier.

Recüeïl des affaires de Piémont & de
Savoye avec la Couronne de France, où
il y a beaucoup de *Mémoires* dressez par
Theodore Godefroy, in-fol. Ce manus-
crit étoit dans la Bibliotheque de M.
Baluze.

Inventaire des Titres & Chartres du
Trésor des Chartres du Roy, conservées
dans la Sainte Chapelle de Paris ; le

tout dreſſé par _Theodore Godefroy_ & **T. GODE-** _Pierre Dupuy_, huit vol. _in-fol._ Parmi **FROY.** les manuſcrits de M. _Dupuy_ & ail- leurs.

Table alphabetique des Regiſtres du Parlement de Paris, depuis l'an 1364. juſqu'en 1627. trois vol. _in-fol._ Parmi les manuſcrits de M. _Dupuy._

Regiſtres de la Chambre des Comptes de Paris, depuis l'an 1254. juſqu'en 1596. quatorze vol. _in-fol._ Dans la Bibliotheque du Roy.

V. ſon Eloge par le P. _le Long_, à la fin de la _Bibliotheque Hiſtorique de la France._

JACQUES GODEFROY.

J ACQUES _Godefroy_, frere de **J. GODE-** _Theodore_, dont je viens de parler, **FROY.** naquit à _Geneve_ le 13. Septembre 1587. de _Denis Godefroy_, & de _Denife de Saint-Yon._

Suivant les traces de ſon pere, il s'appliqua à la Juriſprudence, dans laquelle il fit de grands progrès. Sa réputation en ce genre lui procura en 1619. une Chaire de Profeſſeur en

J. GODE-
FROY.

Droit à *Geneve* , & il l'a remplit avec beaucoup d'éclat.

Dix ans après, c'eſt-à-dire en 1629. il fut fait Conſeiller de cette Ville. L'Auteur de ſon Eloge dit qu'il fut depuis envoyé pluſieurs fois en France , en Allemagne , en Piémont & en Suiſſe , pour négocier quelques affaires au nom de la République de *Geneve* ; mais il n'entre dans aucun détail à cet égard , non plus que ſur le reſte de ſa vie , qui nous eſt ainſi moins connuë que ſes Ouvrages.

Après avoir paſſé par les Charges les plus conſidérables de ſa patrie , il mourut le 24. Juin 1652. dans ſa 65ᵉ. année , & fut enterré avec cet Epitaphe.

Jacobi Gothofredi J. C. V. Coſ. Exuviæ hic jacent, unaque jacent quæ Patriæ, Ecclefiæ, Orbi Litterato proxime deſtinabat complura , à Vulgi erroribus , ab officiis nonnullorum , à præpoſtera demum quorumdam ambitione vindicata. Dolenda jactura , ſed non ideo dolendus ipſe , qui cœleſti Patriæ redditus , Cœlitum albo adſcriptus , Dei Opt. Max. aſpectu propria nunc felicitate fruitur ,

quam tot inter animi mœrores , corporis J. GODE-
languores , Studiorum labores , negotio- FROY.
rum molem , spei plenus , fidei certus ,
Christi charitate circumamictus , animo
semper præcepit vivus. Vivus & ipse
sibi H. T. P.

Catalogue de ses Ouvrages.

1. *De Statu Paganorum sub Impera-*
toribus. Christianis Commentarius ad
Tit. X. Libri XVI. Cod. Theodosiani.
Lipsiæ 1616. *in-*4°.

2. *Fragmenta Legum Juliæ & Papiæ*
collecta , & Notis illustratæ, 1617.
*in-*4°.

3. *Conjectura de suburbicariis Regio-*
nibus & Ecclesiis , seu de Episcopi Urbis
Romæ Diœcesi. Francofurti 1617. *in-*4°.
Cet Ouvrage , que quelques-uns ont
attribué à *Saumaise,* est de *Jacques*
Godefroy, qui a jugé à propos de n'y
pas mettre son nom. Il y prétend que
les Provinces suburbicaires étoient
renfermées dans l'étenduë de cent-
mille pas autour de Rome , & que
c'étoient celles qui étoient sous la
Jurisdiction du Préfet de cette Ville.
Il a été attaqué sur ce sujet par le P.
Sirmond, qui a publié contre son sen-

J. GODE-timent l'Ouvrage suivant : *Censuræ*
FROY.   *conjecturæ Anonymi scriptoris de suburbicariis Regionibus & Ecclesiis.* Paris.
1618. *in-8°.* Il ne répondit point à ce
Livre, mais *Saumaise* le fit pour lui.

4. *Commentaires sur la Coûtume réformée du Païs & Duché de Normandie.*
Roüen 1626. *in-fol.* 2. vol.

5. *Diatriba de Jure Præcedentia.* Geneva 1627. *in-4°.* It. *duplo auctior.*
Geneva 1664. *in-4°.*

6. *Vetus orbis Descriptio Græci Scriptoris sub Constantio & Constante Imperatoribus, Græce nunc primum edita, cum veteri versione, & nova e regione, Notisque Jacobi Gothofredi.* Geneva 1628.
in-4°.

7. *Animadversionum Juris Civilis Liber, pro vero nonnullarum Legum intellectu, & genuina earumdem lectione.*
Geneva 1628. *in-4°.*

8. *Libanii Orationes V. Constitutionum Imperatoriarum super Magistratuum officio suasoriæ, Græce & Latine, edente cum Notis Jac. Gothofredo.* Colonia Allob. 1631. *in-4°.*

9. *Orationes Politicæ tres. Ulpianus, seu de Majestate Principis legibus soluta. Julianus, seu de Arcanis Juliani Imperatoris*

ratoris artibus ad Religionem Chriſtia- J. GODE-
nam profligadam. Achaica , ſeu de cau- FROY.
ſis interitus Reipublicæ Achæorum. Ge-
nevæ 1634. *in-*4°.

10. *Diatriba de Cenotaphio. Genevæ*
1634. *in-*4°.

11. *De Dominio ſeu Imperio Maris ,*
& Jure Naufragii Colligendi. Franco-
furti 1637. *in-*4°. It. *Ibid.* 1669. *in-*8°.

12. *Fontes IV. Juris Civilis , puta*
Legis XII. Tabb. & Legis Juliæ & Pa-
piæ Fragmenta , cum Notis & Gloſſario ;
nec non Edicti perpetui , & Sabiniano-
rum librorum, ordo ſeriesque. Genevæ
1638. *in-*4°. It. *Ibid.* 1653. *in-*4°.

13. *Philoſtorgii Cappadocis Eccleſiaſ-*
ticæ Hiſtoriæ à Conſtantino Magno Arii-
que initiis ad ſua uſque tempora Libri
XII. Nunc primum editi à Jacobo Go-
thofredo , una cum Verſione , Supple-
mentis nonnullis , & prolixioribus Diſ-
ſeriationibus. Genevæ 1642. *in-*4°.
Etienne le Clerc , Profeſſeur de *Geneve,*
a fort critiqué la Traduction de *Gode-*
froy ; cependant elle n'a pas laiſſé
d'être eſtimée , avant que M. *de Va-*
lois en eût donné une autre bien meilleure.

14. *Appendix Philoſtorgiana , ſeu*
Tome XVII. G

J. GODE-
FROY.

*Differtationes duæ Juridicæ. I. De Nup-
tiis Confobrinorum ; ubi Lex* Celebran-
dis 19. Cod. de Nuptiis *illuftratur, Arcadioque Imperatori Vindicatur.
II. De Teftamento tempore peftis, vel à
Teftatore pefte contacto, condito ; ubi
Lex* Cafus Majoris 8. Cod. de Tefta-
mentis *illuftratur ; oftenditurque eam de
pefte non agere.* A la fuite de *Philof-
torge.*

15. *Exercitationes duæ, de Ecclefia
& Incarnatione Chrifti, in* 1. *Timothei*
3. *v.* 15. 16. *Genevæ* 1643. *in*-4°. It.
Ibid, 1649. *in*-8°. It. dans les *Critici
Sacri,* tome 7. de l'Edition de *Londres,* & tome 5. de celle de *Francfort.*

16. *Novus in Titulum Pandectarum
de diverfis Regulis Juris antiqui Commentarius. Genevæ* 1653. *in*-4°.

17. *Opufcula Varia Juridica, Politica, Hiftorica, Critica. Genevæ* 1654.
in-4°. Les Opufcules contenus dans
ce Recüeil font les fuivans. *Ad Le-
gem* Quifquis. *De Imperio Maris. De
Mutatione & augmento Monetæ Aureæ.
De æqualitate in mutuo. De Electione
Magiftratus incapacis. De Velandis
Mulieribus. De interdicta Chriftianis*

cum Gentilibus Communione. De famo-
ſis Latronibus inveſtigandis.

18. *Codex Theodoſianus cum perpe-*
tuis Commentariis Jacobi Gothofredi.
Præmittitur Chronologia accuratior cum
Chronico Hiſtorico & Prolegomenis ;
ſubjiciuntur Notitia Dignitatum , Proſo-
pographia , Topographia , &c. Opus
Poſthumum , Opera Antonii Marvillii.
Lugduni 1665. *in-fol.* 4. vol. *Godefroy*
avoit obtenu dès l'an 1645. un Privilege pour l'impreſſion de cet Ouvrage , auquel il a travaillé pendant
pluſieurs années ; mais étant mort
avant que de l'avoir donné au Public
& avant même que de l'avoir entierement achevé , *Antoine Marville* ,
Profeſſeur en Droit à *Valence* , qui
acheta de ſes héritiers ſa Bibliotheque
& y en trouva le manuſcrit , eut le
ſoin de le revoir , d'y mettre la derniere main , & de le faire imprimer.
C'eſt le meilleur Ouvrage de *Go-*
defroy.

19. *Tractatus de Salario.* 2ª. *Editio*
auctior. Genevæ 1666. *in-*4°. Je ne ſçai
quand a paru la premiere Edition.

20. *Manuale Juris , ſeu parva Juris*
Myſteria , ubi Juris Civilis Romani

G ij

J. GODE-FROY.

Historia, Bibliotheca, Florilegium Sen-tentiarum, & Series librorum & titulo-rum in Digestis & Codice. Geneva 1676. *in-*12. It. *Lugduni* 1684. *in-*12.

21. *Le Mercure Jésuite, ou Recüeï des Pieces concernant le Progrès des Je-suites, leurs écrits & differends, depuis l'an* 1620. *jusqu'à l'année* 1625. *Gene-ve* 1630. *in-*8°. 2. tom. It. *seconde Edi-tion revûë, & de beaucoup augmentée. Geneve* 1631. *in-*8°. 2. tom. Quoique suivant le titre de ce Livre, on doive n'y trouver que des Pieces qui n'ail-lent pas plus haut que l'année 1620. il y en a cependant de beaucoup plus anciennes.

22. *Mémoire touchant l'Etat & la Ville de Geneve, jusqu'en* 1627. *par Jacques Godefroy*, trois vol. *in-*4°. Ces Mémoires, qui sont demeurez ma-nuscrits, sont citez par *Jacob Spon*, p. 241. du tome second de son *His-toire de Geneve*, où il dit qu'il est re-devable en partie de cequ'il avance, aux Mémoire de ce Grands-Homme, qui lui avoient été communiquez par *Nicolas Chorier*.

V. *Freheri Theatrum Virorum Doc-torum.* Cet Auteur s'est servi d'un

Programme de *Philippe Meftrezat*, J. Gode-
Recteur de l'Academie de *Geneve*, froy.
fur la mort de *Jacques Godefroy*.

DENIS GODEFROY,
L'HISTORIOGRAPHE.

DENIS *Godefroy*, l'Hiftoriogra- D. Gode-
phe, naquit à *Paris* le 24. Août froy.
1615. de *Theodore Godefroy*, dont j'ai
parlé ci-deffus.

Après le cours de fes études il s'appliqua, à l'exemple de fon pere, à l'Hiftoire, dans laquelle il fe rendit très-
habile.

Il n'avoit encore que 25. ans, lorfque le Roy *Louis XIII.* lui accorda
par Lettres du 27. Fevrier 1640. le
titre d'Hiftoriographe, aux gages de
trois-mille fix-cens livres, pour en
jouir en furvivance de fon pere.

Six mois après la mort de fon pere,
le Roy *Louis XIV.* le gratifia par Brevet & Lettres Patentes du 20. & 30.
Mars 1650. d'une nouvelle penfion
de deux mille livres, à prendre fur les
Païs & Senéchauffée de Querci.

En 1668. il fut envoyé à *Lille* pour

G iij

D. Gode-   la recherche & garde des Titres &
FROY.   Archives de la Chambre des Comptes ; fa Commiffion eft datée du 2.
Decembre de cette année. Il en eut
une pareille en 1678. pour l'Inventaire des Titres du Château de *Gand* ;
laquelle finie il retourna à *Lille*, où
il avoit fixé fa demeure.

Il y mourut le 9. Juin 1681. dans
fa 66ᵉ. année.

Catalogue de fes Ouvrages.

1. *Le Cérémonial François, recueilli
par Theodore Godefroy ; feconde Edition mife en lumiere par Denis Godefroy
fon fils. Paris 1649. in-fol. 2. vol.*
J'ai déja parlé de cette Edition dans
l'article de fon pere, N°. 8.

2. *Mémoires de Meffire Philippe de
Comines, Seigneur d'Argenton, contenant l'Hiftoire des Rois Louis XI. &
Charles VIII. depuis l'an 1464. jufqu'en 1498. revûs & corrigez fur divers
manufcrits & anciennes impreffions,
augmentez de plufieurs Traitez, Con-
trats, Teftamens, autres Actes, & diverfes Obfervations, par Denis Godefroy. Paris. Imprim. Roy. 1649. in-fol.*
Theodore Godefroy avoit commencé à
travailler à cette édition ; mais étant

mort à *Munfter* en 1649. il ne put D. GODE-
finir ce qu'il avoit entrepris ; *Denis* FROY.
Godefroy entrant dans fes vûes, continua fon travail & le mit dans l'état
où il eft dans cette Edition, qui eft
fort belle & affez rare, & qui a été
contrefaite à *la Haye* en 1682. en deux
vol. *in*-12. Après la mort de *Denis*,
Jean Godefroy, fon fils, Directeur de
la Chambre des Comptes de *Lille*,
& Procureur du Roy au Bureau des
Finances de la même Ville, en donna
une nouvelle, *augmentée de l'Hiftoire de
Louis XI. connue fous le nom de* Chronique Scandaleufe, *& de plufieurs
Pieces curieufes.* Bruxelles 1706. *in*-8°.
3. tomes, à laquelle il joignit fept
ans après un nouveau volume, fous
le titre de *Supplément aux Mémoires
de Meffire Philippe de Comines, Seigneur d'Argenton, contenant l'Addition
à l'Hiftoire du Roy Louis XI. avec plufieurs Pieces, Lettres, Mémoires, Recherches, Remarques Critiques & Hiftoriques, fur le même fujet, & diverfes
autres matieres curieufes.* Bruxelles 1713.
in-8°. Ces quatre volumes ont été mal
contrefaits à *Rouen* en 1714. *in*-8°.
Depuis, M. *Jean Godefroy* en a procuré

D. Gode-
roy.

une nouvelle Edition, encore bien plus ample que les précedentes, à *Bruxelles* 1723. *in*-12. 5. vol. Les deux derniers volumes de celle-ci renferment quantité de Pieces, dont la plûpart n'avoient point encore parû, & qui servent de preuves aux huit Livres des *Mémoires de Comines*, avec des Notes qu'on y a jointes.

3. *Histoire de Charles VI.* & des choses mémorables de son regne, depuis l'an 1380. jusqu'en 1422. par Jean Juvenal des Ursins ; augmentée en cette nouvelle Edition de plusieurs *Mémoires, Journaux, Observations historiques, & Annotations,* contenant divers *Traitez, & Contracts, Testamens,* & autres *Actes & Pieces* du même temps, non encore imprimés. *Paris. Imprim. Roy.* 1653. *in-fol.* Son pere avoit déja donné une Edition de cette Histoire en 1614. mais celle-ci est beaucoup plus ample ; & l'on y trouve, outre l'Histoire de *Juvenal des Ursins,* celle de *Pierre de Fenin,* & de plusieurs autres Auteurs Anonymes de differentes factions, qui comparez entre eux peuvent servir pour découvrir la verité.

4. *Hiftoire des Connétables, des Chan-* D. GODE-
celiers & Gardes des Sceaux, des Ma- FROY.
rechaux, des Admiraux, Surintendans
de la navigation & Generaux des Ga-
leres de France, des Grands-Maîtres de
la Maifon du Roy, & des Prevôts de
Paris; avec leurs Armes & Blafons,
depuis leur origine jufqu'en 1555. *par*
Jean le Feron, revûë & continuée juf-
qu'à prefent par Claude Collier; & aug-
mentée de Recherches & Pieces curieu-
fes, qui ont rapport à ce Recueil, par
Denis Godefroy. Paris. Imprim. Roy.
1658. *in-fol.* „ Quoique cette Édition
„ foit corrigée, on y a cependant
„ confervé quelques fautes. Car on y
„ donne des Armes à tous les Officiers
„ de la Couronne, quoiqu'il n'y en
„ ait point eu de particulieres avant
„ *Philippe I.* ainfi toutes celles qui
„ précedent ce regne, font fuppofées.
„ Il y a des Notes d'*André du Chefne,*
„ qui a déterré des Chanceliers &
„ Gardes des Sceaux, inconnus aux
„ Auteurs qui avoient écrit fur cette
„ matiere avant lui. *François du Chef-*
„ *ne* fe plaint de ce qu'on n'a pas
„ fait mention de fon pere, en les
„ rapportant. (*Le Long, Bibl. de la*
France, N°. 13480.

D. GODE-
FROY.

5. *Histoire du Roy Charles VII. qui contient les choses mémorables advenuës depuis l'an 1422. jusqu'en 1461. mise en lumiere & enrichie de plusieurs Titres, Mémoires, Traitez, & autres Pieces historiques. Paris. Imprim. Roy. 1661. in-fol.* Les Auteurs compris dans ce volume sont, *Jean Chartier, Jacques Bouvier, dit Berry, Matthieu de Coucy,* & autres qui sont Anonymes.

6. *Mémoires & Instructions pour servir dans les négotiations & affaires concernant les droits du Roy. Paris 1665. in-fol.* It. *Amsterdam 1665. in-12.* It. *Augmentez. Paris 1689. in-12. Denis Godefroy* composa ces Mémoires, qui font curieux, l'an 1652. par ordre de M. le Chancelier *Seguier,* qu'on en a cru l'Auteur, parce qu'ils se font trouvez manuscrits dans sa Bibliotheque.

7. *Histoire de Charles VIII. par Guillaume de Jaligny, André de la Vigne, & autres Historiens de ce temps-là ; enrichie de plusieurs Mémoires, Titres, & Pieces historiques, non encore imprimées, le tout recueilli par Denis Godefroy. Paris. Imprim. Roy. 1684. in-fol.* La mort de *Denis Godefroy*

arrivée en 1681. l'empêcha d'achever D. GODE-
cette Edition, qu'il avoit commen- FROY.
cée ; fon fils aîné, nommé comme
lui, en prit le foin à fa place : elle
eft plus belle que celle que fon pere
avoit publiée en 1617.

Il avoit deffein de donner une
fuite d'Hiftoriens François contemporains, en la Langue qu'ils ont écrit,
à commencer en 1285. au regne de
Philippe le Bel, où *André du Chefne* a
fini fon Recuëil ; il devoit y joindre
des Notes & des Preuves dans le même ordre qu'il a obfervé pour les
quatre regnes qu'il a publiez, & qui
font une fuite de fix-vingts ans, & il
avoit dequoi remplir ce deffein ; mais
d'autres occupations l'en ont empêché.

V. *le P. le Long, Bibliot. Hiftorique
de la France.*

JEAN SAVARON.

JEAN *Savaron* naquit à *Clermont*
en Auvergne, d'une des plus ho-
norables familles de cette Ville.

Après avoir fait ses études de Droit,
il fut pourvû d'une Charge de Conseiller au Présidial de *Riom* ; mais
il ne la garda que peu de temps, & la
quitta pour prendre celle de Conseiller à la Cour des Aydes, établie alors
à *Montferrand*. Il se trouvoit par ce
changement plus près de sa Ville
natale, *Montferrand* n'en étant qu'à
un quart de lieüe, & il se procuroit
plus de temps pour s'appliquer aux
recherches curieuses de l'antiquité,
pour lesquelles il avoit beaucoup
d'attrait ; & ce furent là les raisons
qui l'y déterminerent.

La Charge de Président & de Lieutenant general en la Senechaussée &
Siége Présidial de *Clermont*, étant ensuite venuë à vaquer par la mort d'*Antoine Dalmas*, ses amis l'engagerent
à l'acheter. Comme il étoit déja connu
& qu'il étoit en relation avec plu-

ſieurs ſçavans Magiſtrats ; Meſſieurs J. SAVA-
de *Harlay*, *Servin*, Avocat General, RON.
& *de Seaux*, Conſeiller d'Etat, le
recommanderent ſi fortement à M.
de Sully, Surintendant des Finances,
qu'il eut en pur don, la moitié du
prix auquel cette Charge avoit été
fixée au Conſeil.

Son attachement à l'étude n'eut
rien à ſouffrir de la ſituation où il ſe
trouva alors ; car il ſe fit une regle de
ne s'appliquer qu'aux affaires de quelque conſequence, laiſſant les autres
à juger aux Conſeillers du Siége à la
tête duquel il étoit.

Ayant été député du Tiers-Etat de
la Province d'Auvergne, aux Etats
Generaux qui ſe tinrent à *Paris* en
1614. il y fit paroître beaucoup de
fermeté & de jugement. Il fut un de
ceux que la Chambre du Tiers-Etat
choiſit pour examiner les cahiers de
la Nobleſſe, & pour parler à leur
Chambre de la part de celle du Tiers-
Etat ; & il s'acquita de ce dernier emploi avec tant de liberté, qu'il ſe fit
des affaires avec la Nobleſſe, qui le
menaça de s'en vanger. Mais la Chambre du Tiers-Etat ayant pris ſon parti,

J. SAVA-
RON.

en fit des plaintes au Roy, qui aprouva sa conduite, & lui donna des Gardes pour le mettre à couvert de toute insulte.

Il fut aussi employé plusieurs fois par le Tiers-Etat pour répondre sur le champ, & sans être préparé, aux propositions du Clergé & de la Noblesse ; ce qu'il fit toûjours avec éloquence & avec force.

On le vit ensuite plaider au Parlement de *Paris* pour les Droits honorifiques des Magistrats de son Présidial, à qui le Chapitre de la Cathedrale de *Clermont* refusoit d'accorder la séance qu'ils avoient coûtume de prendre dans le Chœur de leur Eglise, réservant cet honneur à lui seul, Chef de la Compagnie. Il y parla avec tant de force, & y dit des choses si curieuses & si recherchées, que dix heures étant venuës à sonner au milieu de son plaidoyer, le Premier Président *de Verdun* se leva, & demanda à la Compagnie, si elle n'étoit pas d'avis qu'il achevât, ce qui lui fut permis : honneur qui n'avoit jamais été accordé qu'aux Gens du Roy.

Le Baron de *Canilhac* , Senéchal de J. SAVA-
Clermont , étant mort en 1622. *Sava-* RON.
ron voulut faire ſon Eloge à la priſe
de poſſeſſion de M. de *Beaufort Canil-*
hac ſon frere , que le Roy avoit commis pour exercer cette Charge juſqu'à
la majorité du fils du défunt , quoiqu'il fût alors incommodé ; & il s'y
échauffa ſi fort qu'il fut obligé de ſe
mettre au lit en ſortant de là , & qu'il
en mourut huit jours après cette
année 1622.

» *Savaron* avoit beaucoup de lec-
» ture , d'érudition , & de jugement.
» Il écrit purement en Latin , & par-
» le d'une maniere éloquente en Fran-
» çois ; mais d'un ſtile qui paroît à
» preſent fort barbare. C'eſt le jugement que M. *du Pin* fait de cet Auteur. *Scaliger* (a) remarque qu'il
étoit fort habile dans l'intelligence
des Auteurs de la baſſe Latinité.

Catalogue de ſes Ouvrages.

1. *Sidonii Apollinaris Opera cum*
Notis. Pariſ. 1608. *in-*8°. It. 2ª. *Editio*
multis partibus auctior & emendatior.
Pariſ. 1609. *in-*4°. Le Commentaire
de *Savaron* eſt rempli d'une varieté

(a) *Scaliger. Secunda,*

J. SAVA-furprenante de citations de toutes
RON.   fortes d'Auteurs, ce qui eft une preuve de fa vafte lecture, & de fa profonde érudition. On l'a accufé de
l'avoir dérobé au P. *Sirmond*, Jefui-
te, qui a compofé un Commentaire
fur le même Auteur; mais plufieurs
Sçavans l'ont déchargé de cette accu-
fation.

2. *Cornelius Nepos, cum Caftigatio-
nibus & Notis J Savaronis.* Parif.
1602. *in*-16.

3. *Traité des Confrairies.* Paris
1604. *in*-8°.

4. *Origines de Clermont, Ville capi-
tale d'Auvergne, par Jean Savaron,
Seigneur de Villars, &c.* Clermont
1607. *in*-8°. It. *augmentées des Remarques, Notes & Recherches curieufes
des chofes advenuës avant & après la
premiere Edition. Enfemble des Généa-
logies de l'ancienne & illuftre Maifon de
Seneciere & autres, juftifiées par Chartres, Tiltres, Privileges des Rois, &
autres preuves authentiques; par Pierre
Durand, Confeiller du Roy, Vifiteur
general des Gabelles en la Cour des
Aydes de Clermont-Ferrand.* Paris
1662. *in-fol.* Cette Edition n'eft pas
commune.   5. De

5. *De Sanctis, Ecclefiis & Monaf-* J. SAVA-
teriis Claromontii, incerto Autore, Sæcu- RON.
li X. Edente cum Notis Joan. Savarone.
Parif. 1608. *in-8°. Pierre Durand* a
inferé cet Ouvrage dans fon Edition
des *Origines de Clermont* de Savaron, à
la page 341.

6. *Traité contre les Mafques. Paris*
1608. *in-8°. It. troifiéme Edition aug-*
mentée. Paris 1611. *in-8°.*

7. *Traité contre les Duels, avec l'Edit*
de Philippe le Bel de l'an 1306. *Paris*
1610. & 1614. *in-8°.* Cet Ouvrage
contient des Recherches curieufes.

8. *Traité de l'Epée Françoife. Paris*
1610 *in-8°.* Ce Livre tend à relever
la valeur des Rois de France.

9. *S. Auguftini Homilia de Kalendis*
Januarii, & Sorbona decretalis Epiftola
contra feftum Fatuorum, edente cum
Notis J. Savarone. Parif. 1611. *in-8°.*

10. M. *de l'Etoile* dans fes *Mémoi-*
res pour l'Hiftoire de France, nous dit
que le 21. Septembre 1611. J. Perier
lui donna un Traité de fon impreffion,
fait par M. Savaron ; que les Lettres
font l'ornement des Rois & de l'Etat. Je
ne fçai ce que c'eft.

11. *Traité de la fouveraineté du Roy*

Tome XVII. H

J. SAVA-
RON.

& de son Royaume ; aux députez de la Noblesse. Paris 1615. *in-8°.* Ce Traité est fait pour prouver que le Roy ne tient sa Couronne que de Dieu seul, que le temporel de son Royaume n'est sujet à aucune puissance spirituelle & temporelle, & que ses sujets ne peuvent être dispensez du serment de fidelité & d'obéïssance.

12. *Second Traité de la souveraineté du Roy & de son Royaume ; au Roy Louis XIII. Paris* 1615. *in-8°.* Cet Ouvrage fut attaqué par un Anonyme dans un *Examen du Traité de la souveraineté du Roy, de Jean Savaron. Paris* 1615. *in-8°.* & *Savaron* le défendit par le suivant.

13. *Les Erreurs & Impostures de l'Examen du Traité de la souveraineté du Roy. Paris* 1616. *in-8°.* mais on y opposa la *Censure de la Replique de Jean Savaron sur l'examen fait de son Traité de la souveraineté du Roy, par Jean le Cocq. Paris* 1617, *in-4°.*

14. *De la souveraineté du Roy, & qu: Sa Majesté ne la peut soumettre à qui que ce soit, n'y aliener son Domaine à perpétuité, avec les preuves, contre un Auteur inconnu. Paris* 1620. *in-8°.*

15. *Chronologie des Etats generaux,* J. SAVA-
où le Tiers-Etat eft compris , depuis l'an RON.
1615. *jufqu'en* 422. *Paris* 1615. *in-*8°.
Le but principal de ce Traité eft de
montrer que depuis la fondation de
la Monarchie , jufqu'à *Louis XIII.*
le Tiers-Etat a toûjours été convo-
qué par les Rois aux Etats generaux ,
& qu'il y a eu entrée , féance & voix.
L'ordre de l'Auteur eft d'aller en ré-
trogradant.

16. *De la fainteté du Roy Louis , dict*
Clovis , avec les preuves & les autori-
tez , & un abregé de fa Vie. Imprimé
avec les *Annales de Belleforeft. Paris*
1621. *in-fol.* It. *Paris* 1622. *in-*4°. Cet
Ouvrage eft fort court.

Il avoit commencé des Notes &
des Remarques fur S. *Gregoire de*
Tours , & fur les Capitulaires de
Charlemagne ; mais la mort l'a empêché de les finir.

On trouve dans la Bibliotheque de
M. *Bachelier* , Doyen de *Rheims* , un
manufcrit *in-*4°. de fa façon fur la
queftion : *S'il eft permis aux Chrétiens*
de danfer.

V. fon Eloge par *Pierre Durand*
à la p. 255. de la feconde Edition des
Origines de Clermont. H ij

JEAN CHAPEAUVILLE.

J. CHA-
PEAUVIL-
LE.

JEAN *Chapeauville* naquit à *Liege*
le 5. Janvier 1551. de *Guillaume*
Chapeauville & de *Marguerite de*
Meers, tous deux de bonnes familles
de cette Ville.

Il fit ses premieres études dans sa
patrie, & alla ensuite étudier en Philosophie à *Cologne*. Son pere le desti-
noit au Barreau, mais son inclination
pour l'état Ecclesiastique, rendit cette
destination inutile. Il s'appliqua donc
à la Theologie dans l'Université de
Louvain, où il fut reçu Docteur.

En 1578. le Cardinal *Gerard de*
Groésbeck, Evêque de *Liege*, le mit
au nombre des Examinateurs Syno-
daux, & lui donna l'année suivante
la Cure de S. *Michel*, & un Canonicat de l'Eglise de S. *Pierre*.

Le Prince *Ernest de Baviere* succes-
seur de *Gerard*, le nomma en 1582.
Inquisiteur de la Foy; & cinq ans
après, c'est-à-dire en 1587. le Pape
Sixte V. lui donna un Canonicat de
l'Eglise Cathedrale de *Liege*, & l'y
établit grand Penitencier.

En 1598. Le Prince *Erneft* le choi- J. CHA-
fit pour fon Grand Vicaire, & le fit PEAUVIL-
outre cela Archidiacre. L'année fui- L E.
vante les Chanoines de S. *Pierre*, fes
anciens Confreres, l'élurent Prevôt
de leur Chapitre, à la place de *Gilles*
Oran, mort le 7. May 1599.

Pendant dix années qu'il fut Curé,
il s'appliqua avec beaucoup d'ardeur
à l'inftruction de fon peuple ; lorfqu'il fe vit fixé à *Liege*, il enfeigna
avec beaucoup d'applaudiffement &
de concours, la Theologie dans plufieurs Monafteres de cette Ville.
Enfin dans tous les poftes où il fe
trouva il n'oublia rien pour fe rendre
utile aux autres.

En 1612. lorfque le Prince *Fer-*
dinand de Baviere fuccéda à *Erneft* fon
oncle dans l'Evêché de *Liege*, *Cha-*
peauville lui demanda à être déchargé
de la dignité de Grand Vicaire, fous
prétexte de fon grand âge ; mais ce
Prélat fachant que fes fervices étoient
néceffaires à fon Diocèfe, le pria de
les lui continuer.

Il mourut le 11. May 1617. âgé
de 66. ans.

J. Cha-
peauvil-
le.

Catalogue de ses Ouvrages.

1. *Tractatus de Casibus reservatis. Leodii* 1596. & 1603. *in-*8°. Il composa cet Ouvrage pour l'usage de l'Eglise de *Liege*, lorsqu'il eut été fait Grand Penitencier.

2. *Elucidatio Scholastica Catechismi Romani. Leodii* 1600 & 1603. *in-*8°.

3. *Summa Catechismi Romani; cum Epistola de tædio quod Catechistis obrepere solet, ejusque remedio. Leodii* 1605. *in-*8°.

4. *Vita & Miracula. S. Perpetui Epicopi Trajectensis. Leodii* 1601. *in-*8°. Cette Vie est en Latin & en François.

5. *Tractatus de necessitate & Modo ministrandi Sacramenta tempore pestis. Moguntiæ* 1612. *in-*8°. It. *Coloniæ* 1625. *in-*8°. It. *Lovanii* 1637. *in-*12. It. *Salisb.* 1680. *in-*12.

6. *De prima & vera Origine Festivitatis SS. Corporis & Sanguinis Domini.* Cet Ouvrage a été inseré dans le deuxiéme tome du Livre suivant.

7. *Historia Sacra, Profana, nec non Politica, tribus tomis comprehensa; in qua non solum reperiuntur gesta Pontificum Tungrensium, Trajectensium &*

Leodienſium ; verum etiam Pontificum J. CHA-
Romanorum , atque Imperatorum , & PEAUVIL-
Regum Franciæ , uſque ad Ludovicum L E.
XIII. Galliæ ac Navarræ Regem. Ad-
juncta eſt Hiſtoria Gubernatorum , qui
tempore tumultuum Belgii , uſque ad Ser.
Principes Albertum & Iſabellam , totam
illam regionem rexere. Nunc primum
ſtudio & induſtria D. Joan. Chapea-
villi edita , ac annotationibus illuſtrata.
Acceſſit P. Ægidii Bucherii è Soc. J.
Chronologia. Auguſta Eburonum. 1612.
1616. *in-*4°. 3. vol. Cet Ouvrage a été
imprimé pour la plus grande partie
du vivant de ſon Auteur ; après ſa
mort on ajoûta à la tête du premier
volume , dans les exemplaires qui
étoient encore entre les mains des
Libraires , un abregé de ſa Vie , avec
ſon Portrait , & l'on changea la date
de la premiere feuille , où l'on mit
1618. au lieu de 1612. *Chapeauville*
employa les dernieres années de ſa vie
à ramaſſer les Pieces qu'il a fait entrer
dans ce Recüeil , & à compoſer les
remarques qui les accompagnent. Il
n'eſt pas inutile de marquer ces Pieces
en détail. On y trouve donc :
Harigeri Abbatis Lobienſis Geſta

J. CHA-
PEAUVIL-
L E.

Pontificum Tungrensium, Trajectensium, & Leodiensium, à Beato Materno primo Leodiensium Episcopo, usque ad Beatum Remaclum Episcopum Vigesimum septimum ; cum additionibus Ægidii à Leodio, Aureæ Vallis Religiosi. Tom. I. pag. I. S. *Remacle* est mort en 664. & *Hariger* vivoit en 980.

Anselmi Canonici Leodiensis Gesta Pontificum Trajectensium & Leodiensium, à Beato Theodardo, immediato S. Remacli successore, usque ad Wasonem quinquagesimum secundum Episcopum Leodiensem, cum additionibus Ægidii à Leodio. Tom. I. pag. 99. Cet Auteur vivoit en 1048.

Appendix quatuor Autorum Præcipuorum, qui Gesta S. Lamberti Martyris, vigesimi Noni Episcopi Leodiensis seorsim scripserunt, Godeschalci Diaconi & Canoni Leodiensis ; Stephani 39. Episcopi Leodiensis ; Nicolai Canonici Leodiensis ; Reneri ad S. Laurentium prope Leodium Monachi, qui omnes ante quingentos annos floruerunt. Tom. I. p. 319.

Disputatio Historica de primis Tungrorum seu Leodiensium Episcopis. Item Chronologia Posteriorum. Studio & opera Ægidii

Ægidii Bucherii, *è Soc.* J. Tom. 1. p.

*Ægidii à Leodio Hiſtoria Epiſcopo-
rum Tungrenſium & Leodienſium.* Tom.
2. pag. 1. Ce Moine vivoit en 1240.

Joannis Hocſemii, *Canonici Leodien-
ſis*, *Geſta Pontificum Leodienſium*, *ab
Henrico Gueldrenſi ad Adulphum à
Marcka.* Tom. 2. pag. 273. *Hocſe-
mius*, qui eſt mort en 1348. a compris
dans ſon Hiſtoire tout ce qui s'eſt
paſſé entre les années 1246. & 1344.

*Radulphi de Rivo Decani Tungrenſis
Geſta eorumdem, ab anno tertio Ingelberti
à Marcka, uſque ad Joannem à Bavaria.*
Tom. 3. pag. 1. Cet Auteur eſt mort
en 1403. & ſon Hiſtoire s'étend depuis l'an 1348. juſqu'en 1390.

*Suffridi Petri Geſta Pontificum Leo-
dienſium*, *à Joanne de Bavaria*, *uſque
ad Erardum à Marcka.* Tom. 3. p.
69. Cette Hiſtoire s'étend depuis l'an
1390. juſqu'en 1506.

*Joannis Chapeavilli Geſta Pontificum
Leodienſium, ab Erardo à Marcka, uſque
ad Ferdinandum Bavarum.* Tom. 3.
pag. 235. Cette Hiſtoire va juſqu'en
1613.

V. ſa Vie à la tête du premier
Tome XVII.   I

J. CHA-
PEAUVIL-
LE.

Volume de son Histoire des Evêques de *Liege*. *Valere André Bibliotheca Belgica*. *Swertii Athenæ Belgicæ*. Ces deux Auteurs se trompent sur la date de sa mort, que le premier met le 10. Juin, & l'autre le 11. du même mois.

FRANÇOIS GUICHARDIN.

F. GUI-
CHAR-
DIN.

FRANÇOIS *Guichardin*, en Italien *Guicciardini*, sorti d'une des familles les plus considérables de *Florence*, qui en a toûjours rempli les premieres Charges, naquit dans cette Ville le 6. Mars 1482. de *Pierre Guicciardini*, & de *Simone de' Gianfigliazzi*.

Son pere l'appliqua d'abord, suivant la coûtume, à l'étude des Langues Latine & Greque ; mais il négligea entierement cette derniere, soit qu'elle ne lui plût pas, soit qu'il la regardât comme inutile à la connoissance des Loix, qu'il se proposoit principalement pour objet.

Après sa Philosophie, il passa à l'âge de 16. ans, au Droit, qu'il

étudia pendant l'espace de trois an- F. G u i-
nées sous *Ormannozzo Deti*, & *Philippe* c h a r-
Decius, fameux Professeurs de Flo- d i n.
rence. Les connoissances qu'il acquit
alors ne parurent pas à son pere assez
considérables, pour qu'il dût s'y borner; il jugea à propos de l'envoyer
dans les autres Universitez d'Italie,
afin qu'il en acquît de nouvelles.

Guichardin alla d'abord à *Ferrare*,
où il demeura une année; mais peu
content des Professeurs qui y enseig-
gnoient, il passa au bout de ce temps
à *Padoue* où il fit un séjour de trois
années, pendant lesquelles il assista
assiduëment aux leçons de *Philippe*
Decius, son premier Maître, qui avoit
quitté *Florence*, pour aller professer
dans l'Université de *Padoue*, & sous
Charles Ruini.

De retour à *Florence*, il s'y fit recevoir Docteur en Droit, & fut chargé
peu de temps après d'y enseigner les
Institutes, quoiqu'il n'eût alors que
23. ans. Cependant faisant réflexion
que la profession d'Avocat lui seroit
plus utile & plus honorable que celle
de Professeur, il quitta bien-tôt cêt-
te derniere, pour suivre le Barreau,

F. GUI-
CHAR-
DIN.

où il s'acquit une grande réputation.

Il se maria en 1506. & épousa
Marie Salviati, fille d'*Alamanno Salviati*, un des plus illustres citoyens
de *Florence*.

Après avoir été occupé pendant
quelques années des affaires des particuliers, on le jugea digne d'être
employé dans celles de l'Etat, & on
le choisit en 1511. pour aller en Ambassade à la Cour de *Ferdinand*, Roi
d'Arragon. Il fit d'abord quelque
difficulté d'accepter cet honneur,
dans la pensée que la profession d'A-
vocat lui étoit assez honorable & lu-
crative, & que son absence lui feroit
perdre plusieurs de ses Cliens ; mais
son pere lui ayant représenté qu'il ne
devoit pas refuser un poste, qui lui
faisoit d'autant plus d'honneur, qu'il
n'y avoit point d'exemple qu'on en
eût donné un semblable à une personne de son âge, que sa jeunesse
excluoit des dignitez de l'Etat; il se
détermina à l'accepter.

Il partit donc de *Florence* au mois
de Janvier de l'année 1512. & se rendit à *Burgos*, où étoit alors le Roy

Ferdinand. Son Ambaſſade dura deux
ans, & il doit avoir négotié pendant
ce temps-là des choſes de grande importance, puiſqu'il arriva alors des
événemens très-conſidérables en Italie. Le Roy d'Arragon lui donna à
ſon départ des marques de ſon eſtime
& de ſa bienveillance, en lui faiſant
preſent de quelques pieces d'argen-
terie, de la valeur de cinq cent écus.

Il revenoit content de ſon voyage,
lorſqu'étant à *Plaiſance*, il y apprit la
mort de ſon pere, qui lui cauſa beaucoup de chagrin.

Arrivé à *Florence*, il n'y fit pas un
long ſéjour, le Pape *Leon X.* l'ayant
alors engagé à ſe mettre à ſon ſervice.
Ce Pontife après l'avoir fait paſſer par
differens emplois, lui donna le Gouvernement de *Modene* & de *Reggio*,
qui lui fournit des occaſions de faire
connoître ſon courage & ſa prudence.

Après la mort de *Leon X. Adrien
VI.* & *Clement VII.* qui le ſuivirent,
lui conſerverent le même Gouvernement ; ce dernier le fit depuis Gouverneur de la Romagne & Lieutenant
de ſon Armée, & il fit voir dans

F. GUI-
CHAR-
DIN.

I iij

F. G U I-
C H A R-
D I N.

tous ces poftes, qu'il n'étoit pas
moins bon Capitaine qu'habile Né-
gotiateur.

Il paffa enfuite au Gouvernement
de *Boulogne*, où il eut beaucoup à
travailler pour contenir l'efprit re-
muant des habitans, qui y étoient
divifez en plufieurs factions ; mais il
en vint à bout par fa prudence & fa
feverité ; & quoiqu'il fe fût par-là
attiré l'inimitié de plufieurs perfonnes de confidération, qui le mena-
cerent hautement de fe vanger, il
fçut cependant rendre leurs mauvai-
fes difpofitions inutiles. Lorfqu'il eut
appris qu'après l'élection de *Paul III.*
ce Pape lui avoit donné un fucceffeur, il fortit de *Boulogne*, & fe retira à *Florence*, où il fe fixa pour le
refte de fa vie.

Le Duc *Alexandre de Medicis*, qui
l'aimoit, fut ravi de fon retour, &
fe fervit toûjours depuis de fes confeils. Il le mena même avec lui à
Naples, lorfqu'il y alla faluer l'Empereur *Charles-Quint*, & *Guichardin*
lui fut d'un grand fecours dans quelques affaires qu'il y eut à traiter.

Ce Prince ayant été tué le 6. Jan-

vier 1537. *Guichardin* fut un de ceux **F. G u i-**
qui aſſiſterent au Conſeil ſecret qu'on **c h a r-**
tint alors pour déliberer ſur ce qu'il **d i n.**
avoit à faire dans cette occurence.

Depuis ce temps il ne prit plus
gueres de part aux affaires publiques,
& ne ſongea qu'à jouir d'un repos
qu'il n'avoit point connu juſques-là.
La réſolution qu'il forma de vivre
doreſnavant pour lui-même, après
avoir vêcu ſi long-temps pour les
autres, fut ſi forte, qu'il ne voulut
point écouter les offres que le Pape
Paul III. lui fit en paſſant par l'Etat
de *Florence*, pour l'attirer à ſon ſervice, & que les Lettres les plus preſſan-
tes, que le Cardinal *Robert Pucci* lui
écrivit ſur ce ſujet, ne purent l'é-
branler.

Il eſt vrai qu'il avoit outre cela des
raiſons particulieres pour ne ſe pas
rendre aux deſirs du Pape. Il ſçavoit
qu'il n'étoit pas en bonne intelligence avec le Grand Duc, & qu'étant
auprès de lui, il ſeroit quelques-fois
obligé de faire des choſes qui pourroient déplaire à ce Prince; ce qui lui
paroiſſoit une choſe peu convenable,
puiſqu'il étoit né ſon ſujet. D'ailleurs

I iiij

F. GUI-
CHAR-
DIN.

il se voyoit sans enfant mâle, à qui il pût procurer des dignitez Ecclesiasti-ques; il étoit aussi hors d'état de s'en procurer à lui-même, ayant encore sa femme. Toutes ces considérations l'engagerent à renoncer aux embarras des affaires, & à se retirer à sa Maison de Campagne, pour y vivre dans le repos & dans la tranquillité, occupé seulement de l'étude, & de la com-position de l'Histoire qu'il avoit entreprise.

Il étoit prêt à la finir, lorsqu'une fiévre maligne l'enleva au mois de May 1540. à l'âge de 58. ans. Il avoit ordonné que ses funérailles se fissent sans beaucoup de pompe, sans Orai-son funébre, & sans Epitaphe; & on suivit en cela sa volonté, lorsqu'on l'enterra dans l'Eglise de *Sainte Feli-cité* à *Florence*, où étoit le Tombeau de ses ancêtres.

Il n'eut jamais d'enfant mâle, mais seulement sept filles, dont trois lui survêcurent.

Il étoit d'un tempérament robuste; mais son application trop violente à l'étude, dans laquelle il passoit les jours entiers sans penser à manger &

à dormir, jointe aux fatigues des
affaires, altera enfin fa fanté. Il avoit
une mémoire fort heureufe, un efprit
vif & pénétrant, & un jugement
admirable. Naturellement éloquent,
il fçavoit perfuader ce qu'il vouloit,
& fur quelque chofe qu'on le confultât, il donnoit toûjours des confeils
fages & prudens. Il étoit intégre,
grand amateur de la juftice, defintereffé, & zelé pour le bien public. Un
de fes défauts étoit d'être prompt &
colere ; mais quand il avoit l'efprit
tranquille, il étoit affable & obligeant. Au refte grave & férieux au
dernier point, il ne laiffoit jamais
échapper dans fes difcours aucune
plaifanterie. C'eft le caractere que le
P. *Remi de Florence*, Dominicain, qui
a écrit fa Vie, fait de lui.

Catalogue de fes Ouvrages.

1. *Della Hiftoria d'Italia, dopo l'anno* 1494. *infino al* 1526. *Libri XVI. di Franc. Guicciardini. In Fiorenza, Torrentino* 1561. *in-fol.* C'eft la premiere Edition de l'Hiftoire de *Guichardin*, qui fut publiée après fa mort par *Agnolo Guicciardini*, fon neveu, lequel la dédia à *Cofme de Medicis.*

F. G U I
C H A R
D I N.

F. G u i-
C H A R-
D I N.

Duc de *Florence*. Elle est fort belle, & on y trouve certains endroits qu'on a retranché des suivantes. On en a fait en même temps une autre, qui lui est semblable, à *Florence* 1561. *in*-8°. 2. tom. Quoique le titre porte que l'Histoire ne commence qu'en 1494. elle ne laisse pas de remonter jusqu'à l'an 1490. puisque c'est par l'état où l'Italie se trouvoit cette année, que l'Historien entre en matiere. Les seize Livres qu'on en publia d'abord ne vont que jusqu'en 1526. Mais *Guichardin* en avoit composé quatre autres qui descendent jusqu'à l'année 1532. Comme ils étoient imparfaits & que l'Auteur n'y avoit pas mis la derniere main, *Agnolo Guicciardini* ne les donna pas d'abord au public, mais promit seulement de le faire dans la suite. It. *Nuovamente ristampata con l'Indice, e co' sommari, e con le annotazioni in margine fatte da Remigio Fiorentino. In Venezia per Nicolo Bevilacqua* 1563. *in*-4°. Il n'y en a que 16. Livres dans cette Edition, de même que dans la premiere. Les quatre derniers parurent ensuite séparément sous ce titre.

Della Hiſtoria d'Italia di Franc.
Guicciardini gli ultimi IV. Libri inſino
al 1532. *non più ſtampati. In Vinegia,*
Giolito de' Ferrari 1564. *in-4°. It. con*
l'aggiunta de ſummari à ciaſcun libro,
& di molte annotazioni in margine delle
coſe più notabili, di M. Papirio Picedi.
In Parma per Setto Viotti 1564. *in-4°.*
Ces quatre Livres furent depuis
joints aux autres dans les Editions de
l'Hiſtoire de *Guichardin* qu'on publia
dans la ſuite, telles que ſont les ſuivantes.

Iſtoria d'Italia di Fr. Guicciardini,
con gli ultimi quattro Libri, dove ſi
deſcrivono tutte le coſe ſeguite dall' anno
1494. *ſino al* 1532. *riſcontrate da Remi-*
gio Fiorentino con tutti gli Storici che
hanno trattato del Medeſimo, e poſti in
margine i luoghi degni d'eſſer notati, con
tre tavole, co' ſommari, e con la vita
dell' Autore. In Venetia. Giolito 1567.
in-4°. It. *Riſcontrata con tutti gli altri*
Hiſtorici, e ornata in margine con le
annotazioni de' Riſcontri fatti da Tomaſo
Porcacchi, con un Giudizio del Medeſi-
mo per diſcoprire tutte le Bellezze di
queſta Iſtoria, e una raccolta di tutte le
Sentenze ſparſe per l'Opera. Aggiun-

F. Guy-
CHAR-
DIN.

F. G U I- *tovi la vita dell' Autore scritta da M.*
C H A R- *Remigio Fiorentino. In Venetia* 1574.
D I N.   1583. 1587. 1590. 1610. 1616. 1623.
in-40.   Ces Editions accompagnées
des Notes marginales de *Porcacchi*
font les meilleures. It. *Con un discorso
di Curtio Marinello, del modo di studiar
l'Historie, per reggere e governare stati.
In Venetia* 1580. *in*-4°. It. *Riveduta &
corretta per Francesco Sansovino* 1621.
in-8°. 2. tomes sans nom de lieu;
mais à *Geneve*. La même Edition de
Sansovino, où l'on ne trouve point les
Notes marginales, qui font le mérite
de celles de *Porcacchi*, mais où l'on
a rétabli les fameux passages, qui
avoient été retranchez dans toutes les
précedentes, a été réimprimée *con le
considerazioni di Giov. Bat. Leoni*. 1636.
Presso Jacopo Stoer (c'est-à-dire à
Geneve) *in*-4°. & ensuite en 2. vol.
in-8°. Ce font là les principales Editions Italiennes de l'Ouvrage de *Guichardin* qui a été traduit en plusieurs
langues.

L'*Histoire des Guerres d'Italie de
Messire François Guicciardin, Gentilhomme Florentin, traduite de l'Italien
par Hierosme Chomedey, Gentilhomme,*

& Conſeiller de la Ville de Paris. Paris F. G u i 1568. *in-fol.* It. *Paris* 1577. *in-fol.* It. C H A R avec *des Notes marginales de François* D I N, *de la Nouë. Geneve* 1593. *in-8°.* deux tomes, & *Paris* 1612. *in-fol.* La traduction de *Chomedey* a été faite ſur la premiere édition, ainſi il n'y a rien de retranché.

- *Hiſtoria Bellorum Italiæ, viginti libris, per Cœlium ſecundum Curionem Latine reddita. Baſileæ* 1566. *in-fol.* It. *Ibid.* 1567. *in-4°.*

La même Hiſtoire traduite en Anglois par G. Fenton. Londres 1618. *in-fol.*

La même, avec les Notes de M. de la Nouë trad. en Flamand. Dordrecht 1599. *in-4°.*

La même, traduite en Eſpagnol, par Antoine Flores de Benavides. Baeza 1581. *in-fol.*

Les paſſages qui ont été retranchez dans les Editions Italiennes, ont été imprimez pluſieurs fois ſéparément par les ſoins des Proteſtans. Ils en publierent deux, l'un tiré du troiſiéme Livre, & l'autre du quatriéme à *Baſle*, en Italien, en Latin, & en François, l'an 1569. *in-8°.* & avec quelques autres Pieces, l'an 1602.

F. Gui- sans lieu d'impreſſion, *in-8°.* & à
CHAR- *Francfort*, l'an 1609. *in-4°.* On en
DIN. trouve trois en ces trois Langues dans
le *Thuanus Reſtitutus*, imprimé à *Am-*
ſterdam en 1663. *in-12.* Le plus conſi-
dérable, tiré du quatriéme Livre, qui
eſt un long diſcours ſur la maniere
dont les Papes ſont devenus Seigneurs
temporels d'une partie de l'Italie, ſe
trouve en Latin à la fin de l'*Hiſtoria*
Papatus Joan. Henr. Heiddegeri. Tiguri
1696. *in-4°.* & ailleurs.

On a fait quelques abregez de l'Hiſtoire de *Guichardin* qu'il ne faut pas
omettre ici. Tels ſont les ſuivans.

Epitome dell' Hiſtoria di Franceſco
Guicciardini con diverſe annotationi,
da Franceſco Sanſovino. In Venetia
1580. *in-8°.* *Sanſovino* a reduit les 20.
livres de *Guichardin* à 17. beaucoup
plus courts.

Compendio della Storia di Fr. Guic-
ciardini, da Manilio Plantedio. In Fio-
renza, in-4°. ſans date.

Ajoûtons auſſi quelques Ouvrages
qui ont rapport à l'Hiſtoire de notre
Auteur.

Conſiderazioni di Giov. Batt. Leoni
ſopra l'Iſtoria d'Italia di Fr. Guicciar-

dini. In Venetia 1599. *in*-8°. It. 1600.
in-4°. Cette ſeconde Edition eſt augmentée.

*Conſiderazioni Civili ſopra l'Iſtoria
di Fr. Guicciardini e d'altri Storici
trattate per modo di diſcorſo da Remigio
Fiorentino, dove ſi contengono Precetti,
e Regole per Principi, per Repubbliche,
per Capitani, per Ambaſciadori, per
Miniſtri dè Principi; e s' hanno molti
avvedimenti del viver Civile, coll'
eſempio dè Maggiori Principi, e Repubbliche di Chriſtianita. Con alcune Lettere familiari di Steſſo, e* 145. *avveſti-
menti di Franc. Guicciardini, nuovamente poſti in luce. In Venetia* 1582. &
1603. *in*-4°.

*Aforiſmi Politici cavati dall' Hiſtoria
di Franc. Guicciardini, da Girolamo
Canini. Venetia* 1625. *in*-12.

Guichardin ne s'étoit pas d'abord
propoſé un plan auſſi étendu que
celui qu'il a rempli; ſon premier deſſein avoit été d'imiter *Ceſar*, c'eſt-à-
dire de compoſer des Mémoires ſur
les actions de ſa vie; mais *Jacques
Nardi*, qu'il conſulta, lui mit en tête
un travail plus relevé, ſçavoir l'Hiſtoire de ſon temps. Il le jugea propre

F. G u i- à cette entreprise, le connoissant in-
c h a r- capable de falsifier les choses, ou par
d i n.   la crainte des censures, ou par l'espérance des récompenses ; outre que
ç'eût été encourir l'envie des Floren-
tins, que de se borner à sa propre
Histoire. *Nardi* ne se trompa pas
dans le jugement qu'il avoit fait de
la capacité & des talens de *Guichar-*
din ; puisque son Histoire a merité
les loüanges de la plûpart des
Sçavans.

Elle est en effet écrite avec beaucoup de jugement, de politesse, &
de sincerité. Ses plus grands ennemis
tombent d'accord, qu'il ne se peut
rien voir de plus achevé que les cinq
premiers Livres ; mais ils prétendent,
peut-être sans fondement, qu'ils ont
été corrigez par un sçavant Homme
qui étoit de ses amis, & ajoûtent que
les autres Livres, que ce Sçavant n'a
pas revûs, sont bien éloignez de la
perfection qu'on admire dans les premiers. Quoiqu'il en soit, il est constant
que *Guichardin* merite de tenir son
rang parmi les meilleurs Historiens
modernes ; mais de le comparer aux
pl us

plus excellens Hiftoriens de l'antiqui- F. G u i-
té, comme ont fait quelques Auteurs, c h a r-
c'eft outrer les chofes ; car on ne peut d i n.
difconvenir qu'il n'y ait dans fon Ouvrage des défauts confidérables.

Il eft vrai qu'il eft ordinairement
fincere & exempt de paffions ; mais il
perd ces qualitez effentielles à un
Hiftorien , lorfqu'il s'agit de *Fran-*
çois Marie, Duc d'*Urbin*, dont il a
diffimulé les belles actions , & dont
il a tâché de décrier la conduite , &
d'obfcurcir la gloire , pour fe vanger,
à ce qu'on prétend , de quelques paroles defobligeantes que ce Prince lui
avoit dites dans un Confeil de Guerre. Sa partialité eft furtout vifible ,
quand il parle de la France ; il rapporte froidement & comme malgré lui
les victoires & les avantages les plus
fignalez des François , pendant qu'il
raconte avec foin & même avec com-
plaifance leurs plus petites difgraces ,
comme par exemple, la perte de quelques bagages au paffage d'une riviere.

D'ailleurs il eft trop diffus , & il
s'amufe fouvent à décrire au long des
chofes qui n'en valoient pas la peine ;
ce que l'on remarque furtout dans la

Tome XVII. K

F. G v i-
c h a r-
d i n.

description des Guerres de *Pise* ; ce
défaut a donné occasion à la plaisan-
terie de *Boccalini*, qui dans ses *Rag-*
guali di Parnasso (a) feint qu'un Bourgeois de *Lacedemone* ayant dit en trois
mots ce qu'il pouvoit dire en deux
(ce qui est un crime capital dans cette
Ville, où l'on épargne avec plus de
soin les paroles, que les avares ne
font leur argent) il fut condamné à
lire une fois la Guerre de *Pise* écrite
par *Guichardin*. Ce Criminel lut avec
une sueur mortelle quelques pages
de cette Histoire ; mais la peine, que
lui causa la prolixité de ce recit, fut si
grande, qu'il courrut se jetter aux
pieds des Juges, & les pria de l'envoyer aux Galeres, de l'enfermer
entre quatre murailles, ou même de
le faire écorcher tout vif, plûtôt que
de l'obliger à la lecture fatigante de
ces discours sans fin, de ces conseils
si ennuyeux, & des froides harangues, qu'on y fait pour des sujets
fort minces, comme sur la prise d'un
Colombier.

Ces harangues diffuses, qui revien-
nent à tout moment, sont écrites pour

(a) *Centur.* 1. *Ragg.* 6.

la plûpart d'un ftile languiffant, & F. G u i-
n'ont pas toûjours affez de rapport au C H A R-
fujet dont il s'agit dans l'Hiftoire. Il D I N.
y en a cependant qui ont leur merite,
& l'on remarque que les meilleures
font celles que fit *Gaston de Foix* au
Camp de *Ravenne*, & celle que le
Duc d'*Albe* prononça devant *Charles-*
Quint, pour l'empêcher de mettre en
liberté *François I.*

2. *Piu Configli e Auvertimenti in*
materia di re publica, e di privata.
Parif. 1576. *in-*4°. Ce fut *Jacques*
Corbinelli qui les publia le premier.
Remi de Flórence les joignit enfuite en
1582. à fes *Confiderazioni Civili,*
dont j'ai parlé plus haut. On les réim-
prima enfuite fous ce titre: *I Precetti e*
Sententie in Materia di Stato. In An-
verfa 1585. *in-*4°. Ils furent depuis
joints à d'autres femblables, fous le
titre de *Propofitioni overo confidera-*
tioni in materia di Cofe di Stato di
Franc. Guicciardini, di Giov. Fran-
cefco Lottini, e di Francefco Sanfovino.
In Venezia 1598. *in-*4°. It. trad. en
Latin fous le titre d'*Hypomnefes Poli-*
ticæ. Halæ Saxonum 1589. *in-*12. Ce
titre eft mal rapporté dans le Catalo-

F. G u i- gue de la Bibliotheque d'*Oxford* , où
c h a r- l'on a mis par une méprise ridicule
d i n. *Hypomneses Poëticæ*, ce qui pourroit
faire croire mal à propos que *Gui-*
chardin auroit donné des Regles de
Poësie. It. trad. en François , & inti-
tulez : *Plusieurs advis & conseils de*
François Guicciardin , tant pour les affai-
res d'Etat que privées , traduits d'Italien
en François. Avec quarante & deux
articles concernant ce même sujet. Paris
in-4°. feuill. 45. sans date , mais avec
Privilege du 11. Juillet 1576. *Du*
Verdier dans sa Bibliotheque Françoise donne cette traduction à *Char-*
les de Chantecler , Maître des Requêtes
du Roy en sa Chancellerie.

3. *Il Sacco di Roma. In Parigi.* 1664.
*in-*12. M. *de Sallo* veut (*a*) que l'Auteur de ce Livre ne soit pas le même
que celui qui a fait les Guerres d'Italie ; ce qu'on reconnoîtra facilement,
dit-il , par la difference du temps,
auquel ils ont vécu , & du stile dont
ils ont écrit. Mais il se trompe, puisque notre Auteur vivoit sous le Pontificat de *Clement VII.* sous lequel la
Ville de *Rome* fut prise l'an 1527.

(*a*) 3. *Journ. des Savans de l'an* 1665.

4. On trouve une de fes Lettres à F. G U I. *Pierre Bembo*, par laquelle il le fe- C H A R- licite de fon élevation au Cardinalat, D I N. dans un Recuëil intitulé : *Lettere Vol- gari di diverfi nobiliffimi vomini* ; & dans la troifiéme partie de l'*Idea del Segretario di Bartolomeo Zucchi.* C'eft la feule de fa façon qu'on voye dans ce dernier Ouvrage, quoique *Negri* dife qu'il y en a plufieurs. On trouve une autre Lettre de *Guichardin* à *Pierre Aretin*, datée de *Plaifance* le 3. No- vembre 1527. dans le Recuëil des Lettres écrites à ce Sçavant, publié par les foins de *François Marcolini* à *Venife* en 1551.

V. fa Vie par *Remi Nannini de Flo- rence*, à la tête de quelques Editions de fon Hiftoire. Elle eft exacte & faite avec foin. *Sanfovino* en a donné auffi une, mais fort abregée, & fans aucune date, à la tête des Editions qu'il a publiées de l'Hiftoire de *Gui- chardin. Joannis Imperialis Mufæum Hiftoricum,* p. 98. *Mich. Poccianti Ca- talogus Scriptorum Florentinorum,* p. 69. *Jules Negri Iftoria de' Scrittori Fioren- tini,* p. 199. *Ghilini Teatro d'Huomini Letterati,* tom. 1. p. 58. Les Addi-

F. G u i-　tions de *Teissier* aux *Eloges de M. de*
D h a r-　*Thou. Pope-Blount censura celebriorum*
g i n.　*Autorum*, page 551. *Bayle, Diction-*
　　　　naire.

LOUIS GUICHARDIN.

L. G u i-　LOUIS *Guichardin* naquit à *Flo-*
c h a r-　　*rence* vers l'an 1523. de *Jacques*
d i n.　　*Guicciardini*, frere de celui dont j'ai
parlé dans l'article précedent. *Negri*
en mettant en doute s'il étoit fils de
Jacques, ou de *Jerôme*, n'a pas sçu
apparemment, que *Jerôme Guicciar-*
dini, autre frere de *François*, n'avoit
eu qu'un fils nommé *Pierre*, qui n'a
fait aucune figure dans la République
des Lettres.

Louis Guichardin s'appliqua avec
beaucoup de soin aux Belles-Lettres,
& après avoir appris les Langues Latine & Gréque, acquit de grandes
connoissances dans les Mathematiques, dans la Geographie, dans
l'Histoire, & dans les Antiquitez.

On ne sçait dans quel temps il alla
s'établir dans les Païs-Bas, ni quel
fut le motif qui l'y engagea ; ce qu'il

y a de fûr eft qu'il y a demeuré pen- L. G U I-
dant plufieurs années , & que le long C H A R-
féjour & les fréquens voyages qu'il y D I N(
a faits , l'ont mis en état d'en donner
une defcription exacte.

M. *de Thou* nous apprend dans fon
Hiftoire , qu'il confeilla au Duc
d'*Albe* d'abolir le Carême , en faveur
de la nouvelle Religion , & qu'il mit
même par écrit fon fentiment fur
cette matiere ; mais que ce confeil
lui attira la haine de ce Duc , qui
l'ayant d'abord fait mettre en prifon
ignominieufement , s'excufa enfuite , en difant qu'il étoit en colere
contre lui , non pas tant à caufe de
l'opinion qu'il avoit foûtenuë dans
cet écrit , que parce qu'ayant été fait
par fon ordre , il lui avoit été com-
muniqué , non pas par *Guichardin* ,
mais par un autre ; car cet écrit étoit
tombé entre fes mains par les foins
d'un ami perfide , qui avoit voulu
acquerir fes bonnes graces aux dépens
de *Guichardin* , qui lui avoit confié
fon fecret.

Guichardin s'étoit fixé à *Anvers* ,
& ce fut dans cette Ville qu'il mourut le 22. Mars 1589. âge de 66. ans.

L. G u i- Il y fut enterré dans la Cathedrale;
c h a r- avec cette Epitaphe.
d i n.

> *Ludovico Guicciardino, Florentino,*
> *nobilibus Majoribus orto, inter quos*
> *Patruum habuit Franciscum, magni no-*
> *minis Historicum, cujus famam æmula-*
> *tus universam Belgicam eleganti studio*
> *descripsit. Vixit ann. 66. Obiit 11. Cal.*
> *April. 1589. S. P. Q. Antuerp. B.*
> *M. P. C.*

Catalogue de ses Ouvrages.

1. *Commentari delle cose piu memora-*
bili seguite in Europa, & specialmente
in questi Paesi Bassi, dalla pace di Cam-
brai del 1529. infino à tutto l'anno 1560.
Libri tre. In Anversa. Silvio 1565.
in-4°. It. *In Venetia. Niccolo Bevilac-*
qua, 1565. in-4°. It. *Ibid. Domenico*
Farri, 1566. in-4°. L'Epître dédicatoire au Grand Duc est datée d'*Anvers*
le 1. Janvier 1565. It. trad. en Latin
par *Pierre-Paul Kerckhovius : Commen-*
tarii de rebus memorabilibus in Europa,
maxime in Belgio, seu Germania infe-
riori. Antuerpiæ 1566. in-8°.

2. *Descrizione di tutti i Paesi Bassi,*
altrimente det'ti Germania Inferiore, con
tutte

tutte le Carte di Geografia del Paefe, e L. G u i-
col Ritratto naturale di molte terre prin- c h a r-
cipali. In Anverfa 1567. *in-fol.* It. d i n.
Ibid. 1582. *in-fol.* Cette Edition eft
meilleure que la premiere, mais la
fuivante l'emporte fur toutes les
deux. It. *In Anverfa* 1588. *in-fol.* Ce
font là les trois Editions que l'Auteur
a publiées lui - même. It. trad. en
Latin fous ce titre : *Belgiographia ,feu*
omnium Belgii Regionum defcriptio , ex
Idiomate Italico Ludovici Guicciardini
in Latinum Sermonem converfa , auctior-
que facta per Raynerum Vitellium. Amf-
telodami 1612. 1625. 1646. *in-fol.* It.
Arnhemii 1616. *in-*4°. It. *Additamentis*
novis aucta , cum tabulis Geographicis.
Amftelodami 1660. *in-*12. 3. vol. *Jean*
Brant, Senateur d'*Anvers*, avoit traduit auffi en Latin l'Ouvrage de *Gui-*
chardin ; mais fe voyant prévenu par
Regnier Vitellius, il fupprima fa traduction. *Ghilini* parle de ces traductions en homme, qui n'entendoit pas
le texte de *Valere André*, qu'il co-
pioit, & qui ne s'entendoit pas lui-
même. It. traduit en François par
Belleforeft : *La Defcription de tous les*
Païs-Bas de Flandres , autrement appel-

Tome XVII. L

L. G u i- *lée la Germanie inferieure, traduite de*
c h a r- *l'Italien de Guichardin en François, par*
d i n. *Fr. de Belleforest. Anvers 1567. in-fol.*
It. Ibid. 1584. in-fol. It. Amsterdam
1604. in-fol. It. avec les Additions de
Pierre Dumont. Amsterdam 1612. in-
fol. Cet Ouvrage de *Guichardin* est
d'autant plus exact, qu'il n'avoit
rien omis pour s'instruire de ce qu'il
rapporte ; il s'étoit pour cela trans-
porté en plusieurs endroits des Païs-
Bas, afin de voir les choses par lui-
même, & de ne se point rapporter
seulement aux autres.

3. *Raccolta de i detti e fatti notabili*
così gravi come piacevoli di diversi Prin-
cipi, Filosofi e Cortigiani. In Venetia
1581. in-8°. & plusieurs fois depuis.

4°. *L'Hore di Ricreazione. In Venetia*
1580. in-16. It. Ibid. 1600. in-12. It.
trad. en François sous ce titre : *Les*
Heures de récréation & Après-dinées de
Louis Guicciardin, trad. de l'Italien
par François de Belleforest. Paris 1576.
in-16.

V. *Ghilini Teatro d'Huomini Lette-*
rati, tom. 1. p. 150. Poccianti Cat.
Scriptorum Florent. p. 118. Negri,
Istoria de' Fiorentini Scriptori. Eloges

M O D E S T A   P O Z Z O.

MODESTA *Pozzo*, ou, comme M. Pozzo.
elle s'apelle elle-même à la
tête de ſes Ouvrages, *Moderata Fonte*,
(nom qui ſignifie la même choſe que
l'autre) naquit le 15. Juin 1555. à
Veniſe, de *Jerôme Pozzo*, Avocat
de cette Ville, & de *Marie dal
Mauro.*

Elle n'avoit pas encore un an,
qu'elle perdit ſon pere & ſa mere,
qui moururent tous deux en même
temps de la peſte qui regnoit alors
dans le Païs, & qu'elle demeura avec
ſon frere, nommé *Leonard*, & né
deux ans avant elle, ſous la tutelle
de ſes parens.

Son ayeule maternelle la prit d'a-
bord chez elle, & eût ſoin pendant
quelque temps de ſon éducation ;
mais un autre de ſes parens la lui enleva un jour, on ne ſçait pour quelle

L ij

M.Pozzo. raifon, & la mit dans le Monaftere de *Sainte Marthe.*

Elle n'y fut pas long-temps fans donner des marques d'un efprit vif & excellent, & d'une mémoire prodigieufe. Il lui fuffifoit de lire une fois quelque chofe, pour le fçavoir parfaitement, & on l'a vûë plufieurs fois dans la fuite, lorfqu'elle fut plus avancée en âge, redire au fortir d'un Sermon, mot pour mot, tout ce que le Prédicateur avoit dit, & répéter de même des pieces de Poëfies, qu'elle avoit entendu lire.

A l'âge de neuf ans fon ayeule la retira du Couvent, & la fit revenir chez elle; elle s'étoit remariée depuis plufieurs années à *Profper Saraceni*, & en avoit eu une fille, qui étoit plus âgée que *Modefta Pozzo.*

Comme cette fille s'appliquoit à l'étude, & particulierement à la Poëfie, la jeune *Pozzo* y prit goût à fon exemple, & commença à faire des Vers, où elle réüffit affez bien.

Saraceni, qui voyoit en elle d'heureufes difpofitions, & qui l'aimoit comme fa propre fille, n'oublia rien pour les cultiver , & lui fournit tous M.Pozzo. les Livres & les inſtructions néceſ-ſaires.

Leonard Pozzo , ſon frere , étudioit alors la Langue Latine , & alloit pour cela dans une Ecole de la Ville ; dès qu'il en étoit revenu , elle lui faiſoit redire ce qu'il avoit appris , & le gravant dans ſa mémoire , elle s'inſtruiſoit des préceptes de cette Langue , qu'elle ſçut en peu de temps mieux que lui , tant par le ſecours des Grammaires qu'elle liſoit , que par les inſtructions de *Saraceni*. De maniere qu'elle ſe vit bien-tôt en état de lire toute ſorte de Livres Latins , & d'écrire paſſablement en cette Langue.

Elle s'appliqua auſſi au Deſſein , pour lequel elle avoit de même de grandes diſpoſitions , & elle y réüſſit ſi bien , qu'ayant enſuite appris à broder , elle faiſoit avec l'aiguille tout ce qu'on lui marquoit , ſans avoir aucun patron devant ſes yeux.

La Muſique & les Inſtrumens lui ſervoient de délaſſement dans ſes occupations ſérieuſes , & le peu de temps qu'elle y donna , n'empêcha pas qu'elle ne s'y rendît paſſablement habile. L iij

M. Pozzo.   Lorfque *Jean - Nicolas Doglioni*
époufa la fille de *Saraceni* , il ne
voulut point qu'elle fe féparât de
Modefta Pozzo , qu'il prit auffi chez
lui. Ce changement fut avantageux
à cette fçavante fille ; car les avis &
les inftructions de *Doglioni* contri=
buerent beaucoup à la perfectionner
dans les connoiffances qu'elle avoit
acquifes. Ce fut dans fa Maifon qu'elle compofa la plûpart de fes Poëfies,
& ce fut même lui , qui prit foin de
les donner au public.

Ayant trouvé un parti fortable
pour elle , il la maria , & lui fit
époufer *Philippe Zorzi* , Avocat General du Tribunal des Eaux à *Venife*.

Ils vêcurent vingt ans enfemble,
jufqu'à l'an 1592. que *Modefta Pozzo*
mourut le 2. Novembre, âgée de 37.
ans, après être accouchée le même
jour d'une fille. Elle laiffa quatre enfans, deux garçons, & deux filles,
dont l'aîné étoit âgé de dix ans.

Elle fut enterrée à *Venife* dans le
Cloître des Religieux de *S. François*,
où fon mari lui fit mettre cette Epitaphe.

Modestæ à Puteo,
   Fœminæ doctissimæ,
Quæ varios virtutis partus Moderatæ
   Fontis nomine, & Rythmis Etruscis,
      Quibus memoranda cecinit,
Et Sermone continuo feliciter enixa,
   Naturæ partum dum ederet,
      Puellæ vitam, sibi vero mortem,
         Proh dolor! adscivit.
Philippus de Georgiis, Petri Fil. in
   Officio
   Super aquis publice Jura defendens
      Amatissimæ Conjugi posuit.

Le P. *Hilarion de Coste* se trompe
en mettant sa mort le 1. Novembre.
Doglioni & *Tomasini* s'accordent à le
mettre le jour des Morts.

Catalogue de ses Ouvrages.

1. *Il merito delle donne, scritto da
Moderata Fonte, in due Giornate. Ove
chiaramente si scuopre quanto siano elle
degne e piu perfette degli huomini. In
Venetia* 1600. *in*-4°. pp. 158. C'est sa
fille *Cecile Zorzi*, qui a donné cet
Ouvrage au public, & qui l'a dédié
à la Duchesse d'*Urbin, Livia Feltria
della Rovere*; elle marque dans son

M. Pozzo. Epître dédicatoire que fa mere l'avoit achevé la veille de fa mort : & *Doglio-ni* témoigne la même chofe dans fa Vie. Il n'y a proprement que le pre-mier entretien qui répond au titre du Livre : notre Sçavante y expofe avec beaucoup d'efprit tout ce qu'on peut dire à l'avantage des femmes. Pour ce qui eft du fecond, auquel elle paroît n'avoir pas mis la derniere main, c'eft un compofé de plufieurs chofes, qui n'ont pas beaucoup de liaifon entre elles, & qui ne fe rap-portent qu'indirectement au point qu'elle s'étoit propofé. Sa fille a in-feré à la fin un Poëme Italien de fa façon en 36. Stances, qui fait con-noître la facilité qu'elle avoit pour compofer des Vers. Car *Doglioni* nous aprend, que le fujet de cette Piece, qui eft une Tromperie de l'Amour, lui étant un foir venu dans l'efprit, elle l'a compofa pendant la nuit, & l'écrivit le lendemain en fe levant, telle qu'on l'a donnée au public. La Vie de *Modefta Pozzo*, écrite en 1593. par *Jean-Nicolas Doglioni*, eft à la tête de ce Livre, avec deux Son-nets à fa loüange, par *Pierre Zorzi*, fon fils.

2. *Il Floridoro, Poëma.* Ce Poëme a été imprimé ; mais je ne ſçai point quand, ni où il l'a été. *Modeſta Pozzo* a fait encore quelques repréſentations Dramatiques, qui ont été auſſi impri-mées, mais ſans ſon nom. M. Pozzo.

V. ſa vie par *Doglioni.* Elle eſt fort bien circonſtanciée ; mais il ſeroit à ſouhaiter qu'il y eût plus de dates. *Hilarion de Coſte, Vies des Dames Illuſtres,* tom. 2. p. 717. *Tomaſini Elogia,* tom. 2. p. 369. Cet Eloge, qui eſt aſſez bien fait, ne s'accorde pas entierement avec le recit de *Doglioni,* que j'ai ſuivi préferablement à tout.

CHARLES RIVIERE DUFRENY.

CHARLES *Riviere Dufreny* na-quit à *Paris* l'an 1648. On ne ſçait qui étoient ſes pere & mere, on ſçait ſeulement que ſon grand-Pere étoit fils d'une Jardiniere d'*Anet,* que l'on nommoit alors la belle Jardiniere ; mais il eſt à préſumer qu'ils furent tous les deux attachez au ſervice des Rois *Henri IV.* & C.R. Du-FRENY.

Louis XIII. puisque *Dufreny* dans sa
jeunesse entra à celui de *Louis XIV.*
en qualité de Valet de Chambre. Son
esprit vif & agréable plut à ce Prince,
qui le combla de ses bienfaits, & le
mit dans un état d'opulence, que
son humeur dépensiere l'empêcha de
rendre solide.

Il avoit reçu de la nature beaucoup
de goût pour tous les Arts ; Peinture,
Sculpture, Architecture, Jardinage,
tous paroissoient lui être familiers,
par la justesse avec laquelle il s'ex-
primoit à leur égard. Il avoit outre
cela un talent naturel & particulier
pour la Musique & le Dessein, &
quoique les principes de l'un & de
l'autre n'eussent point fait partie de
son éducation, il a cependant produit dans ces deux genres, des choses
inimitables.

Mais quelque attrait que ces deux
Arts eussent pour lui, ils ne préva-
loient pas au goût dominant qu'il
avoit pour celui de construire des
Jardins. Il avoit pour ce dernier un
genie singulier. Son plus grand plaisir étoit de travailler en ce genre sur
un terrain irrégulier & inégal. Il lui

falloit des obſtacles à vaincre, quand la nature ne lui en fourniſſoit pas, il s'en formoit à lui-même ; c'eſt-à-dire que d'un emplacement regulier & d'un terrain plat, il en faiſoit un montueux ; afin de varier, diſoit-il, les objets en les multipliant, & de ſe garantir des vûës voiſines, en leur oppoſant des élevations de terre, qui ſervoient en même temps de Belveders.

Louis XIV. ayant formé la réſolution de faire faire à *Verſailles* des Jardins, dont la grandeur & la magnificence ſurpaſſaſſent tout ce qu'on avoit vû & même imaginé juſqu'alors, lui demanda des deſſeins. *Dufreny* en fit deux differens ; ce Prince les examina, & les compara avec d'autres qu'on lui avoit preſentez, & il en parut content ; mais il les rejetta à cauſe de l'exceſſive dépenſe dans laquelle l'exécution l'auroit engagé. L'avantage que *Dufreny* en retira fut un Brevet de Contrôleur des Jardins du Roy, qui lui fut alors accordé.

Peu de temps après il obtint encore du Roy le Privilege d'une nouvelle Manufacture de Glaces, que

C.R. Du-
FRENY.

l'on proposoit d'établir, & dont le succès a surpassé de beaucoup ce qu'on en attendoit. Si *Dufreny* avoit été capable de prévoir l'avenir, il auroit senti la valeur de ce don ; mais sa maniere de penser ne le laissoit point songer au lendemain ; le present étoit son seul point de vûë, & faisoit son bonheur & son malheur ; desorte que pressé de satisfaire à quelques caprices, qui étoient en lui aussi forts que des besoins, il céda le Privilege des Glaces pour une somme assez modique.

Le Roy, sur les bontez duquel il comptoit, les ayant souvent éprouvées dans les situations fâcheuses, où sa prodigalité l'avoit quelquefois réduit, lui donna encore une nouvelle marque de sa bienveillance, car lorsque le temps du Privilege des Glaces fut expiré, il ordonna aux nouveaux Entrepreneurs de cette Manufacture, de donner à *Dufreny* trois mille livres de pension viagere ; mais comme les sujets de dépense augmentoient en lui à proportion de ce qu'il possedoit, & que par conséquent les moyens d'y fournir s'épui-

ſoient de jour en jour, il s'accommo-
da avec ceux qui lui payoient cette
rente, & en reçut le rembourſement.
Le Roy ayant appris ce dernier trait
de la conduite de *Dufreny*, ne put
s'empêcher de dire qu'il ne ſe croyoit
pas aſſez puiſſant pour l'enrichir.

Dufreny ſentit bien qu'après cela il
ne devoit plus s'attendre aux bienfaits de ce Prince, qui aimoit à donner, mais ſeulement à propos. Ainſi
il réſolut de quitter la Cour, & demanda la permiſſion de vendre ſa
Charge & de ſe retirer : le Roy le lui
permit, & eut la bonté de lui faire
paroître qu'il en étoit fâché.

Dufreny ayant fixé ſa demeure à
Paris, lia ſocieté avec *Renard*, célebre Auteur Comique. C'étoit un
Philoſophe, dont la volupté étoit le
principal emploi, & qui ne travailloit que pour ſe délaſſer du plaiſir.
La conformité des inclinations ſerra
les nœuds de leur amitié ; & cette
liaiſon développa dans *Dufreny* les
talens qu'il avoit pour le Theâtre.

La Comédie Italienne floriſſoit
alors, & les Acteurs qui la compo-
ſoient, ayant ſurmonté les difficultez

d'une Langue qui leur étoit étrangere, représentoient des Pieces presque
entierement Françoises; c'étoit la mo-
de de fréquenter ce Théâtre, & par
conséquent les Auteurs y portoient
leurs Ouvrages par préference.

Des Pieces sans regle & sans conduite, mais lucratives, convenoient
parfaitement à *Dufreny*; car son genie
étoit plus propre à produire des Sce-
nes détachées, qu'à bien conduire
une Comédie. C'est le seul défaut
qu'on puisse lui reprocher, puisqu'on
y trouve d'ailleurs des Caracteres bien
peints & bien soûtenus; un Dialogue
juste & concis; un Comique pris dans
la pensée, & rarement joüant sur les
mots; des Portraits critiques sans
être satyriques; & dans tout, une
vivacité de genie qui lui est propre:
Ce qui doit s'entendre principalement des Pieces qu'il a données au
Théâtre François; car il régnoit sur
celui des Italiens un goût de satyre &
d'équivoque, auquel il étoit obligé
de se conformer pour réüssir.

Après la suppression de leur Théâtre, il travailla pour celui des Comédiens François; mais les Pieces

qu'il y donna n'eurent pas toute la
réüffite qu'il en efperoit; plufieurs y
échoüerent entierement, & d'autres
eurent bien de la peine à y prendre
faveur.

Les liaifons d'amitié qu'il avoit
avec *Renard* l'engageoient à lui faire
part de fes idées, il compofa avec lui
quelques Pieces pour le Theâtre Italien; & depuis qu'il eut commencé à
travailler pour les Comédiens François, il lui communiqua plufieurs
fujets de Comédies prefque finies, &
entre autres ceux du *Joüeur* & de
l'*Attendez-moi fous l'Orme*, dans le
deffein de les achever enfemble; mais
Renard, qui fentoit la valeur de la
premiere de ces Pieces, amufa fon
ami, fit quelques changemens à ce
qu'avoit fait *Dufreny*, la mit en Vers,
& la donna aux Comédiens fous fon
nom. Ce qui donna occafion à *Dufreny* de rompre avec lui.

Il fe maria deux fois, & il eft à
préfumer qu'il s'en repentit autant de
fois. Du Caractere dont on l'a dé-
peint, il étoit homme à ne fe marier
que par caprice, ou par interêt; &
bien des gens prétendent que fon

C.R. Du-secondᵉ Mariage se fit par ce dernier
FRENY. motif. Distrait par l'application in-
volontaire de son esprit à ses compo-
sitions, qui le suivoit par tout, il lui
auroit été fort difficile de se livrer
aux soins d'une famille; il le sentoit
bien, & peut-être étoit-ce pour s'en
dispenser entierement, qu'il avoit
imaginé d'avoir en même temps trois
ou quatre logemens dans differens
quartiers de *Paris*; & qu'il les quittoit
dès qu'il soupçonnoit que ceux avec
lesquels il ne vouloit point avoir de
commerce, sçavoient qu'il y demeuroit.

Le Privilege du *Mercure Galant*
étant venu à vaquer en 1710. par la
mort de M. *de Vizé*; *Dufreny*, suivant le conseil de quelques-uns de
ses amis, le demanda au Roy, & ce
Prince, qui se souvint de l'avoir
aimé, le lui accorda. Il composa
donc les premiers Volumes de ce
Livre avec tout l'esprit & l'enjoüe-
ment dont il étoit capable; mais il
étoit trop ennemi de la contrainte,
pour qu'un travail périodique, tel
que celui du Mercure, pût lui plaire
long-temps; aussi le négligea-t-il
bien-

bien-tôt, & l'abandonna enfin au C.R. Du-SIeur *le Fevre* dans le mois de De- FRENY. cembre 1713. en fe réfervant une penfion dont il a joüi jufqu'à fa mort.

Il mourut le 6. Octobre 1724. dans la 76ᵉ. année de fon âge. Les fentimens de pieté & de réfignation, qu'il témoigna dans fa derniere maladie, furent fi finceres, qu'il confentit à la follicitation de deux enfans, qu'il avoit eu de fon premier Mariage, que l'on brûlat tous fes Ouvrages, le feul bien qui lui reftât alors. C'étoit une feconde Partie des *Amufemens ferieux & comiques.* Les *Vapeurs*, Comédie en une Acte ; *la Joüeufe*, qu'il avoit mife en vers ; *le Superftitieux*, & le *Valet Maître*, Comédies en cinq Actes, prefque finies, de même que l'*Epreuve* en trois Actes, avec des Intermedes, qu'il comptoit donner inceffamment au public.

Ses *Oeuvres*, dont la plûpart ont paru féparément, ont été imprimées enfemble à *Paris*, en 1731. en fix Volumes *in-*12. *Chez Briaffon.* Voici le contenu de ce Recuëil.

Tome I.

Le Négligent, Comédie en Profe ;

Tome XVII. M

C. R. Du-
FRENY.

en trois Actes, avec un Prologue, représentée pour la premiere fois, le 27. Fevrier 1692. Cette Piece fut imprimée à *la Haye*, en 1697; c'est-à-dire cinq ans après la premiere representation; mais elle a souffert depuis des changemens que l'Auteur à vraisemblablement été obligé de faire pour la perfection de son Ouvrage; & c'est dans cet état qu'elle a été imprimée à *Paris* en 1727. On voit ici les differences dès deux Editions.

Le Chevalier Joüeur, Comédie en Profe, en cinq Actes, représentée pour la premiere fois le 27. Fevrier 1697. Cette Piece est précedée d'un Prologue, qui fait allusion à ce que j'ai dit du larcin, qu'il prétendoit que *Renard* lui avoit fait au sujet de cette Piece.

La Noce interrompuë, Comédie en Profe & en un Acte, représentée le 19. Août 1699.

Tome II.

La Malade fans maladie, Comédie en Profe, en cinq Actes, représentée le 27. Novembre 1699. Cette Piece, qui tomba à la premiere representation, servit ensuite à *Dufreny*

à faire la Comédie des *Vapeurs*, où il C·R. Du-
fit entrer beaucoup de chofes qui fe FRENY.
trouvent dans celle-ci. Elle a été imprimée pour la premiere fois dans ce
Recuëil.

L'Efprit de contradiction, Comédie
en Profe, en un Acte, repréfentée le
27. Août 1700.

Le double Veuvage, Comédie en
profe, & en trois Actes, repréfentée
le 9. Mars 1702.

Le faux honnête-Homme, Comédie
en Profe, en trois Actes, repréfentée
le 24. Fevrier 1703. Cette Comédie
ne réüffit pas ; ce qui l'engagea à
prendre ce qu'il y avoit de meilleur
pour en compofer fon *Faux Sincere*.
Il en a ufé de la même maniere à l'é-
gard de fes autres Pieces, qui n'ont
pas eu l'approbation du public.

Tome III.

Le faux Inftinct, Comédie en Profe
& en trois Actes, repréfentée le 2.
Mars 1707.

Le Jaloux honteux, Comédie en
Profe, en cinq Actes, repréfentée le
6. Mars 1708.

La Joüeufe, Comédie en Profe,
en cinq Actes, repréfentée le 22.

M ij

C.R. Du
FRENY.

Octobre 1709. Elle n'avoit pas été
encore imprimée.

　　Tome IV.

　　La Coquette de Village, ou *le Lot
supposé*, Comédie en Vers, en trois
Actes, représentée le 27. May 1715.

　　La Réconciliation Normande, Comédie en vers, en 5. Actes, représentée le 7. Mars 1719.

　　Le Dédit, Comédie d'un Acte, en
Vers, représentée le 12. May 1719.

　　Le Mariage fait & rompu, Come-
die en trois Actes, en Vers, repre-
sentée le 14. Fevrier 1721.

　　Le Faux Sincere, Comédie en 5.
Actes, en Vers, représentée pour la
premiere fois le 26. Juin 1731.

　　Tome V.

　　Les Amusemens serieux & Comiques.
Cet Ouvrage avoit été imprimé à
Paris en 1699. *in-12.*

　　*Le Puits de la verité ; Histoire Gau-
loise,* imprimée à *Paris* en 1698. *in-12.*

　　Parallele d'Homere & de Rabelais.

　　*Reflexions sur la Tragedie de Rhada-
miste & de Zenobie.*

　　*Parallele du Bouclier d'Achille dans
l'Iliade d'Homere, & dans l'Iliade de
M. de la Motte.*

Réponse Apologetique de l'Auteur du *Mercure Galant, au Mercure de Tre-voux.* Ces Pieces font tirées du *Mercure* de *Dufreny.*

Tome VI.

Nouvelles Hiftoriques. Au nombre de 21.

Poëfies diverfes.

Impromptu de Villers-Cotterets, di-vertiffement.

Chanfons.

Voilà tout ce qui eft renfermé dans le Recuëil dont je viens de parler; ajoûtons-y les Comédies qu'il a don-nées à l'ancien Theâtre Italien.

L'Opera de Campagne, en 3. Actes, avec un Prologue, 1692.

L'Union des deux Operas, en un Acte, 1692.

Les Chinois, en 4. Actes, avec un Prologue, 1692. Il a fait cette Piece conjointement avec M. *Renard,* de même que la fuivante.

La Baguette de Vulcain, en un Acte, 1693.

Les Adieux des Officiers, ou Venus juftifiée, en un Acte, 1693.

Les Mal-Affortis, en deux Actes, 1693.

C.R. Du-
FRENY.

Le Départ des Comédiens, en un Acte, 1694.

Attendez-moi sous l'Orme, en un Acte, 1694. Il a fait encore cette Piece avec M. *Renard* ; & c'est pour cela qu'on l'a inferée parmi les Oeuvres de ce dernier.

La Foire de S. Germain, en 3. Actes, 1694. faite avec M. *Renard*, aussi-bien que la Piece suivante.

Les Momies d'Egypte, en un Acte, 1696.

Pasquin & Marforio, Médecins des Mœurs, en 3. Actes, 1697.

Les Fées, ou les Contes de ma mere l'Oye, en un Acte, 1697. Il a composé ces deux dernieres Comédies avec le Sieur *Biancolelli*.

Ajoûtez encore à ces Ouvrages le *Mercure*, dont j'ai déja parlé ci-dessus.

V. son *Eloge* à la tête du *Recüeil* de ses Oeuvres, & dans le *Mercure* d'Octobre 1724.

JEAN-HENRI HEIDEGGER.

JEAN-HENRI *Heidegger* naquit le 1. Juillet 1633. à *Urfivellen*, Village près de *Zurich*, en Suiffe, d'*Hartman Heidegger*, Miniftre de ce lieu, & de *Madeleine Wagner*. Il les perdit de bonne heure tous les deux, fon pere en 1643. & fa mere en 1647. mais il trouva des Protecteurs qui eurent le foin de le pouffer dans fes études.

Il les fit à *Zurich*, & alla enfuite vifiter les Académies, fuivant la Coûtume de fon Païs. La premiere qu'il vit, fut celle de *Marpourg*, où il alla en 1654. Il y demeura chez *Jean Crocius*, fous lequel il s'appliqua à la Théologie. Après deux années de féjour en cette Ville, il paffa en 1656. à *Heidelberg*, où il étudia les Langues Orientales fous *Jean-Henri Hottinger*. Il y contracta amitié avec *Louis Fabritius*, & s'y fit recevoir avec lui Docteur en Philofophie.

Peu de temps après on lui donna une Chaire de Profeffeur extraordi-

J. H. HEI-
DEGGER.

naire en Langue Hebraïque, dans l'Université de cette Ville, & une autre de Professeur en Philosophie; mais il ne conserva pas long-temps ces postes : car il fut appellé en 1659. à *Steinfurt* pour y professer la Theologie & l'Histoire Ecclesiastique, & il alla prendre possession de ce nouvel Employ, après s'être fait recevoir Docteur en Theologie à *Heidelberg*.

Il fit en 1660. un tour dans sa Patrie, & il s'y maria avec *Elizabeth de Dun*.

L'année suivante il voyagea en Hollande, où il fit connoissance avec les plus sçavans Hommes, qui y vivoient alors, *Perizonius, Gronovius, Grævius, Cocceius*, &c.

La Guerre ayant dissipé tous les Etudians de *Steinfurt*, il abandonna cette Ville en 1665. pour retourner à *Zurich*. A peine y fut-il arrivé qu'on lui donna une Chaire de Professeur en Morale, qu'il conserva jusqu'en 1667.

Hottinger ayant été appellé cette année à *Leyde*, & s'étant noyé avant que de partir pour s'y rendre, *Heidegger* fut fait à sa place Professeur en Theo-

Theologie à *Zurich* ; emploi qu'il a J.H.HEI-
conſervé juſqu'à ſa mort , & qu'il DEGGER.
préfera à ceux de Profeſſeur à *Leyde*
& .à *Groningue* , qui lui furent offerts
avec de grandes inſtances , le premier en 1676. & le ſecond en 1681.

Il mourut à *Zurich* le 18. Janvier
1698. dans ſa 65.e année , après avoir
vû mourir devant lui deux filles , qui
étoient les ſeuls enfans qui fuſſent
ſortis de ſon Mariage.

Catalogue de ſes Ouvrages.

1. *Quæſtionum Miſcellarum ex ju-
cundiſſimis Phyſicorum Viretis delibata
Decas. Tiguri* 1654. *in*-4°. C'eſt une
Theſe qu'il ſoûtint à *Zurich* , avant
que de ſortir de cette Ville , pour
aller viſiter les Academies étran-
geres.

2. *Collegii Logici Diſputatio* 1^a. *De
natura & Conſtitutione Logices. Diſputatio* 2^a. *De ſimplice Apprehenſione.
Heidelbergæ* 1657. *in*-4°. Ce ſont deux
Theſes , qu'il fit ſoûtenir à *Heidelberg* , en qualité de Profeſſeur en
Philoſophie.

3. *Diſputatio Theologica de Fine
Mundi. Steinfurti* 1660. *in*-4°. Autre
Theſe.

Tome XVII.   N

J.H. HEI-
DEGGER.

4. *De fide decretorum Concilii Tri-*
dentini Quæstiones Theologicæ. Steinfurti
1662. *in-8°.* C'est un abregé des con-
troverses que les Protestans ont avec
l'Eglise Romaine.

5. *Stephani Curcellæi libertas Chris-*
tianorum à lege Cibaria veteri, cum
Comment. Joannis-Henrici Heideggeri.
Amstelod. 1662. *in-8°.* It. 1678. *in-4°.*

6. *De Articulis Fundamentalibus Ju-*
daicæ Religionis Dissertatio prima proe-
mialis. Steinfurti 1664. *in-4°.*

7. *Le Cantique de Moïse.* (en Allemand) *Zurich* 1666. *in-12.* C'est un
Commentaire sur ce Cantique où
Heidegger prétend trouver des prédic-
tions de ce qui doit arriver jusqu'aux
derniers temps.

8. *Historia Vitæ & Obitus Joan.*
Henrici Hottingeri. Tiguri 1667. *in-8°.*

9. *De Historia sacra Patriarcharum*
Exercitationes selectæ. Amstelodami 2.
vol. *in-4°.* Le premier en 1667. & le
second en 1671. It. *Amstelodami* 1680.
in-4°. 2. tom. It. *Tiguri* 1729. *in-4°.*
2. tom. Ces Dissertations, qui sont
au nombre de 47. roulent toutes sur
l'Histoire de la Genese. Il y a beaucoup d'érudition.

10. *Differtatio de Peregrinationibus* J.H.HEI-*religiofis, in fpecie Hierofolymitana,* DEGGER. *Romana, Compoftellenfi, Lauretana, & Eremitana Helvetiorum. Accedunt ejufdem Vindiciæ adverfus Bernardum Baldinger, Ecclefiæ Badenfis Præpofitum, & Auguftinum Reding, Monafterii Einfildenfis Decanum; nec non Gregorii Nyffeni Epiftola Græco-Latina de iis qui adeunt Hierofolymam, una cum Ejufdem Apologia. Tiguri* 1670. *in-8°.*

11. *De ratione Studiorum Opufcula aurea virorum de Ecclefia Chriftiana & Republica Litteraria meritiffimorum, Henrici Bullingeri, Defiderii Erafmi, Ludovici Vivis, Jacobi Breitingeri, Francifci Junii. Tiguri* 1670. *in-*12.

12. *Anatome Concilii Tridentini. Tiguri* 1672. *in-8°.* 2. tom. L'Ouvrage d'*Heidegger, de Fide Decretorum Concilii Tridentini,* ayant eu affez de cours parmi les Proteftans, on lui confeilla de faire quelque chofe de plus complet & de plus étendu fur cette matiere; c'eft ce qui a produit ce dernier Ouvrage, où l'on voit d'abord le texte du Concile, fuivant l'abregé qu'en a donné *Barthelemi Caranza* dans fa fomme des Conciles,

N ij

avec les Bulles des Papes ; ensuite
l'Histoire de chaque Session, tirée de
Fra-Paolo, avec les Réflexions d'*Heidegger* ; enfin des questions Theolo-
giques, où il prétend défendre les
sentimens des P. Réformez contre
quelques Docteurs Catholiques, &
principalement contre *Augustin Reding*, Abbé d'*Einsidlen*, qui a composé plusieurs Livres de controver-
se, pour la défense du Concile de
Trente.

13. *Partheno-Gamica, ou la Doctrine
de Jesus-Christ sur le Mariage & la
Virginité.* (en Allemand) *Zurich*
1677. *in-*8°.

14. *Enchiridion Biblicum succinc-
tius, quo Analysis singulorum Vet. &
novi Testamenti librorum compendiose
exhibetur ; adjiciuntur præcipui Exege-
tæ. Tiguri* 1681. *in-*8°. It. 2ª. *Editio.
Amstelod.* 1688. *in-*8°. It. 3ª. *Editio
repurgata & aucta. Tiguri* 1703. *in-*8°.
It. *Jenæ* 1723. *in-*8°.

15. *Historia Papatus, novissimo Historiæ Lutheranismi & Calvinismi fabro
opposita; quâ Ecclesiæ Romanæ, septem
periodis distinctæ, Origo & progressus ad
nostra usque tempora, pertexitur. Acce-*

dit *Francifci Guicciardini Hiftoria Pa-* J.H.HEI-
patus ex Autographo Florentino reftituta. DEGGER.
Amftelodami 1684. *in-*4°. *Heidegger* a
publié cet Ouvrage fous le nom de
Nicander ab Hohenegg., vir S. Jefu.
It. fous fon propre nom. *Amftelod.*
1698. *in-*4°. It. traduit en François :
Hiftoire du Papifme, ou abregé de l'Hi-
ftoire de l'Eglife Romaine depuis fa naif-
fance, jufqu'à Innocent XI. Pape. Am-
fterdam 1685. *in-*12. 2. vol.

16. *Myfterium Babylonis, feu in*
Divi Johannis Theologi Apocalypfeos
Prophetiam de Babylone magna Diatri-
ba. Lugduni Bat. 1687. *in-*4°. 2. vol.

17. *In viam concordia Ecclefiaftica*
Proteftantium Manuductio. Amftelod.
1687. *in-*8°. It. traduit en François
par *Antoine Teiffier. Amfterdam* 1687.
*in-*12.

18. *Traité du Martyre, de la confo-*
lation des Martyrs, & de la chute des
Saints. *Geneve* 1687. *in-*8°. C'eft une
traduction faite par *Antoine Teiffier*
fur le Latin de *Heidegger*, qui doit
avoir été imprimée quelques années
auparavant.

19. *Tumulus Concilii Tridentini,*
juxta ejufdem Anatomen, feu Sceleton

J.H. HEI-
DEGGER.

antehac exhibitum , noviter erectus : ubi Anatome Historico-Theologica Concilii Tridentini , secunda Editione emendatior repræsentatur , & veritas fidei à Tridentinis damnata , adversus D. Augustini Reding , Abbatis Einsildensis jactatam inextinctam Concilii Tridentini veritatem , summa fide studioque asseritur. Tiguri 1690. *in-4°.* 2. tom. Ces deux Volumes contiennent l'*Anatomie du Concile de Trente* revûë & corrigée par l'Auteur , avec la Réponse aux objections que *Reding* y avoit opposé dans un Livre intitulé : *Oecumenici Concilii Tridentini Veritas inextincta , ne apice quidem læsa , ex præsumptuosa J. H. Heideggeri Anatome Historico-Theologica ,* 1684. *in-fol.* Heidegger n'a fait presque dans son Ouvrage que copier celui de *Chemnitius* sur la même matiere.

20. *Historia Vitæ & Obitus Joannis Ludovici Fabricii.* Cette Vie a été mise à la tête des Oeuvres de *Fabricius ,* imprimées à *Zurich* en 1698. *in-4°.*

21. *Medulla Theologiæ Christianæ, corporis Theologiæ prævia Epitome.* Tiguri 1696. & 1702. *in-4°.*

22. *Medulla medullæ Theologiæ Chri-* J.H.HEI-
ſtianæ in gratiam & uſum Tyronum, ex DEGGER.
medulla Theologiæ recens edita ita con-
tracta, ut ad illam initiationis & gradus
vice fungatur. Tiguri 1701. *in-*8°.

23. *Diſſertationes Selectæ, ſacram*
Theologiam Dogmaticam, Hiſtoricam,
*& Moralem illuſtrantes. Tiguri in-*4°.
4. vol. Le premier en 1675. le ſecond
en 1680. & les deux autres en 1690.

24. *Exercitationes Biblicæ, Cappelli,*
Simonis, Spinoſæ, & aliorum ſive aber-
rationibus, ſive fraudibus oppoſitæ. Ti-
guri 1700. *in-*4°. L'Editeur y a joint la
Vie d'*Heidegger*, & trois Diſſertations de cet Auteur ; les deux premieres intitulées : *Elenchus Religionis*
communis ſalvificæ, quâ Hiſtoria Reli-
gionem communem ſalvificam aſſerentium
texitur, & argumenta Errori oppoſita
Vindicantur. La troiſiéme, *Diſſertatio*
Theorico-Practica de Peſte.

25. *Labores exegetici in Joſuam,*
Matthæum, Epiſtolas S. Pauli ad Ro-
manos, Corinthios & Hebræos. Tiguri
1700. *in-*4°.

26. *Corpus Theologiæ Chriſtianæ,*
exhibens Doctrinam veritatis, quæ ſe-
cundum Pietatem eſt, eamque contra

N iiij

J.H.HEI-
DEGGER.

adverfarios quofcumque, veteres & no-
vos, vel in fundamento Fidei, vel circa
illud errantes, ita afferens, ut fimul
Hiftoriæ Ecclefiafticæ veteris & novi
Teftamenti contineat Διαλυπῶσιν; adeo-
que fit pleniffimum Theologiæ Didactica,
Elenchticæ, Moralis, & Hiftorica,
fyftema. Tiguri 1700. in-fol.

Heidegger a fait encore plufieurs
Ouvrages en Allemand, dont la plûpart roulent fur la controverfe, &
qui n'ont rien qui méritent de l'attention.

V. fon Eloge dans les *Nova Litte-*
raria Helvetica Scheuchzeri an. 1702.
p. 10. & à la tête de fes *Exercitationes*
Biblicæ.

JACQUES SIRMOND.

*J*ACQUES *Sirmond* naquit le 12.
Octobre 1559. à *Riom* en Auvergne, de *Jean Sirmond*, Magiſtrat de
cette Ville, & d'*Amable Barrier*.

J. SIR-
MOND.

Lorſqu'il eut dix ans, ſes parens
l'envoyerent à *Billon*, Ville de la
baſſe Auvergne, pour y étudier
dans le Collége des Jeſuites, qui
eſt le premier qu'ils ayent eu en
France.

Après qu'il eut fait ſes Humanitez,
il entra dans leur Compagnie le 26.
Juillet 1576. & en reçut l'habit le 21.
Août ſuivant dans ſa 17. année. Il
commença ſon Novitiat à *Verdun*,
dont il acheva les deux années à *Pont-
à-Mouſſon*, où il fit ſes Vœux.

Il étudia enſuite en Philoſophie,
après quoi ſes Supérieurs connoiſſans
ſes talens le firent venir à *Paris*, où
il profeſſa deux ans les Humanitez
& trois ans la Rhetorique. Il eut
alors l'honneur d'avoir pour diſciples
Charles de Valois, Duc d'*Angouleſme*,

J. SIR-fils naturel de *Charles IX.* & *S. François de Sales.*
MOND.

Ce fut pendant ce peu de temps qu'il acquit une parfaite connoiſſance des Langues Latine & Gréque , & qu'il ſe forma ce beau ſtile , qui joint à la ſolidité de ſon jugement , & à la juſteſſe de ſes penſées , a fait eſtimer tout ce qui eſt ſorti de ſa plume. M. *Couſin* nous apprend dans le *Journal des Sçavans* , qu'il avoit pris *Muret* pour ſon Modele , & qu'il ne laiſſoit paſſer aucun jour ſans en lire quelques pages.

En 1586. il commença ſon cours de Theologie , qui dura quatre ans , pendant leſquels il eut pour Compagnon d'études le célèbre *Fronton du Duc.* Il ne ſe contenta pas d'une Scholaſtique ſéche & décharnée telle qu'on l'enſeignoit alors , il lut avec ſoin les Saints Peres , & les Auteurs Eccleſiaſtiques ; & entreprit même dès lors de traduire en Latin quelques Ouvrages des Peres Grecs , & de compoſer des remarques ſur *Sidonius.*

A peine fut-il ſorti de Theologie , que le P. *Claude Aquaviva* , Général

de fa Compagnie, l'appella en 1590. J. SIR-
à *Rome*, pour être fon Secretaire, & MOND.
il s'aquitta pendant plus de feize ans
de cet emploi avec un fuccès, qui
répondit parfaitement aux efpérances
qu'on avoit conçuës de lui.

Ses heures de loifir étoient occu-
pées à l'étude de l'Antiquité : il vifi-
toit les Bibliotheques, & en conful-
toit les manufcrits ; il s'appliquoit
auffi à l'étude des Antiques, des Médailles & des Infcriptions ; & les Italiens, quoique jaloux de la gloire de
leur nation, ne fe faifoient point une
honte de le confulter fur ces fortes de
matieres, perfuadez que fes connoiffances pouvoient fuppléer aux lumieres qui leur manquoient.

Le P. *Sirmond* pendant fon féjour
en Italie lia un commerce d'amitié
avec les Sçavans les plus illuftres, qui
y vivoient alors, & particulierement
avec *Bellarmin* & *Tolet*, qui étoient
de fa Societé, & avec les Cardinaux
Baronius, *d'Offat*, & *du Perron*. Le
Cardinal *Baronius* tira même de lui
de grands fecours pour fes Annales
Ecclefiaftiques, principalement par
rapport à l'Hiftoire Gréque, fur la-

J. Sir-
MOND.

quelle il lui fournit un grand nombre de Pieces traduites de Grec en Latin.

Il revint à *Paris* en 1608. & depuis ce temps il ne cessa point d'enrichir le public de nouveaux Ouvrages. Il demeura d'abord environ quatre ans dans la Maison Professe, d'où il passa sur la fin de 1612. au Collége, où il devoit être plus commodement pour travailler à la Collection des Conciles de France, qu'il avoit entreprise ; & cinq ans après il en fut fait Rec-teur.

Le Pape *Urbain VIII.* qui connois-soit depuis long-temps son mérite, voulut l'attirer de nouveau à *Rome*, & fit écrire pour cela en France par le P. *Vitelleschi*, qui étoit alors Général de la Compagnie ; mais *Louis XIII.* ne voulut pas souffrir qu'on lui ravît un Homme qui faisoit tant d'hon-neur à son Royaume, & qui pou-voit lui rendre de grands services.

Sur la fin du mois de Decembre de l'an 1637. il fut choisi pour être Confesseur du Roy à la place du P. *Caussin.* Il eut de la peine à accepter un poste si délicat ; quelques-uns même de ses amis, qui ne songeoient

qu'au temps qu'il lui alloit dérober, J. SIR-
jugeoient qu'il lui convenoit moins MOND.
qu'à un autre ; mais enfin obligé de
fe foumettre au choix qui avoit été
fait de lui, il fe conduifit à la Cour
avec tant de précaution & de prudence, qu'il n'y donna jamais à perfonne le moindre fujet de plainte.
Renfermé dans les bornes de fon mi-
niftere, il ne s'y mêla d'aucune affaire temporelle, & témoigna un
defintereffement fi parfait, qu'il n'a-
vança aucun de fes parens, & ne demanda qu'un petit Benefice pour M.
de *la Lande* fon neveu, auquel il fut
contefté.

Après la mort du Roy *Louis XIII.*
arrivée le 14. May 1643. il quitta la
Cour, & reprit fes occupations ordinaires avec la même tranquilité,
que s'il ne fût jamais forti de fa retraite.

En 1645. il voulut bien malgré fon
grand âge aller encore à *Rome* en qualité de Député des Jefuites de France, pour y affifter à l'Election d'un
General à la place du P. *Vitellefchi*,
comme il avoit fait trente ans aupara-

J. SIR-
MOND.

vant, après la mort du P. *Aquaviva*,
son prédecesseur.

De retour en France, il donna encore quelques Ouvrages au public,
& il se préparoit à en mettre d'autres
sous la presse, lorsqu'au retour d'une
Assemblée tenuë à la Maison Professe,
où il s'étoit un peu échauffé en soûtenant son avis, il fut attaqué d'une
maladie, qui peu de jours après se
trouva accompagnée d'un déborde-
ment de bile par tout le corps. Il en
mourut le 7. Octobre 1651. âgé de
92. ans.

   » Il avoit sçu joindre une grande
» délicatesse d'esprit & un discerne-
» ment très-juste, avec une profon-
» de érudition. Il sçavoit en perfec-
» tion le Grec, le Latin, les Auteurs
» Profanes, l'Histoire, & tout ce qui
» s'appelle Belles-Lettres. Il avoit une
» connoissance fort étenduë de l'An-
» tiquité Ecclesiastique, & avoit étu-
» dié avec soin les Auteurs du moyen
» âge. Son stile est pur, concis &
» serré. Il affecte néanmoins trop de
» se servir de certains mots des Poëtes
» Comiques. Il méditoit beaucoup

» fur ce qu'il écrivoit, & avoit un
» art tout particulier de le réduire en
» une Note, qui comprenoit bien
» des chofes en peu de mots, fans
» être chargée de rien d'inutile ou
» d'étranger. Il eft exact, judicieux,
» fimple, & cependant n'omet rien
» de ce qui eft néceffaire. Ses Differ-
» tations ont paffé pour un modéle
» fur lequel il feroit à fouhaiter qu'on
» fe formât. Quand il traitoit une
» matiere, il ne difoit jamais d'abord
» tout ce qu'il fçavoit, & fe réfer-
» voit toûjours de nouveaux argu-
» mens pour la réplique, comme
» des Troupes auxiliaires, pour venir
» au fecours du Corps de Bataille. Il
» étoit defintereffé, équitable, mo-
» deré, fincere, modefte, laborieux,
» & cependant familier, converfant
» agréablement avec fes amis, & ap-
» pliqué à fes devoirs. Il s'étoit attiré
» par fon érudition & par fes manie-
» res, l'eftime non feulement des
» Sçavans, mais encore de tous les
» honnêtes gens. Il a laiffé après lui
» une réputation, qui durera pendant
» plufieurs fiécles. « C'eft le Jugement que M. *du Pin* porte de cet Auteur.

J. SIR-
MOND.

J. Sir- ·Catalogue de ses Ouvrages.

MOND.　　1. *Goffridi Abbatis Vindocinensis.*
Epistolæ, Opuscula & Sermones ; edente
Jacobo Sirmondo, cum Notis in Episto-
las. Paris. 1610. in-8°. Ie. dans le troisiéme tome du Recüeil de ses Oeuvres. C'est son premier Ouvrage ;
ainsi il ne s'est point pressé de se produire en qualité d'Auteur ; puisqu'il
avoit déja 51. ans, lorsqu'il le publia.

　　2. *Magni Felicis Ennodii, Episcopi*
Ticinensis Opera. Jac. Sirmondus in
ordinem digesta, multisque locis auctà
emendavit, ac Notis illustravit. Paris.
1611. in-8°. It. dans le premier volume du Recüeil de ses Oeuvres.

　　3. *Flodoardi Presbyteri, Ecclesiæ*
Remensis Canonici, Historiæ Ecclesiæ
Remensis Libri quatuor, nunc primum
Latine, ac multo quam Gallica versio
exhibebat auctiores ; cum Appendice
Anonymi, & aliis Opusculis ad eandem
Ecclesiam spectantibus ; Studio Jac.
Sirmondi. Paris. 1611. in-8°. Le P. de
la Baune n'a point inseré cette Histoi-
re dans le corps des Ouvrages du P.
Sirmond, parce que l'édition qu'il en
a donnée est fort imparfaite, en com-
paraison de celle qui a paru six ans
après,

après, c'eft-à-dire en 1617. par les foins de *George Colvenerius*, qui s'eft fervi de meilleurs manufcrits.

4. *Jacobi Cofmæ Fabricii Notæ Stig- maticæ ad Magiftrum, triginta pagina- rum. Francofurti* 1612. *in-*4°. Cet Ouvrage, que le P. *Sirmond* a publié fous le faux nom de *Jacques-Cofme Fabricius*, eft contre *Edmond Richer,* dont l'affaire faifoit alors beaucoup de bruit, & à qui il donna le nom de *Mag fter triginta paginarum,* parce que le Livre de ce Docteur fur la Puif- fance Ecclefiaftique & Politique, qu'il vouloit combattre, n'avoit alors que trente pages. *Richer* en répondant à cet Ecrit, comme aux autres qui avoient paru contre lui, fit au P. *Sirmond* la juftice de le diftinguer d'avec fes autres adverfai- res, & de lui donner la qualité d'ha- bile homme. On n'a point fait entrer cet Ouvrage dans le Recuëil de ceux du P. *Sirmond.*

5. *S. Fulgentii de veritate Prædeftina- tionis & Gratiæ Libri tres. Parif.* 1612. *in-*8°. Cet Ouvrage ne paroît pas non plus dans le Recuëil du Pere de *la Baune,* parce qu'il fe trouve dans les

Tome XVII. O

J. Sir-
MOND.

Editions de *S. Fulgence*, qui ont paru
depuis.

6. *S. Valeriani Episcopi Cemeliensis
Homiliæ* 20. *Item Epistola ad Monachos, de Virtutibus & Ordine doctrinæ
Apostolicæ. Omnia primum, præter
unicam Homiliam, post annos plus minus mille ducentos in lucem edita à Jac.
Sirmondo. Parif.* 1612. *in-*8°. It. dans
le premier volume du Recüeil des
Oeuvres du P. *Sirmond*, avec une
Lettre anecdote de ce Pere au Cardinal *François Barberin*, où il défend
Valerien contre les accusations inten-
tées contre lui, & renvoye au Livre
que *Theophile Raynaud* avoit compofé fur cette matiere.

7. *Petri, Cellensis Abbatis, Epistolarum Libri IX. cum Alexandri III.
Papæ Epistolis* 56. *ad Petrum Cellensem,
& ad alios ; cum Notis. Parif.* 1613.
*in-*8°.

8. *C. Sollii Apollinaris Sidonii,
Arvernorum Episcopi, Opera, primum
recognita, & Notis illustrata à Jacobo
Sirmondo. Parif.* 1614. *in-*8°. It. *Parif.*
1652. *in-*4°. It. dans le premier tome
du Recüeil. Le P. *Sirmond* commença
de bonne heure à travailler fur cet

'Auteur ; mais lorſqu'il vit paroître l'Edition qu'en donna *Savaron* l'an 1609. avec d'amples Commentaires, il renonça preſque au deſſein de publier les Notes qu'il avoit faites. Cependant encouragé par le Jugement que *Juſte Lipſe* & M. *Dupuy* porterent de ſon travail, il ſe détermina à en faire part au public, qui reçut fort bien ſon édition, & en parut même plus content que de celle de *Savaron*, qui avoit trop chargé ſes Commentaires, au lieu qu'il n'y avoit rien d'inutile dans les Notes du P. *Sirmond.*

9. *Vita S. Leonis Papæ IX. Leucorum antea Epiſcopi, Wiberto Archidiacono coætaneo auctore. Pariſ.* 1615. *in-8°.* Le P. *Sirmond* n'eſt que l'Editeur de cette Vie, non plus que de la ſuivante. Les Bollandiſtes l'ont inſerée à la p. 648. du ſecond tome du mois d'Avril ; c'eſt pour cela que le P. *la Baune* l'a excluë du Recüeil des Oeuvres du P. *Sirmond.* Il en a auſſi exclu la ſuivante, parce qu'elle ſe trouve dans le même Livre.

10. *Vita S. Caroli Comitis Flandriæ Martyris. Pariſ.* 1615. *in-8°. Ab Au-*

O ij

J. Sir-*tore coætaneo Fr. Gualtero Tarvanensis*
MOND. *Ecclesiæ Canonico*, *ante annos prope*
quingentos scripta. It. dans les Actes
des Saints d'*Anvers*, tome premier,
de Mars, p. 163.

11. *S. Paschasii Radberti*, *Abbatis*
Corbeiensis, *Opera omnia*, *recensita &*
edita à Jacobo Sirmondo. Paris. 1618.
in-fol. Ces Ouvrages n'ont point été
joints au Recüeil, parce qu'ils font
assez considerables pour faire corps à
part.

12. *Censura Conjecturæ Anonymi*
Scriptoris de Suburbicariis Regionibus &
Ecclesiis. Paris. 1618. *in-*8°. It. dans
le quatriéme tome du Recüeil. Le
systême du P. *Sirmond* fur cette matiere, est que par le nom de Provinces fuburbicaires on doit entendre
toutes les Provinces, qui étoient fous
la Jurifdiction du Vicaire de la Ville
de *Rome*, & que les Eglifes fuburbicaires étoient ainfi apellées, non
pas parce qu'elles répondoient préci-
fement aux Provinces fuburbicaires;
mais parce qu'elles étoient fous la
Jurifdiction Patriarchale de l'Evêque de *Rome*, comme les Provinces
fuburbicaires l'étoient fous celle du

Vicaire de cette Ville , & en ce fens il   J. Sir-
donne à toutes lesEglifes d'Occident MOND.
le nom de fuburbicaires , comme
étant du Patriarchat de *Rome*.

13. *B. Eugenii , Epifcopi Toletani.*
Opufcula , quibus inferti funt Dracontii
libelli duo ab Eugenio recogniti , & ad-
jecta alia varia Martini Epifcopi Du-
mienfis , Columbani Abbatis , Severini
Epifcopi , & Tironis Profperi ; edente
Jac. Sirmondo. Parif. 1619. in-8°. It.
dans le fecond volume du Recueïl.

14. *Idatii Epifcopi Chronicon , à*
Theodofio Augufto ad Leonem , anno
Chrifti 467. & fafti Confulares ; edente
Jac. Sirmondo. Parif. 1619, in-8°. It.
dans le fecond volume du Recueïl.

15, *Marcellini V. C. Comitis Illyri-*
ciani Chronicon, à Theodofio Augufto ad
Juftinianum, anno Chrifti 534. Jac. Sir-
mondo edente. Parif. 1619. in-8°. It.
dans le fecond volume du Recueïl.

16. *Adventoria C'aufidico Divionenfi*
adverfus Amici ad Amicum Epiftolam
de Suburbicariis Regionibus & Ecclefiis;
cum Cenfura vindiciarum Conjectura
alterius Anonymi. Parif. 1620. in-80
It. dans le quatriéme volume du
Recueïl. L'Auteur Anonyme que le

J. SIR-
MOND.

P. *Sirmond* s'étoit proposé de combatre dans son premier Ouvrage sur
les Eglises Suburbicaires, étoit *Jacques Godefroy*, qui avoit publié l'E-
crit intitulé : *De Suburbicariis regionibus & Ecclesiis Conjecturæ. Francofurti*
1618. *in*-4°. où il prétendoit que les
Eglises Suburbicaires répondoient
précisément aux Provinces du même
nom. Cet Auteur crut devoir répondre à la Censure du P. *Sirmond*, & y
opposa *Vindiciæ pro Conjectura de Suburbicariis Regionibus & Ecclesiis, contra Jacobi Sirmondi Censuram. Genevæ*
1619. *in*-4°. *Saumaise*, qui étoit à peu
près de son sentiment, se joignit à
lui, & publia de son côté *Amici ad
Amicum Epistola de Suburbicariis Regionibus & Ecclesiis. Lugd. Bat.* 1619. *in*-
8°. La Replique du P. *Sirmond* tend
à réfuter ces deux Ouvrages.

17. *Anastasii, Bibliothecarii sedis
Apostolicæ, Collectanea, quæ in gratiam Joannis Diaconi, cum Ecclesiasti-
cam Historiam meditaretur, è Græcis
versa concinnavit ; edente Jacobo Sirmondo. Paris.* 1620. *in*-8°. It. dans le
troisiéme volume du Recüeil.

18. *Propempticon Cl. Salmasio ad-*

verfus ejus Euchariſticon. Pariſ. 1622. **J. Sir-**
in 8°. It. dans le quatriéme vólume **MOND.**
du Recuëil. C'eſt le troiſiéme & dernier Ouvrage du P. *Sirmond* ſur les
Egliſes Suburbicaires, dans lequel il
combat le nouvel Ecrit que *Saumaiſe*
avoit oppoſé à ſon ſecond, ſous ce
titre : *Claudii Salmaſii Euchariſticon*
Jacobo Sirmondo pro Adventoria de
Regionibus & Ecclefiis Suburbicariis.
Pariſ. 1621. *in-*4°.

19. *Caroli Calvi & ſuccefforum*
aliquot Franciæ Regum Capitula; eden-
te cum Notis Jac. Sirmondo. Pariſ.
1623. *in-*8°. It. dans le troiſiéme volume du Recuëil. Les Notes du P. *Sir-*
mond ont été inſerées dans la nouvelle
Edition que M. *Baluze* a donnée en
1677. des Capitulaires de nos Rois.

20. *Concilia Antiqua Galliæ, cum*
Epiſtolis Pontificum, Principum Conf-
titutionibus & aliis Gallicanæ Ecclefiæ
Monimentis, opera Jacobi Sirmondi.
Pariſ. 1629. *in-fol.* 3. vol. A la fin de
chaque volume de cette Collection,
qui commence au temps de l'Empereur *Conſtantin*, & finit à peu près
avec le dixiéme ſiécle, on trouve des
Notes du P. *Sirmond*, qui ſont très-

168   *Mem. pour servir à l'Hist.*

estimées: Le P. *Labbe* les a inserées
dans sa Collection, à la fin de chaque
Concile de ce Royaume. M. de *la
Lande* petit neveu du P. *Sirmond*, a
donné un Supplément de son Ouvrage, sous ce titre : *Conciliorum antiquorum Galliæ à Jacobo Sirmondo edi-
torum Supplementa : Opera Petri de la
Lande, Ricomagensis, Thesaurarii Ecclesiæ Regalis Sancti Frambaldi Silva-
nectensis. Paris. 1666. in-fol.*

21. *Facundi, Episcopi Hermianen-
sis, Libri XII. pro defensione trium Ca-
pitulorum Concilii Chalcedonensis ; editi
cum Notis per Jacobum Sirmondum.
Paris. 1629. in-8°.* It. dans le second
volume du Recueil.

22. *Opuscula Dogmatica veterum
quinque Scriptorum, qui ante annos
1200. claruerunt.* 1. *Leporii Presbyteri
Libellus emendationis.* 2. *Capreoli Episcopi Carthaginiensis Epistola ad Vita-
lem & Tonantium.* 3. *Breviarium fidei
adversus Arianos Hæreticos.* 4. *Isaac ex
Judæo Liber fidei.* 5. *Victorini Afri Liber contra Manichæos. Item, de Principio diei. Notitia Provinciarum & Civitatum Africæ. Primùm in lucem edita
opera Jac. Sirmondi. Paris. 1630. in-8°.*

It.

It. dans le premier volume du Recuëil.

23. *Appendix Codicis Theodoſiani ,*
novis Conſtitutionibus cumulatior ; cum
Epiſtolis aliquot veterum Conciliorum
& Pontificum Romanorum , primum
editis opera Jac. Sirmondi. Pariſ. 1631.
*in-*8°. It. dans le premier volume du
Recuëil.

24. *S. Auguſtini Sermones Novi* 40.
cum Notis. Edente Jac. Sirmondo. Pariſ.
1631. *in-*8°. Le P de *la Baune* a inſeré
dans le premier volume du Recuëil
les Notes ſeulement ; parce que les
Sermons de *S. Auguſtin* ſe trouvent
dans l'Edition des Oeuvres de ce
Saint, donnée par les Peres Bene-
dictins.

25. *Antirrheticus primus de Canone*
Arauſicano , adverſus Petrum Aure-
lium. Pariſ. 1633. *in-*8°. It. dans le
quatriéme volume du Recuëil. *Petrus*
Aurelius ayant repris en paſſant la
maniere dont le P. *Sirmond* avoit rapporté dans ſa Collection des Conciles
de France, le ſecond Canon du premier Concile d'*Orange* ; le P. *Sirmond*
répandit dans le public une Lettre,
dans laquelle il défendit ſa leçon par

Tome XVII. P

J. Sir-
MOND.

l'autorité des manuscrits qu'il avoit suivis. *Aurelius* lui fit une réponse assez vive, qui obligea le P. *Sirmond* à y opposer cet Antirrhetique. Mais *Aurelius* ayant repliqué par un Livre intitulé : *Petri Aurelii Anæreticus adversus Jac. Sirmondi Antirrheticum. Paris.* 1633. *in*-8°. Le P. *Sirmond* se vit obligé de le réfuter de nouveau dans l'Ouvrage suivant.

26. *Antirrheticus II. de Canone Arausicano, adversus Petri Aurelii Anæreticum. Paris.* 1634. *in*-8°. It. dans le quatriéme volume du Recüeil. La dispute entre le P. *Sirmond* & *Petrus Aurelius* rouloit principalement sur la matiere & le Ministre du Sacrement de Confirmation ; le premier prétendant que la Chrismation n'étoit pas la matiere essentielle de ce Sacrement, & que les Prêtres pouvoient l'administrer par dispense ; & le second soûtenant le contraire comme une verité incontestable.

27. *Dissertatio, in qua Dionysii Parisiensis & Dionysii Areopagitæ discrimen ostenditur. Paris.* 1641. *in*-8°. It. avec les Opuscules de M. *de Launoy* touchant les deux Saints *Denys*. *Paris*

J. SIR-
MOND.

1660. *in-8°.* It. dans le quatriéme
tome du Recüeil. Cet Ouvrage cho-
quoit trop l'opinion vulgaire, pour
qu'il n'éprouvât pas des contradictions ; aussi plusieurs Auteurs entre-
prirent-ils de le réfuter ; & l'on vit
paroître bien-tôt contre lui les Livres suivans. *Copie de la Lettre envoyée
au P. Sirmond, Jesuite, sur le Livre
des deux Saints Denys, en laquelle est
montré que S. Denis l'Areopagite, con-
verti par S. Paul, a été le premier Evêque de Paris, & Apôtre des Gaules. Par
François Gerson Prêtre, Docteur en
Theologie. Paris 1641. in-8°. Galliæ
Palladium, sive Dionysius Areopagita.
Autore Joanne Samblancato, Tolosate.
Tolosæ 1641. in-8°. Ad Dissertationem
nuper evulgatam de duobus Dionysiis
Responsio ; in qua evidentissimè demon-
stratur unum & eundem esse Dionysium
Areopagitam, & Parisiensem Episco-
pum ; Autore D. Germano Millet Cong.
S. Benedicti. Paris. 1642. in-8°.*

28. *Theodoreti Opera omnia, Græce
& Latine, Interpretibus variis, ex editione Jac. Sirmond. Paris. 1642. in-fol.*
4. vol.

29. *Quæstio triplex de Lege* Celebran-

P ij

J. SIR- dis, *de Paragrapho duorum Fratrum,*
MOND. *de Codice Alarici Regis. Parif.* 1642.
*in-*8°. It. dans le quatriéme volume
du Recuëil.

30. *S. Aviti, Archiepifcopi Viennen-*
fis, Opera, edita cum Notis per Jac. Sir-
mondum. Parif. 1643. *in-*8°. It. dans le
fecond volume du Recuëil.

31. *Eufebii Pamphili Cæfareæ in Pa-*
læftina Epifcopi Opufcula XIV. Primum
in lucem edita opera Jacobi Sirmondi.
Parif. 1643. *in-*8°. It. dans le premier
volume du Recuëil.

32. *S. Fulgentii, Rufpenfis Epifcopi,*
Excerpta ex Libris contra Fabianum,
Edita per Jac. Sirmondum. Parif. 1643.
*in-*8°. Ces Extraits n'ont point été in-
ferez dans le Recuëil, parce qu'on
les trouve parmi les Oeuvres de S.
Fulgence.

33. *Prædeftinatus, five Prædeftina-*
torum Hærefis, & Libri Sancto Augus-
tino.temere adfcripti Refutatio. Ab Au-
tore ante annos 1200. *confcripta; nunc*
primum edita à Jacobo Sirmondo. Parif.
1643. *in-*8°. It. dans le premier volume du Recuëil. Dès que cet Ouvrage
parut, on en fit une cenfure, où l'on
prétendit montrer que l'Auteur ano-

nyme qui l'avoit compoſé, étoit un
ignorant, ennemi de la Doctrine de
S. *Auguſtin*, qui avançoit pluſieurs
erreurs Pelagiennes, & qui nioit le
peché originel. *Cenſure du* Prædeſti-
tus *du P. Sirmond, par le Sieur Auvray*
1644. *in-*8°. Le P. *Sirmond* ſe vit par-là
engagé à compoſer ſon Hiſtoire Pré-
deſtinatienne, dont je parlerai plus
bas.

34. *Hincmari, Rhemenſis Archiepiſcopi, opera, digeſta & edita per Jac.
Sirmondum. Pariſ.* 1645. *in-fol.* 2. vol.

35. *Theodulphi, Aurelianenſis Epiſcopi, Opera; edente cum Notis Jac.
Sirmondo. Pariſ.* 1646. *in-*8°. It. dans
le ſecond volume du Recuëil.

36. *Rabani, Archiepiſcopi Mogun-
tini Epiſtolæ tres, de Prædeſtinatione Dei,
adverſus Gotheſcalcum; edente Jac. Sirmondo. Pariſ.* 1647. *in-*8°. It. dans le
ſecond volume du Recuëil.

37. *Hiſtoria Prædeſtinatiana duodecim capitibus comprehenſa. Quibus initiis exorta, & per quos potiſſimum pro-
fligata Prædeſtinatorum hæreſis olim fuerit
& oppreſſa, adverſus divinationem Jan-
ſenii Iprenſis de Prædeſtinatorum hæreſi,
ex Auguſtini ejus Tomo* 1°. *Libro* 8.

P iij

J. Sir-
mond.
Capite 23. *Parif.* 1648. *in-*8°. It. dans
le quatriéme volume du Recuëil.

38. *Amolonis, Archiepiscopi Lug-*
dunensis, Epistola ad Gothescalcum, in
qua ejus de Prædestinatione & Gratia
errores aliquot reprehendit. Accesserunt
Opuscula duo ejusdem argumenti ; edente
Jac. Sirmondo. Parif. 1649. *in-*8°.
Dans le second volume du Recuëil.

39. *S. Augustini Sententiæ de Prædes-*
tinatione & Gratia Dei & de libero Ho-
minis Arbitrio ante annos 1300. *ex ejus*
Libris Collecta ; edente Jac. Sirmondo.
Paris 1649. *in-*8°. It. dans le second
volume du Recuëil.

40. *Servati Lupi Presbyteri de tribus*
Quæstionibus Liber, cum ejusdem Collec-
taneo & duabus Epistolis adnexis, ac
quibusdam Patrum Græcorum testimo-
niis ; edente J. Sirmondo. Paris 1650.
*in-*8°. It. dans le second volume du
Recuëil.

41. *Rufini Presbyteri, Provinciæ Pa-*
læstinæ, Liber de Fide ; primum editus
& Notis illustratus à J. Sirmondo.
Parif. 1650. *in-*8°. It. dans le premier
volume du Recuëil.

42. *Marcellini & Faustini Presbyte-*
rorum Libellus Precum ad Imperatores,

nunc primum editus opera Jacobi Sir- J. SIR-
mondi. Parif. 1650. *in-8°.* It. dans le MOND.
premier volume du Recuëil.

43. *Triplex Nummus antiquus ,*
Chrifti Domini , Perperenæ Civitatis ,
Hanniballiani Regis. Parif. 1650. *in-8°.*
It. dans le quatriéme volume du Recuëil. Lorfque le P. *Sirmond* eut publié ce petit Ouvrage , M. *Triftan de*
S. Amant , qui avoit paru jufques-là
être fon ami , fe fervant de la liberté
que cette qualité lui donnoit , pour
en dire fon avis , témoigna hautement
qu'il trouvoit mauvais qu'il fût d'un
autre fentiment que lui fur la Medail-
le d'*Hanniballien ,* & qu'il n'eût pas
fuivi celui qu'il avoit établi dans fes
grands Commentaires Hiftoriques
fur les Medailles des Empereurs Romains. Il compofa même fur ce fujet
une Differtation en forme de Lettre ,
qu'il fit imprimer fur le champ , fans
fe donner le loifir de retrancher , ou
de renfermer dans de juftes bornes ,
ce que la précipitation & la Chaleur
lui avoient fait écrire de trop libre ou
de trop dur. Le P. *Sirmond* en fut
choqué , & prenant cette Lettre pour
une rupture d'amitié , il lui répondit

J. SIR- dans l'Ouvrage suivant.

MOND.

44. *Anti-Triftanus, five ad Joannis Triftani Sancti Amantii de triplici nummo antiquo Epiftolam Refponfio.* Parif. 1650. *in-8°.* It. dans le quatriéme volume du Recuëil. Quoique le P. *Sirmond* s'y propofe de n'oppofer que la raifon & la douceur aux emportemens de fon adverfaire, on y voit cependant des traits de vivacité, qui font connoître qu'il étoit piqué vivement. M. *Triftan* ne manqua pas de lui repliquer, & d'oppofer à fon *Anti-Triftan* un nouveau Livre, fous le titre d'*Antidotum, five æqua & jufta defenfio adverfus querulam Jacobi Sirmondi Refponfionem.* Parif. 1650. *in-8°.* où oubliant les ménagemens, que le grand âge & le mérite d'un homme qui lui étoit fuperieur en toutes manieres meritoient, il fe livra tout entier à fon dépit. Le P. *Sirmond*, qui avoit témoigné dès la fin de fon premier *Anti-Triftan*, que cette querelle commençoit à le fatiguer, & qu'elle n'étoit pas d'ailleurs affez digne de lui, auroit fouhaité la finir là. Mais craignant que fon filence ne donnât lieu à fon adverfaire de vouloir triom-

pher mal à propos , il reprit la plume   J. SIR-

& publia une nouvelle réponſe , ſous MOND.

ce titre :

45. *Anti-Triſtanus ſecundus , ſive ad*

Joannis Triſtani Sanct-Amantii Anti-

dotum Reſponſio. Pariſ. 1650. *in-8°.* It.

dans le quatriéme volume du Re-

cuëil. M. de *Saint-Amant* outré de

cette replique ne garda plus de me-

ſures avec le P. *Sirmond* , & compoſa

dans les tranſports de ſa colere une

nouvelle Diſſertation , qu'il intitula :

Anti-Sophiſticum , ſive Defenſio ſecunda

adverſus malignum & Sophiſticum Jaco-

bi Sirmondi Anti-Triſtanum ſecundum.

Pariſ. 1651. *in-8°.* Mais le P. *Sirmond*

ne jugea pas à propos d'aller plus

loin , & la conteſtation finit par-là.

46. *Hiſtoria Pœnitentiæ publicæ , duo-*

decim diſtincta Capitibus , adverſus An-

tonii Arnaldi ejuſque Sectatorum Doc-

trinam. Cum diſquiſitione de Azymo ,

ſemper-ne in uſu altaris fuerit apud La-

tinos. Pariſ. 1651. *in-8°.* It. dans le

quatriéme volume du Recuëil. Le

P. *Sirmond* ſoûtient dans cet Ouvrage

que la pénitence publique n'étoit au-

trefois que pour les pechez publics ;

& que l'Egliſe ancienne , même la

J. SIR-
MOND.

Romaine , fe fervoit de pain levé dans la célébration de l'Euchariftie.

47. *Vetuftiffima Infcriptio L. Corn. Scipionis Romæ reperta , cum Notis Jac. Sirmondi. Romæ* 1617. *in-*4°. It. dans le quatriéme volume des *Anti-quitez Romaines* de *Grævius.* It. dans le quatriéme volume du Recüeïl.

48. *De Anno Synodi Sirmienfis , & Fidei formulis in ea editis.* Inferé parmi les Opufcules de M. *de Marca* , & dans le Recüeïl. TOME IV.

49. *De Photino ejufque damnatione;* à la fuite de la Differtation préce-dente.

50. Le P. *Sirmond* fit pendant fon féjour en Italie , la Préface de la Collection des Conciles, imprimée à *Rome* en 1608. en 4. vol. *in-fol.* & eut la gloire d'être préferé pour cela à tous les Sçavans d'Italie. Cette Pré-face fe trouve dans le quatriéme tome du Recüeïl.

51. *S. Gregorii Neocæfarienfis in Ori-genem Oratio profphonetica , Græco-Latina.* Cette verfion , qui eft du P. *Sirmond* , fe trouve dans l'Edition des Oeuvres de S. *Gregoire,* faite à *Mayen-ce* , par les foins de *Gerard Voffius* l'an 1604. *in-*4°.

52. *S. Gregorii Nazianzeni Teſta-* J. SIR-
mentum Græco-Latinum, Jacobo Sir- MOND.
mondo Interprete. Inſeré dans l'*Apen-*
dix de l'Edition des Oeuvres de *S.*
Gregoire de Nazianze, faite à *Paris*
en 1611.

53. *Vita S. Philippi, Presbyteri*
Argyrienſis, ex Græco Codice Latine red-
dita à J. Sirmondo. Inſerée dans les
Vitæ Sanctorum Siculorum Octavii
Caetani. Panormi 1667. *in-fol.* tom. I.
p. 25. & enſuite dans les *Acta Sancto-*
rum d'Anvers, au tom. 3. du mois de
May, p. 28.

54. *Acta Sanctorum Alphii, Phila-*
delphi, & Cyrini Martyrum, ex anti-
quo Monaſterii Cryptæ ferratæ Græco
Codice Latine reddita à J. Sirmondo.
Inſerée dans les *Vitæ Sanctorum Sicu-*
lorum Octavii Caetani, tom. I. p. 65.

55. *Opuſcula Varia. Pariſ. in-*8°. 2.
vol. C'eſt un Recüeil de pluſieurs
Ouvrages du Pere *Sirmond,* que le
Libraire *Cramoiſi* s'étant trouvé avoir
dans ſon magazin, a fait relier enſemble avec ce titre genéral.

56. *Jacobi Sirmondi Opera Varia,*
nunc primum Collecta, ex ipſius ſchedis
emendatiora, Notis poſthumis, Epiſtolis

J. SIR- *& Opusculis aliquibus auctiora. Acce-*
MOND.   *dunt S. Theodori Studitæ Epistolæ,*
aliaque scripta dogmatica numquam
antea Græce vulgata, pleraque Sirmondo
Interprete. Paris. è Typographia Regia
1696. in-fol. 5. vol. C'est le P. *Jacques*
de la Baune, Jesuite, qui a donné au
public cette Collection, à la tête de
laquelle il a mis la Vie du P. *Sirmond.*
Les pieces nouvelles qui s'y trouvent
font : 1°. *Epistola Philologica, Cri-*
ticæ, &c. 2°. *Iter Sirmondi Lutetiâ*
Romam ab ipso versibus descriptum, cum
aliis aliquot Epigrammatis. 3. *Elogio di*
Cardinale Baronio. 4°. *Theodori Stu-*
ditæ opera. Ces Ouvrages de *Theodore*
remplissent le cinquiéme volume.

V. sa Vie par le P. *la Baune. Hen-*
rici Valesii Oratio in Obitum J. Sir-
mondi, à la suite de cette Vie, & dans
le Recuëil de *Bates,* intitulé : *Vita*
Selectorum aliquot Virorum. Il n'y a
rien que de genéral dans cet Eloge.
Les Hommes Illustres de M. Perrault,
tom. I. *Alegambe & Sotwel, Biblio-*
theca scriptorum Soc. J. Du Pin Bibliot.
des Auteurs Ecclesiastiques. Colomiés,
Vie du P. Sirmond.

LUC TOZZI.

LUC *Tozzi* naquit vers l'an 1640. L. TOZZI.
à *Aversa*, Ville du Royaume de
Naples. Ayant été envoyé de fort
bonne heure à *Naples*, il y fit ses
études d'Humanitez & de Philosophie dans le College des Jesuites, &
passa ensuite à celle de la Médecine à
laquelle il s'appliqua sous *Onuphre*
Riccio, fameux Professeur de ce
temps-là.

Il y fut reçu Docteur l'an 1661. à
l'âge de 21. ans, & ne tarda gueres à
se faire connoître d'une maniere
avantageuse. Une Comete qui parut
au mois de Decembre 1664. lui donna occasion de composer un Ouvrage
qui lui fit honneur.

Ayant été reçu au nombre des
Professeurs du Collége de *Naples*,
il commença à y enseigner les principes de la Médecine, quoique sans
appointemens. Il supplea outre cela
pendant plusieurs années pour *Thomas*
Cornelio, de *Cosence*, Professeur en
Médecine Theorique & en Mathe-

L. Tozzi. matique, qui étoit devenu alors fort infirme ; il remplit quelque temps la premiere Chaire de Médecine Theorique, & fut chargé de prendre la place d'*André Lamez*, autre Professeur, que le Vice-Roy employoit ailleurs. Ce qui l'obligeoit à monter jusqu'à quatre fois par jour en Chaire.

Enfin il eut en titre la premiere Chaire de Médecine Theorique, qu'il a conservé jusqu'à sa mort, ayant obtenu la permission de la faire remplir par ceux qu'il voudroit.

Vers l'an 1679. l'Université de *Padoue* fit quelques tentatives pour l'attirer dans cette Ville ; mais il étoit trop attaché à sa Patrie, pour ne pas refuser des postes qui l'en auroient éloigné.

Les devoirs attachez à la Charge de Professeur ne l'occuperent pas tellement, qu'il ne se donnât aussi avec beaucoup d'application & d'assiduité à la pratique de la Médecine. Il s'y fit même beaucoup de réputation, & sa capacité en ce genre lui procura bien-tôt la place de premier Médecin de l'Hôpital de l'Annonciade, & ensuite la Charge de premier Médecin général du Royaume de *Naples.* L. Tozzi.

Marcel Malpighi , Médecin du Pape *Innocent XII.* étant mort le 29. Novembre 1694. *Tozzi* fut choiſi au commencement de l'année ſuivante pour lui ſuccéder dans ce poſte ; & ce Pontife fut ſi content de ſes ſoins, qu'il lui donna la premiere Chaire de Médecine dans le Collége de la Sapience.

Après la mort d'*Innocent XII.* arrivée au mois de Septembre 1700. *Tozzi* fut élu Médecin du Conclave; mais il ne put remplir les fonctions de cette Charge, ayant été alors appellé en Eſpagne de la part du Roy *Charles II.* qui languiſſoit de la maladie dont il mourut peu après. Il ſe mit en chemin pour s'y rendre ; mais en arrivant à *Milan ,* il apprit que ce Prince n'étoit plus. Cette nouvelle l'obligea à retourner à *Rome ,* tant pour ſes affaires particulieres, que pour rendre ſes reſpects au nouveau Pape *Clément XI.* dont il étoit connu & eſtimé.

Ce Pontife lui fit beaucoup d'inſtances , & lui offrit les conditions les plus avantageuſes pour l'engager à

L.Tozzi. demeurer à *Rome* ; mais il voulut faire un tour dans sa Patrie, d'où le Duc de *Medina-Celi*, Vice-Roy, ne lui permit plus de sortir.

La pratique de la Médecine & l'étude firent tout son occupation jusqu'à la fin de sa vie.

Il mourut à *Naples* le 11. Mars 1717. âgé d'environ 77. ans.

Catalogue de ses Ouvrages.

1. *Recondita naturæ opera jam detecta, ubi circa quatuor causas observati Cometæ de Mense Decembri transacti anni 1664. Astronomico-Physice disseritur. Neapoli 1665. in-12.*

2. *Medicinæ pars prior Theoretica, curiosa quæque tum ex Physiologicis, tum Pathologicis deprompta, Veterum, recentiorumque Medendi Methodum complectens. Lugduni 1681. in-8°.*

3. *Medicinæ pars altera practica, quæ hactenus adversus morbos adinventa sunt luculenter & brevissime explicans. Avenione 1686. in-8°.* L'Auteur n'établit dans ces deux Ouvrages aucun systême particulier, il se contente d'y proposer les sentimens des anciens & des modernes, touchant chaque maladie, & touchant les remédes qui lui sont propres.　　　4. *In*

4°. *In Hippocratis Aphoriſmos Com-* L. Tozzi
mentaria. Ubi Univerſæ Medicinæ,
tum theoreticæ, tum practicæ celebriores
quæſtiones perpenduntur, atque nedum
recentiorum inventis, ſed & genuinæ
ejuſdem Hippocratis menti congruentes
quam dilucide explicantur. Opus in duas
partes diſtributum. Neapoli 1693. *in-*4°.
2. vol. Cet Ouvrage ne contient que
les quatre premiers Livres des Aphoriſmes d'*Hippocrate.*

5. *In Hippocratis Aphoriſmos Com-*
*mentaria. Pars II. Neapoli in-*4°. Je ne
ſçai quand a paru cette ſeconde Partie, qui roule ſur les trois derniers
Livres des Aphoriſmes d'*Hippocrate.*

6. *Horarum æqualium ſeu æquinoctia-*
lium & antiquarum expoſitio. Neapoli
1706. *in-*4°. pp. 18. Un paſſage de
Galien a été l'occaſion de cet Ouvrage, où *Tozzi* examine ce que cet Auteur a voulu dire, lorſqu'il a parlé
d'heures équinoctiales ou égales.

7. *Comment. in librum artis Medici-*
nalis Galeni, in quo Univerſa Medici-
na, etiam Chirurgica, in ſuos Canones
diſtributa, & juxta veterum & recentio-
rum inventa quam dilucide enucleata
continetur. Huic adjectum eſt practicum

Tome XVII. Q

L. Tozzi. *Opusculum de recto usu sex rerum non naturalium. Patavii* 1711. *in-*4°. Les choses que l'on appelle en Médecine *non-naturelles*, & dont il s'agit ici, font celles qui d'elles-mêmes indifférentes, mais néceffaires pour la confervation de la vie, peuvent être avantageufes ou nuifibles, felon l'ufage que l'on en fait. On les réduit à fix : l'air ; le boire & le manger ; le mouvement & le repos ; le fommeil & la veille ; l'exinanition & la repletion ; les paffions de l'ame.

8. *Thefes Phyfica ex Sacris Litteris depromptæ. Neapoli* 1713. *in-*4°. *Tozzi* n'eft pas le premier qui fe foit efforcé inutilement de trouver dans l'Ecriture un fyftême de Phyfique, que Dieu n'a pas voulu y mettre.

9 *Lucæ Tozzi opera omnia Medica. Venetiis* 1721. *in-*4°. 5. vol. fort minces. Le premier contient fa Médecine Theorique & pratique, marquée aux *N°.* 2. & 5. Les trois fuivans, fes Commentaires fur les Aphorifmes d'*Hippocrate* ; & le cinquiéme, fon Commentaire fur *Galien*.

V. *le Journal de Venife*, tom. 35. p. 517. *Profperi Mandofii Theatrum*

Archiatrorum Pontificum. Romæ 1696. L. Tozzi.
in-4°. Memoires de Trevoux. Septembre
1723. *page* 1691. *Toppi & Nicodemo.*
Bibliot. Napoletana.

GENTIEN HERVET.

GENTIEN *Hervet* naquit l'an   G. HER-
1499. à *Olivet*, Village près VET.
d'*Orleans* fur le *Loiret.*

Après avoir fait fes Humanitez, &
avoir acquis une affez grande connoiffance des Langues Gréque & Latine, il fut choifi pour être Précepteur de *Claude de l'Aubepine*, qui fut
depuis Secretaire d'Etat fous les Rois
François I. Henri II. François II. &
Charles IX.

Hervet étant enfuite venu à *Paris*,
il y travailla avec *Edouard Lupfet*,
Anglois, à l'Edition des Oeuvres de
Galien, qui avoient été traduites en
Latin par *Thomas Linacer*, & qui pa-
rurent à *Paris* en 1528.

Ayant après cela fuivi *Lupfet* en
Angleterre, il y fut chargé de l'éducation d'*Artus Polus*, frere du Cardinal de ce nom, qui l'appella dans

Q ij

G. Her-
vet.

la suite à *Rome*, où il étoit, pour l'y employer à traduire en Latin plusieurs Auteurs Grecs.

Pendant le long séjour qu'*Hervet* fit en cette Ville, il demeura dans la maison de ce Cardinal, qui étoit une Ecole de science & de vertu; & son rare sçavoir, joint à la douceur de sa conversation, lui acquit l'amitié de ce Prélat & de tous les Hommes illustres de l'Italie.

De retour en France, il enseigna publiquement dans le College de *Bordeaux*, qui étoit alors le plus célebre de tout le Royaume. Après quoi il fit un second voyage en Italie. Comme le Cardinal *Marcel Cervin* souhaitoit avec une extrême passion de l'avoir auprès de lui, *Hervet* s'attacha à lui du consentement de *Polus* son premier Patron; & il employa le temps qu'il fut dans sa maison, à traduire plusieurs Auteurs Grecs, comme il avoit fait dans son premier voyage.

Ce Cardinal étant allé au Concile de *Trente*, *Hervet* l'y accompagna, & y prononça plusieurs discours; entre' autres un sur l'honnêteté des

Mariages, qui donna occasion, à ce que plusieurs prétendent, aux Decrets qui furent faits par ce Concile contre les Mariages clandestins.

G. HER-
VET.

Ayant été ordonné Prêtre à l'âge de 57. ans, c'est-à-dire en 1556. *Jean Morvilliers*, Evêque d'*Orleans*, lui donna la Cure de S. *Martin de Crevants* près de *Baugenci*, qu'il remplit pendant trois ans, s'occupant avec ardeur aux fonctions de son ministere, à la prédication, & à la conversion des heretiques.

Il alla ensuite en 1561. avec ce Prélat au Colloque de *Poissi*, d'où le Cardinal de *Lorraine*, Archevêque de *Reims*, voulant se l'attacher, l'emmena à *Reims*.

Hervet retourna depuis avec lui au Concile de *Trente*, & en reçut à son retour un Canonicat de *Reims*, qu'il conserva jusqu'à la fin de sa vie.

Il mourut le 12. Septembre 1584. (*a*) âgé de 85. ans, & fut enterré

(*a*) *Du Saussay*, dans ses Annales de l'Eglise d'*Orleans*, met sa mort en 1594. mais il est visible qu'il s'est trompé, & qu'il l'a mise hors de sa place ; puisqu'après l'avoir fait naître en 1499. il le fait mourir à l'âge de 85. ans.

G. Her-dans le vestibule de la Cathedrale
vet.   de *Reims* , où l'on lui mit cette Epitaphe.

Hic lapis Herveti custodit corpus inane ,
In cœlis animæ sit sine fine quies.
Octoginta annos vixit cum quinque ,
    refellens
Hæreseon scriptis dogmata falsa suis.

La multitude de ses écrits fait voir
combien il étoit laborieux ; il y a
néanmoins plus d'érudition , que de
justesse & d'elegance.

Catalogue de ses Ouvrages.

1. *Orationes sex.* 1. *Ante Olynthia-*
carum Demosthenis Orationum prælec-
tionem habita. 2. *De radenda Barba.*
3. *De alenda Barba.* 4. *De vel radenda*
vel alenda Barba. 5. *De ascensu Domi-*
ni. 6. *De amore in Patriam. Plutarchi*
Opusculum , Quomodo oporteat adoles-
centem audire Poemata , ab Herveto
latine factum. Aureliæ 1536. *in-8º.*

2. *Oratio de patientia. Oratio de Vi-*
tando otio. Oratio de grati animi vir-
tute. Item traducti ab eodem Herveto è
Græco, Basilii magni Sermo adversus
irascentes, & Sermo de invidia; Sophoclis

Antigone. Herveti ejusdem Epigram- G. Her-
mata aliquot. Lugduni 1541. *in-8°.*   Vet.

3. *Zachariæ Scholastici Ammonius,*
Dialogus, quod Mundus non sit Deo
Coæternus, Latine versus. Venetiis
1546. *in-8°.*

4. *Alexandri Aphrodisei Quæstiones*
naturales & Morales de Anima, è
Græco in Latinum conversæ. Basileæ
1548. *in-8°.*

5. *D. Joannis-Chrisostomi Homiliæ*
in Psalmos è Græco in Latinum conver-
sa. Venetiis 1549. *It. Antuerpiæ* 1552.

6. *Theodoreti Episcopi Cyri Eranistes,*
seu Polymorphus Libris IV. Ejusdem
Hæreticorum improbarum Nugarum,
& Fabularum compendium; Ejusdem
divinorum Decretorum seu Dogmatum
Epitome; Latine Versa. Basileæ 1549.
in-8°.

7. *Palladii Episc. Helenopolitani*
Historia Lausiaca, nec non Theodoreti
Cyrensis Episcopi Religiosa Historia,
Latine; Interprete Gentiano Herveto.
Paris. 1555. *in-4°.*

* 8. *Oratio ad Concilium Tridentinum,*
qua suadetur ne matrimonia, quæ contra-
huntur à filiis familias sine consensu eo-
rum in quorum sunt potestate, habeantur

G. HER-
VET.

deinceps pro legitimis. *Paris.* 1556. *in-*
4°. It. *Venetiis* 1563. *in-*4°.

9. *Oraison ou Sermon de l'Ascension
de notre Seigneur Jesus-Christ montant
au Ciel, écrite premierement en Latin
par Gentian Hervet, puis par lui-même
mise en François. Orleans* 1556. *in-*8°.
On a vû ce Discours en Latin au
N°. 1.

10. *Libri VIII. Basilicon, seu Impe-
rialium Constitutionum, in quibus continetur totum jus Civile à Constantino
Porphyrogeneta in* 60. *Libros redactum:
G. Herveto Interprete. Lutetiæ* 1557.
in-fol. Charles Annibal Fabrot, qui
nous a donné une Edition complete
des Basiliques, remarque dans sa
Préface qu'*Hervet* n'a pas traduit huit
Livres de ce Recüeil, comme porte
le titre de son Livre, mais seulement
six, qui sont le 28. le 29. le 45. le
46. le 47. & le 48. d'ailleurs qu'il ne
sçavoit pas assez de Jurisprudence
pour bien réüssir dans cette Version,
ce qui l'a obligé de traduire de nouveau ce qu'il avoit traduit avant lui.
Les Basiliques sont le corps entier du
Droit Romain; sçavoir le Digeste,
le Code, les Novelles, avec quelques

ques Conftitutions des Empereurs G. Her-
fucceffeurs de *Juftinien* ; le tout mis VET.
en Grec par ordre de l'Empereur
Leon le Philofophe.

11. *Joannis. Grammatici Philoponi
Commentaria in tres libros Ariftotelis
de Anima, Interprete G. Herveto.
Lugduni* 1558. *in-fol.*

12. *Theodori Metochitæ Paraphra-
fis in Ariftotelis Phyfica & parva natu-
ralia, Latine, per G. Hervetum. Baf-
lea* 1559. *in-*4°. It. *Lugduni* 1615.
*in-*4°.

13. *De reparanda Ecclefiafticorum
difciplina Oratio, quæ interpretatur
fextum Canonem Concilii Chalcedonen-
fis. Paris* 1561. *in-*8°. Il fe propofe de
faire remettre en vigueur ce Canon ,
par lequel il eft déclaré qu'il ne faut
Ordonner perfonne , fans lui affigner
un Benefice , ou un office Ecclefiaftique.

14. *Canones Sanctorum Apoftolorum ,
Conciliorum Generalium, & particula-
rium, Sanctorum Patrum, Dionyfii
Alexandrini, Petri Alexandrini Martyris, Tarafii Conftantinopolitani, Gregorii Thaumaturgi, Athanafii, Timothei, Bafilii, Theophili, Amphilochii ,*

*Gennadii, Niconis, Methodi, Theo-
dori, &c. Photii Constantinopolitani
Patriarchæ præfixus est Nomocanon.
Omnia hæc Commentariis Theodori
Balsamonis Antiocheni Patriarchæ ex-
plicata, & de Græcis conversa à G.
Herveto. Paris. 1561. in-fol.*

15. *Recüeil d'aucuns Mensonges de
Calvin, Melanchton, Bucer, & autres nouveaux Evangelistes de ce temps,
recüeilli & fait François des Oeuvres
de Guillaume Lindan, Evêque Allemand. Sermon de G. Hervet, après
avoir oüi prêcher un Prédicateur suspect
d'heresie. Epître sur la Réalité du corps
& du sang de J. C. dans l'Eucharistie.
Epître à un Prédicant Sacramentaire,
qui a osé publiquement dogmatiser en la
Ville de Baugency sur Loyre. Trois Traitez de trois anciens & Saints Docteurs
Grecs, S. Jean Damascene, S. Gregoire, Evêque de Nysse, S. Nicolas,
Evêque de Modon, du Saint Sacrement
de l'Autel, nouvellement traduits du
Grec en François par G. Hervet. Orai-
son de Gennadius à un Dieu en trois personnes. Paris 1561. in-8°.*

16. *Epître, ou Advertissement au
peuple de l'Eglise Catholique, touchant*

les differends, qui ſont maintenant en la G. Her-
Religion chrétienne. Paris 1561. *in-*8°. vet.

17. *Epître aux Miniſtres, Predicans*
& Suppôts de la nouvelle Egliſe de ceux
qui s'appellent fidéles & croyans à la pa-
role. Lyon 1561. *in-*8°.

18. *Epître envoyée à un Quidam fau-*
teur des nouveaux Evangeliſtes, en la-
quelle eſt clairement montré que hors
l'Egliſe Catholique n'y a nul ſalut. Paris
1561. *in-*8°.

19. *Catechiſme ou Sommaire de la*
Foy & debvoir du vrai Chrétien, ſelon la
Doctrine Evangelique & ſens de l'Egliſe
& anciens Docteurs d'icelle; recueilli
de Guillaume Lindan, Evêque Alle-
mand, & fait François par G. Hervet.
Paris 1561. *in-*8°. *feuil.* 16. A la ſuite
des Demandes & Repliques à Jean Cal-
vin ſur ſon Livre de la Prédeſtination,
recueillies par A. du Val.

20. *Réponſe à ce que les Miniſtres de*
la nouvelle Egliſe d'Orleans ont écrit
contre aucunes ſiennes Epîtres & Livres
ſiens. Paris 1562. *in-*8°.

21. *Les ruſes & fineſſes du Diable*
pour tâcher à abolir le S. Sacrifice de
J. C. Reims, 1562. *iu-*8°.

21. *Traité du Purgatoire, auquel*

G. Her-
vet.

font contenuës les *Opinions des nouveaux Evangelistes de ce temps*. Paris 1662, *in*-12.

23. *Discours sur ce que les pilleurs, voleurs & brûleurs d'Eglise disent qu'ils n'en veulent qu'aux Moines & Prêtres.* Reims 1563. *in*-8°.

24. *Confutation d'un Livre pestilent & plein d'erreurs*, nommé Les Signes sacrez, *en laquelle sont clairement montrées les impietez & mensonges des Calvinistes & Sacramentaires, & en laquelle il est amplement traité du sacrifice de la Messe.* Reims 1564. *in*-4°.

25. *Réponse contre une invective d'un Maître d'Ecole d'Orleans, qui se dit de Reims, sur le Discours que les pilleurs & voleurs d'Eglise n'en veulent qu'aux Prêtres.* Reims 1564. *in*-8°.

26. *Discours des troubles de l'an 1562. en France.* Paris 1564. *in*-8°.

27. *Le saint, sacré, universel & general Concile de Trente légitimement signifié & assemblé sous nos SS. Peres les Papes Paul III. Jules III. & Pie IV.* trad. du Latin en François. Reims 1564. *in*-8°. It. Roüen 1583. *in*-16. It. Paris 1584. *in*-8°. Il est marqué dans ces trois Editions, que trois Cardinaux

s'oppoſerent à la confirmation du G. HER-
Concile de *Trente* ; circonſtance qui VET.
ne ſe trouve que dans la premiere
Edition Latine de ce Concile & qu'on
a retranchée dans les ſuivantes ; ce qui
fait qu'on recherche la verſion Françoiſe d'*Hervet*. *Il a plu à tous les Peres,*
dit le Cardinal *Moron* dans la concluſion de la neuviéme Seſſion, ſuivant
la traduction d'*Hervet*, *qu'on mette*
fin à ce ſaint Concile, & qu'on en de-
mande confirmation à notre ſaint Pere,
excepté trois ſeulement, qui ont dit qu'ils
ne demandoient pas la confirmation.

28. *Catechiſme ou Introduction aux*
Sacremens & Myſteres de la Foy Catho-
lique, à ceux qui ſont nouvellement illu-
minez & batiſez, écrit premierement en
Grec par S. Cyrille, Evêque de Jeruſa-
lem, & trad. en François. Reims 1564.
*in-*8°.

29. *L'Anti-Hugues ; c'eſt-à-dire Ré-*
ponſe aux Ecrits & Blaſphêmes de
Hugues Sureau, ſoi diſant Miniſtre
Calviniſte à Orleans, contre les princi-
paux points de la Foy & de la Religion
Chrétienne. Reims 1567. *in-*8°. *Baillet*
a omis ce Livre dans ſes Anti.

30. *Catechiſme & ample inſtruction*

G. HER-
VET.

*de tout ce qui appartient au devoir d'un
Chrétien, principalement des Curez &
Vicaires, & de tous ceux qui ont charge
des Eglises Parochiales, en ce qui est
requis au principal devoir de leurs charges. Avec réponse à tout ce qu'objectent
les herétiques, tant contre les Sacremens
qu'autres choses, qui concernent la Foy
de l'Eglise Catholique, pour l'instruction
du simple peuple. Paris 1568. in-8°.*

31. *Clementis Alexandrini ōmnia
quæ extant opera, G. Herveto Interprete,
qui & Scholia addidit. Paris. 1566.
in-80. It. Paris. 1590. in-fol.*

32. *Sexti Empirici adversus Mathe-
maticos, hoc est, adversus eos qui profi-
tentur disciplinas; opus complectens uni-
versam Pyrrhoniorum disputandi ratio-
nem. Græce, numquam verò Latine Edi-
tum, G. Herveto Interprete. Paris. 1569.
in-fol. It. Geneva 1621. in-fol.*

33. *S. Augustin, de la Cité de Dieu,
illustré des Commentaires de Jean Loys
Vives; le tout traduit de Latin en François par G. Hervet. Paris 1570. in-fol.*

34. *Julii Africani ad Origenem de
Historia Susannæ Epistola, cum Res-
ponsione Origenis; Interprete G. Herveto. Dans l'Edition d'Origene par
Genebrard. Paris 1604. in-fol.*

35. *Theodoreti , Epiſcopi Cyri , Quæſ-* G. HER-
tiones in Libros IV. Regum & in II. VET.
Paralipomenon , Interprete Gentiano
Herveto. Inſerée avec les autres traductions indiquées au *N°. 6.* dans
l'Edition de *Theodoret* , par le P. *Sir-*
mond. Paris 1642. *in-fol.*

36. *Epiſtola de Reſidentia Epiſcopo-*
rum ſcripta in Concilio Tridentino anno
1563. *R. P. Alphonſo Salmeroni Soc. J.*
Epiſtola ad Staniſlaum Hoſium Cardi-
nalem , Legatum Pontificum. Inſerées
dans le *Mercure Jeſuite.*

M. *Huet ,* dans ſes Jugemens ſur les
fameux Interprétes Latins , dit que
Gentian Hervet a ſçu acquerir de la
réputation par ſes traductions ; qu'il
s'exprime avec aſſez de facilité & d'a-
bondance ; que ſa phraſe n'eſt point
plate , & qu'il n'a point ignoré l'art
de prendre la penſée de ſon Auteur.
Quelques-uns cependant l'accuſent
de négligence , principalement dans
ſa traduction des Oeuvres de S. *Cle-*
ment d'Alexandrie. Mais il s'en faut
beaucoup que ſes traductions Françoiſes approchent des Latines ; rien
de plus plat , ni de plus deſagréable.
Ses Ouvrages de Controverſe ſont

G. HER-
VET.

aussi peu de chose ; on ignoroit de son temps la maniere de traiter ces sortes de matieres avec la justesse, la précision & l'ordre que l'on y a employé depuis.

V. *les Eloges de M. de Thou, & les Additions de Teissier. La Bibliotheque Françoise de la Croix du Maine & de du Verdier. Annales Ecclesia Aurelianensis, Autore Carolo Sausseyo, p. 690. Du Pin Bibl. des Auteurs Ecclesiastiques.*

JORDANUS BRUNUS.

JORDANUS *Brunus* naquit à *Nole*, J. BRU-
Ville du Royaume de Naples, NUS.
apparemment vers le milieu du 16e.
fiécle.

Tous les Auteurs qui en parlent,
& entre autres *Scioppius*, qui affifta à
fon fupplice, lui donnent la qualité
de Dominicain ; ainfi on ne peut
gueres douter qu'il ne l'ait été, quoique les Bibliothecaires de cet Ordre
affûrent qu'on ne trouve dans fes Archives aucune mention de lui. Cela
vient fans doute de ce qu'il en quitta
de bonne heure l'habit, & qu'il
n'y fut plus regardé que comme un
Apoftat.

Il faut avoüer qu'il avoit beaucoup
d'efprit, mais il employa mal fes lumieres & fes connoiffances. L'amour
de la nouveauté, & le defir de paffer
pour inventeur, lui firent d'abord attaquer la Philofophie d'*Ariftote* qui
régnoit fouverainement dans les
Ecoles, & qui étoit la feule, qu'il
fut permis de fuivre ; & enfuite peu

J. Bru-
vus.
à peu, les veritez les plus importantes
de la Religion.

Celles par rapport aufquelles nous
differons des Proteftans, furent les
premieres qu'il entreprit de combattre ; & pour le faire plus librement
il quitta l'Italie pour aller à *Geneve.*
On peut placer vers l'an 1580. fon
arrivée en cette Ville, où il demeura
deux ans.

Le Calvinifme qu'il y embraffa lui
déplut bien-tôt en plufieurs points ;
fon efprit, naturellement libertin en
fait de créance, ne vouloit être gêné
fur rien, & la hardieffe qu'il eut de
cenfurer la nouvelle Religion le fit
chaffer de *Geneve*, d'où il paffa à
Lyon, enfuite à *Touloufe*, & enfin à
Paris.

Il devoit être en cette derniere
Ville l'an 1582. puifqu'on a de fes
Ouvrages qu'il y fit imprimer cette
année. Ayant befoin de quelque emploi pour fubfifter, il fe mit à y enfeigner la Philofophie, en qualité de
Profeffeur extraordinaire, parce qu'il
ne pouvoit avoir celle de Profeffeur
ordinaire, ceux qui en étoient revê-
tus étant obligez d'affifter à la Meffe.

La hardieffe qu'il eut de propofer J. BRU des Thefes publiques, qui atta- NUS. quoient la Philofophie d'*Ariftote*, fouleva contre lui tous les membres de l'Univerfité; & les chagrins qu'on lui caufa à cette occafion, l'obligerent enfin à quitter fon emploi, & à paffer en Angleterre.

Ce fut dans ce Royaume qu'il compofa fon fameux Ouvrage, qui a pour titre: *Spaccio della Beftia trionfante*, & quelques autres femblables.

Après y avoir fait quelque féjour, il alla à *Wittemberg*, où *Scioppius*, qui nous apprend toutes ces particularitez, croit qu'il profeffa deux ans. Nous avons le Difcours qu'il prononça en quittant cette Ville, & qui eft de l'an 1588.

Au bout de deux années il fe tranf-porta à *Prague*, & y fit imprimer quelques Livres, qui font de l'an 1588.

Il alla enfuite à *Brunfwic* & de là à *Helmftadt*, où il enfeigna quelque temps, & s'attira la bienveillance de *Henri Jules*, Duc de *Brunfwic*.

Il fit après cela en 1591. un voyage à *Francfort*, pour y faire imprimer un

J. Bru- de ses Ouvrages. Le desir de revoir
nus. l'Italie, ou quelque autre raison
qu'on ignore, le conduisit depuis
pour son malheur à *Venise*.

Il y fut arrêté par ordre de l'Inquisition, qui après l'avoir retenu assez
long-temps en prison, l'envoya à
Rome, pour y être jugé.

Il demeura deux ans dans les prisons de cette Ville, où il subit plusieurs interrogatoires, dans lesquels
il fut convaincu de ses erreurs. La
crainte du supplice, dont il étoit
menacé, & l'envie de gagner du temps
lui firent quelquefois promettre de se
rétracter : mais enfin le Tribunal de
l'Inquisition, voyant qu'il se mo-
quoit d'elle, le fit paroître le 9.
Fevrier 1600. & après l'avoir fait
mettre à genoux, lui prononça sa
Sentence, qui le condamnoit à être
livré au Magistrat pour être puni selon les Loix. Ensuite de quoi on le
dégráda & on l'abandonna au bras
seculier. *Brunus* affectant alors une
fermeté qu'il n'avoit pas témoignée
jusques-là, dit à l'Assemblée d'une
voix menaçante : *La Sentence que vous*
portez contre moy, vous cause peut-être
plus de frayeur qu'à moi-même.

Ayant été mis entre les mains des
Huissiers du Gouverneur de *Rome*,
on le mena en prison, & on l'y retint
huit jours, pour voir s'il ne voudroit
point encore se rétracter ; mais il
avoit pris son parti, & ce délay ne
servit de rien. On le conduisit donc
au lieu du supplice, c'est-à-dire au
Champ de Flore, le 17. Fevrier 1600.
& il y fut brûlé. Lorsqu'il fut près
de mourir, on lui presenta le Cruci-
fix ; mais il en détourna la vûë après
y avoir jetté seulement un regard mé-
prisant, & mourut ainsi dans son en-
durcissement & son opiniâtreté.

M. de *la Croze* & M. *Heuman* ont
eu une dispute sur la cause qui oc-
casionna la mort de ce Philosophe,
le premier prétendant qu'il fut brûlé
comme Athée, & l'autre voulant
qu'il l'ait été en qualité de Lutherien;
& les Pieces de cette dispute ont été
imprimées dans les *Acta Philosophica*
d'*Heuman*. Mais il paroît que la chose
est assez facile à décider. Si *Brunus* ne
s'étoit écarté par rapport à la Religion, que des dogmes Catholiques,
dont les Lutheriens se sont eux-mê-
mes écartez, on auroit raison de dire

J. BRU-
NUS.

J. Bru-
nus.

qu'il auroit été Lutherien, & qu'il auroit été brûlé en cette qualité. Mais il alloit bien plus loin, il attaquoit le fond de la Religion même, nioit la Révelation, & renverſoit les fondemens les plus ſolides du Chriſtianiſme ; ainſi il n'appartenoit pas plus aux Lutheriens, qu'à toute autre Religion qui ſoit ſur la terre ; & il faut dire que ce fut comme Athée qu'il fut puni du dernier ſupplice.

Scioppius ne dit rien que de conforme à la verité & à ce qu'on trouve dans les Ouvrages de *Brunus*, lorſqu'il avance que ce Philoſophe prétendoit » qu'il y a un nombre infini » de Mondes; qu'une ame peut paſſer » d'un corps dans un autre, & même » d'un monde dans un autre ; qu'une » même ame peut animer deux corps; » que la magie eſt bonne & licite ; » que le S. Eſprit n'eſt rien autre choſe que l'ame du Monde, & que » c'eſt ce que *Moïſe* a voulu dire par » ces paroles : *L'eſprit étoit porté ſur les* » *eaux* ; que le Monde eſt éternel ; » que *Moïſe* a operé ſes miracles par » la magie, dans laquelle il avoit fait » plus de progrès que les autres Egyp-

» tiens ; qu'il a été l'inventeur de ſes   J. BRU-
» Loix ; que les Lettres ſacrées ſont NUS.
» une fable ; que les Diables ſeront
» ſauvez ; que la race ſeule des He-
» breux tire ſon origine d'*Adam* &
» d'*Eve* , & les autres Nations de
» deux Hommes que Dieu avoit créés
» le jour précedent ; que *Jeſus-Chriſt*
» n'eſt pas Dieu , mais un fameux
» Magicien , &c.

    Au reſte les principes de *Brunus*
ſont aſſez conformes à ceux de *Spino-*
ſa. Il eſt facile de voir que le nom de
Dieu ne ſignifie dans ſes écrits autre
choſe que la Nature , ou un Eſtre infiniment étendu , dont il tâche d'établir la néceſſité & l'éternité. Il admet
des ſubſtances ſpirituelles , auſquelles il donne le nom de Dieux ; mais il
veut qu'elles ſoient compoſées de lumiere , comme celles qu'ils appellent
Démons ſont compoſées , ſelon lui ,
d'eau & d'un eſprit qui aime le ſang.
Dans un endroit il appelle les Mondes des Dieux , & il en fait des animaux ſujets à la generation & à la cor-
ruption. D'ailleurs il eſt d'une crédu-
lité puérile ſur les apparitions des
Eſprits , ſur les Sorciers & les Magi-

J. Bru-ciens , & une infinité d'autres choses

nus,   semblables. En quoi il ne paroît pas
penser conséquemment, non - plus
qu'en bien d'autres articles. Ainsi l'on
tâcheroit inutilement de se former un
système complet de ses sentimens ,
qui sont fort peu liez ensemble, &
qui souvent même se contredisent;
comme le font ceux de la plûpart de
ses semblables , *Spinosa* , *Vanini* , &c.

Pour ce qui est de ses mœurs , il
en donne lui-même une assez mau-
vaise idée en plusieurs endroits de ses
Ouvrages ; il s'exprime même sur ce
sujet d'une maniere si Cynique, qu'il
fait voir que sa plume étoit aussi peu
chaste que sa vie. Ses déreglemens ne
doivent pas surprendre , puisqu'il
avoit pour principes , » qu'on n'est
» point adstreint aux Loix qui ne
» sont pas d'une utilité visible pour
» le bien temporel des societez hu-
» maines ; que les mouvemens crimi-
» nels de l'ame ne font des péchez ,
» qu'entant qu'ils produisent des ac-
» tes , & que c'est la commission seu-
» le qui en fait le mal ; que cette pro-
» position , *Si libet* , *licet* , est l'heu-
» reuse Loy que Dieu a gravée en
» nous , &c.

» nous, &c. Principes qu'il étale J. Bru-
avec ſoin dans pluſieurs de ſes Ou. nus.
vrages.

Il ſe piquoit beaucoup de conſtan-
ce, & il fait en pluſieurs endroits
une grande parade de ſa fermeté;
mais il ſe dément en d'autres, où il ſe
plaint de ſa mauvaiſe fortune avec
une vivacité & une impatience éton-
nante.

Son ſtile eſt diffus, obſcur & em-
baraſſé, & la Latinité n'en eſt pas
pure; il ne laiſſe pas d'y avoir des
tours ingenieux & des expreſſions
très-vives.

Il ne faut pas omettre qu'il y a
d'habiles gens qui prétendent que *Deſcartes* a pris de lui quelques-unes de
ſes idées; M. *Huet* donne même dans
ſa *Cenſura Philoſophiæ Carteſianæ*, une
longue Liſte des penſées qu'il peut
avoir puiſées dans *Brunus*. Mais c'eſt
une choſe ſur laquelle on ne peut
rien dire de poſitif; car il n'eſt pas
ſûr que *Deſcartes* ait lû les Ouvrages
de ce Philoſophe; que s'il les a lûs
veritablement, ce qu'il en a tiré eſt
ſi confus dans cet Auteur, & il l'a
rendu ſi clair & ſi net, qu'on peut le

Tome XVII.   S

J. BRU-
NUS.
regarder comme une chose qui lui est
propre.

　　Catalogue de ses Ouvrages.

　　1. *Candelaio, Comedia del Bruno
Nolano. Achademico di nulla Achademia, detto il Fastidito. In Tristitia hilaris, in hilaritate tristis. In Parigi* 1582.
*in-*12. *feuil.* 146.

　　2. *De Umbris Idearum ad artem
Memoriæ. Parif.* 1582. *in-*8°. *Brunus*
renvoye dans cet Ouvrage, de même
que dans le troisiéme Livre de celui
De Imaginum, &c. compositione, à un
autre qu'il appelle *Clavis magna;*
mais je ne sçai s'il a été imprimé; s'il
l'a été, il y a apparence qu'il auroit
lui-même besoin d'un autre clef,
puisque l'Auteur s'exprime dans celui-ci à son sujet de cette maniere:
*Qui ex Clavi Magna poterit elicere,
eliciat; non enim omnibus dabitur adire
hanc Corinthum. Brunus* prétend que
personne n'a été plus loin que lui dans
l'art de la Methode artificielle de la
mémoire; mais la sienne est si embroüillée, si confuse & si Metaphysique, qu'elle ne peut être d'aucun
usage. La seule chose à quoi elle puisse servir, est de faire connoître qu'il

avoit une imagination très-vive, J. Bru-
mais peu juste & peu reglée. NUS.

3. *De Compendiosa Architectura &*
Complemento Artis Raymundi Lullii.
Paris. 1582. *in-*16. A la suite du Livre
de *Raymond Lulle de Auditu Kabba-*
listico.

4. *Cantus Circæus,* ad *Memoria*
praxim ordinatus. Paris. 1583. *in-*8°.

5. *Spaccio della Bestia Trionfante,*
proposto da Giove, effettuato dal Con-
seglio, revelato da Mercurio, recitato
da Sofia, udito da Saulino, registrato
dal Nolano, diviso in tre Dialogi, sub-
divisi in tre Parti. In Parigi 1584. *in-*8°.
Ce Livre, entierement méprisable par
lui-même, & méprisé jusqu'ici à un
tel point qu'à la vente de la Bibliotheque de M. *Bigot* faite en 1706. il ne
fut vendu, avec cinq autres Ouvrages du même Auteur que 25. sols,
est devenu depuis, par la folie des
Bibliomanes, d'un prix si exorbitant,
qu'on ne l'a gueres maintenant à
moins de cinquante pistoles, même
tout seul, lorsqu'il se peut trouver;
car il faut avoüer qu'il est très-rare.
» Il roule sur une Réforme que *Jupi-*
» *ter* fait des Constellations. *Brunus*

S ij

J. BRU-
NUS.

» l'introduit se plaignant de la déca-
» dence du Culte des Dieux, quoi-
» qu'il eût pris les meilleures mesu-
» res du monde pour le rendre éter-
» nel, en donnant aux Astres les
» noms des Divinitez, & faisant par
» là du Ciel une espece de Livre, qui
» contient toute la Theologie Payen-
» ne. *Momus* se moque de *Jupiter*, &
» lui répond en raillant que la mau-
» vaise conduite des Dieux, & l'his-
» toire scandaleuse de leurs vilaines
» amours, les ont enfin fait tomber
» dans un mépris universel. On as-
» semble sur cette objection toutes
» les Constellations, qui proposent
» leurs raisons, & on fait à ce sujet
» des comparaisons abominables en-
» tre les Fables des Poëtes, & les
» Histoires, qui sont crûës dans les
» Religions qui ont succédé au Paga-
» nisme. L'Evangile y est tourné en
» ridicule. Le nom d'Imposteur y est
» répeté plusieurs fois, & appliqué
» aux trois Législateurs, à celui des
» Juifs, & à celui des Mahometans,
» sans en excepter notre Sauveur.
» Cette execrable Comédie finit par
» l'exclusion qu'on donne à toutes

» les Religions , pour ſubſtituer dans   J. Bru-
» le Ciel le nom des Vertus Morales nus.
» aux fauſſes divinitez du Paganiſme.
C'eſt l'extrait que M. de *la Croze*
donne de l'Ouvrage de *Brunus* , qui
le dédia au Chevalier *Philippe Sidney*,
en reconnoiſſance des bons offices ,
qu'il lui avoit rendus en Angleterre.
Scioppius s'eſt trompé en s'imaginant
que ce Livre , qu'il n'avoit pas vû ,
traitoit du Pape , à cauſe du titre qu'il
porte ; il eſt viſible que *Brunus* n'a
entendu par *Beſtia trionfante* , que la
ſuperſtition , ou plûtôt , ce qu'il appelle de ce nom. J'ajoûterai que *Jean
Toland* qui n'étoit gueres éloigné de
pluſieurs ſentimens de *Brunus*, a donné une traduction Angloiſe de cet
Ouvrage , comme on le peut voir
dans ſon article , tom. 1. p. 268.

6. *La Cena de le Ceneri , deſcritta in
cinque dialoghi , per quattro interlocu-
tori con tre conſiderazioni* , 1584. in-8°.
Brunus a dédié ce Livre à *Michel de
Caſtelnau* , Ambaſſadeur de France en
Angleterre. La raiſon du titre qu'il
lui a donné , eſt qu'il ſuppoſe que ce
ſont des Entretiens tenus à Table , le
premier jour de Carême. Il y ſoûtient

J. Bru- entre autres chofes l'opinion de *Co-*
nus. *pernic* fur le mouvement de la terre ;
& ajoûte qu'il y a une infinité de
Mondes femblables à celui-ci , &
qu'ils font tous des animaux intellec-
tuels , qui ont des individus vegeta-
tifs & raifonnables , comme il y en a
fur la terre.

7. *Dialoghi de la Caufa , Principio ,*
& Uno. In Venetia 1584. *in-*12. Cet
Ouvrage eft dédié encore à *Michel de*
Caftelnau ; il n'y a pas d'apparence
qu'il ait été imprimé à *Venife* , comme le titre le porte ; il doit l'avoir
été plûtôt à *Paris* , ou en Angleterre.
Des cinq Dialogues qu'il contient ,
le premier fert d'Apologie à l'Ouvrage précedent ; le fecond traite du
principe , ou de la caufe premiere ,
& prétend faire voir comment la caufe efficiente & la formelle , fe réunif-
fent à un feul fujet , qui eft l'ame de
l'Univers ; & comment la caufe formelle genérale , qui eft unique , dif-
fere de la caufe formelle particuliere,
qui eft infiniment multipliée. *Bru-*
nus montre dans le troifiéme , que
David de Dinant avoit raifon de con-
fiderer la matiere comme une chofe

divine ; & foûtient que la forme J. Bru-
fubftantielle ne perit jamais, & que nus.
la matiere & la forme ne different
que comme la puiffance & l'acte ;
d'où il conclut que tout l'Univers
n'eft qu'un Etre. Il entreprend dans le
quatriéme de montrer que la matiere
des corps, n'eft point differente de
celle des efprits. Enfin dans le cinquiéme il conclut que l'Etre réelle-
ment exiftant, eft un, infini, immobi-
le, & indivifible. On voit par-là que
la Doctrine de ce Livre eft femblable
au Spinofifme.

8. *Dell' Infinito Univerfo è Mondi.
In Venetia.* 1584. *in-*8º. Cet Ouvrage,
dédié encore à *Michel de Caftelnau*,
eft divifé en cinq Dialogues, où *Brunus* prétend prouver par un grand
nombre de raifons, que l'Univers eft
infini, & qu'il y a une infinité de
Mondes. Il s'y déclare pour le fentiment de *Copernic* fur la mobilité de la
terre autour du Soleil.

9. *Degli heroici furori Dialogi X. In
Parigi* 1685. *in-*8º. *Brunus* compofa
cet Ouvrage en Angleterre & le dédia à *Philippe Sidney.* Il y a beaucoup
de Vers Italiens & beaucoup d'imagi-

J. BRU-
NUS.

nations cabaliſtiques ; car ſous des figures qui ſemblent repreſenter les tranſports & les deſordres de l'amour, il prétend élever l'ame à la contemplation des veritez les plus ſublimes, & la guerir de ſes defauts. On voit ſur la fin quelques Poëſies, où il chante la beauté des Femmes de *Londres.*

10. *Cabala del Cavallo Pegaſeo, con l'aggiunte dell' Aſino Cillenico. In Parigi* 1585. *in-8°*. Je ne ſçai ce que c'eſt que cet Ouvrage, dont *Haym* parle dans ſa *Notizia de' libri rari.*

11. *De Specierum Scrutinio & Lampade Combinatoria Raymundi Lullii. Praga* 1588. *in-8°*. Cet Ouvrage eſt le ſeul que *Toppi* marque dans ſa Bibliotheque Napolitaine, ſous l'article de *Brunus* ; ce qui fait voir le peu d'exactitude de cet Auteur. Il a été réimprimé pluſieurs fois parmi les Oeuvres de *Raymond Lulle.*

12. *De Progreſſu & Lampade Venatoria Logicorum. Praga* 1588. *in-8°*. It. parmi les Oeuvres de *Raymond Lulle.*

13. *Acrotiſmus, ſive rationes articulorum Phyſicorum adverſus Peripateticos Pariſiis propoſitorum. Witteberga* 1588. *in-8°*.

in-8°. Après trois Lettres adreſſées , J. Bru-
l'une au Roy *Henri III.* une autre au nus.
Recteur de l'Univerſité , & la troiſiéme aux Amis de la bonne Philoſophie , & une Piece intitulée : *Excu-*
bitor , ſeu Joannis Hennequini Apologe-
tica déclamatio habita in auditorio Regio
Pariſienſis Academiæ in Feſto Pentecoſtes
anno 1586. *pro Nolani Articulis ;* on
lit les articles en queſtion qui portent
ce titre : *Articuli de Natura & Mundo*
à Nolano in principibus Europæ Aca-
demiis propoſiti ; quos Joannes Henne-
quinus , Nobilis Pariſienſis , ſub ejuſdem
felicibus auſpiciis contra vulgaris & cu-
juſcumque adverſariæ Philoſophiæ Pro-
feſſores triduo Pentecoſtes in Univerſitate
Pariſiorum defendendos evulgavit ; bre-
vibus adjectis rationibus.

14. *De Imaginum, Signorum & Idea-*
rum compoſitione , ad omnia inventio-
num , diſpoſitionum & Memoriæ genera,
Libri tres. Francofurti 1591. *in-8°.*

15. *De Triplici Minimo , & Menſu-*
ra , ad trium ſpeculativarum ſcientia-
rum, & multarum activarum Artium
principia , Libri quinque. Francofurti
1591. *in-8°.* Cet Ouvrage eſt en Vers

Tome XVII. T

J. BRU-
NUS.

avec un Commentaire en Profe, de même que le fuivant.

16. *De Monade, Numero, & figura Liber confequens quinque de Minimo, Magno, & Menfura. Item de Innume-rabilibus, Immenfo, & Infigurabili, feu de Univerfo & Mundis Libri octo. Francofurti* 1591. *in-8°.* Il y a dans tous ces Ouvrages plus d'imagination que de folidité.

17. *Summa Terminorum Metaphyfi-corum. Tiguri* 1595. *in-4°.* It. *Accefit Praxis defcenfus, five applicatio Entis, è manufcripto editus Liber per Raphae-lem Eglinum. Marpurgi* 1609. *in-8°.*

18. *Artificium perorandi, communi-catum à Joanne - Henrico Alftedio, Francofurti* 1612. *in-8°.* Ce font les Rudimens de la fcience de *Raymond Lulle*, pour les idées duquel *Brunus* avoit beaucoup de goût.

9. *Explicatio triginta Sigillorum, in-8°.* fans date. C'eft un Ouvrage dans les principes de *Lulle*, auffi bien que les fuivans.

20. *Sigillus Sigillorum, in-8°,* fans date.

21. *Ars Reminifcendi & in Phan-*

taftico campo exarandi , *in-*8°. fans J. BRU-
date. NUS.

22. *Oratio Valedictoria Witteberga
anno* 1588. *habita.* Inferée à la p. 406.
du fecond tome des *Acta Philofophorum* publiez en Allemand par *Chr.
Aug. Heuman.*

Pour ce qui regarde la Harangue
qu'on prétend que *Jordanus Brunus*
fit à *Wittemberg* à la loüange du Diable , il eft probable que c'eft un
conte.

V. *Toppi & Nicodemo Biblioth. Napoletana. La Croze,Entretiens fur divers
fujets* , *&c.* p. 287. *Bayle Dictionnaire.*
Ce qu'on a de plus curieux fur fon
fujet eft une Lettre écrite par *Gafpar
Scioppius* à *Conrad Rittershufius* le 17.
Fevrier 1600. jour même du fupplice
de *Brunus* , auquel il avoit affifté.
Elle a été imprimée pour la premiere
fois dans un Livre , intitulé : *Mac-
chiavellizatio* , *qua unitorum animos
diffociare nitentibus refpondetur* , *in gratiam D. Archiepifcopi Caftiffima Vita
Petri Pazman* , *fuccincte excerpta. Sa-
ragoffa* (ou plûtôt en Allemagne)
1621. *in-*4°. *Struvius* l'a inferée enfuite dans la cinquiéme Partie de fes

T ij

Acta Litteraria. M. de *la Croze* a fait aussi entrer dans ses *Entretiens* la partie de cette Lettre qui regarde *Jordanus Brunus*, en Latin & en François.

JACQUES-PHILIPPE FORESTA.

JACQUES - PHILIPPE *Foresta*, plus connu sous le nom de *Jacques-Philippe de Bergame*, naquit l'an 1434. d'une famille Noble, à *Soldio*, terre appartenante à sa famille, dans le voisinage de *Bergame*.

Après avoir fait ses études à *Bergame* avec beaucoup de succès, il y entra en 1451. dans l'Ordre des Hermites de S. Augustin, étant alors âgé de 17. ans.

Depuis ce temps les devoirs de son état & l'étude partagerent toute son application. Malgré l'aversion qu'il avoit pour les Dignitez & les Charges, il ne put se dispenser d'accepter successivement celles de Prieur d'*Imola*, de *Forli*, & de *Bergame*; mais les distractions qu'elles lui causerent ne l'empêcherent pas de se livrer à l'inclination qu'il se sentoit pour les

ſciences ; il n'oublia même rien pour
inſpirer la même inclination à ſes
Religieux, en formant par tout des
Bibliotheques, & en y amaſſant les
meilleurs Livres qu'il pouvoit trouver.

J. P. Fo
RESTA.

C'eſt à cela que s'eſt paſſé toute ſa.
vie. Il mourut le 15. Juin 1520. âgé
de 86. ans.

Catalogue de ſes Ouvrages.

1. *Supplementum Chronicorum Orbis*
ab initio Mundi uſque ad annum 1485.
Brixiæ, per Boninum de Boninis de
Raguſia. 1485. *in-fol.* Cet Ouvrage,
quoique fort imparfait, fut fort bien
reçu, & l'Auteur fut obligé d'en faire
l'année ſuivante une ſeconde Edition,
à laquelle il joignit les Evenemens
arrivez depuis la premiere. *Venetiis*
per Bernardinum de Benaliis Bergomen-
ſem. 1486. *in-fol.* Ces deux furent ſui-
vies de pluſieurs autres accompagnées
de nouvelles augmentations. *Venetiis*
per Bernardum Rizum de Novaria.
1490. *in-fol.* It. *Norimbergæ* 1593. *in-*
fol. It. *Venetiis per Albertinum de Liſ-*
ſona Vercellenſem. 1505. *in-fol.* It. *Ve-*
netiis, Impenſis Georgii de Ruſconibus
1506. *in-fol.* It. *Venetiis* 1513. *in-fol.*

T iij

J. P. Fo-Toutes ces Editions vont jufqu'à l'an
RESTA. 1501. où *Jacques-Philippe de Bergame*
a fini. Ainfi c'eft mal à propos que
Gefner dans fa Bibliotheque fait finir
fa Chronique en 1486. que M. *de
Sallengre* dans fes *Mémoires de Litterature*, tom. 1. p. 167. la pouffe jufqu'en 1505. & qu'on lit dans le titre
de l'Edition de *Venife* de l'an 1513.
qu'elle s'étend jufqu'à l'an 1510.
Au refte cette Chronique eft divifée
en 16. Livres aufquels on a ajoûté depuis un 17e. qui comprend un Supplement fort abregé de 36. ans, depuis
1500. jufqu'en 1535. Elle a paru avec
cette nouvelle Addition à *Paris*, en
1535. *in-fol.* & à *Venife* en 1547. *in-fol.*
On en a une traduction Italienne imprimée à *Venife* en 1553. *in-fol.* & en
1573. en deux volumes *in-4°*. L'Ouvrage de *Jacques-Philippe de Bergame*,
fort eftimé en fon temps, l'eft peu en
celui-ci, où la Science chronologi-
que & la critique, font plus épurées
qu'elles ne l'étoient alors; & il ne
peut gueres fervir que pour la fin du
15e. fiécle, qui étoit le temps où il
vivoit.

2. *De Claris Mulieribus Chriftianis*

Commentarius. Ferrariæ 1497. *in-fol.* J. P. Fo-
It. dans un Recüeil de differens Ecrits REST A-
fur le même fujet, fait par les foins
de *Jean-Ravifius Textor*, & publié
fous ce titre : *De Memorabilibus &*
Claris Mulieribus aliquot diverforum
fcriptorum Opera. Parif. 1521. *in-fol.*
Il y a bien des imaginations & des
faits apocryphes dans cet Ouvrage,
qui ne donne pas une grande idée du
jugement de fon Auteur. La préten-
düe Papeffe *Jeanne* y a fa place.

3. *Confeffionale, feu Interrogatorium*
aliorum noviffimum. Venetiis 1487.
*in-*4°. *&* 1500. *in-*8°. It. *Antuerpiæ*
1513. *in-*80.

V. *la Bibliotheque de Gefner. Domin.*
Antonii Gandolfi Diff. de Auguftinianis
fcriptoribus, p. 197. *Philippi Elffii En-*
comiafticon Auguftinianum. Voffius de
Hiftoricis Latinis.

T iiij

JEAN BAUHIN.

JEAN *Bauhin* naquit à *Basle* l'an 1541. de *Jean Bauhin*, & de *Jeanne Fontaine*.

Son pere étoit natif d'*Amiens*, & avoit acquis en France beaucoup de réputation par son habileté dans la Médecine & la Chirurgie ; mais ayant embrassé la Religion prétenduë Réformée, il fut obligé de sortir du Royaume & de se retirer à *Basle*, où il mourut en 1582. âgé de 71. ans, laissant deux fils, qui se sont rendus illustres dans la République des Lettres ; *Jean* dont il s'agit ici, & *Gaspar* dont je parlerai ensuite.

Jean Bauhin après avoir fait sa Philosophie avec succès, s'appliqua, à l'exemple de son pere, à la Médecine, où il ne réüssit pas moins.

Sa capacité lui procura en 1566. une Chaire de Professeur en Rhetorique à *Basle* ; mais les fonctions attachées à cet emploi ne l'empêcherent pas de continuer à se perfectionner dans la Médecine, qui faisoit son

étude favorite. Il s'y rendit même ſi J. BAU-
habile que le Duc de *Wirtemberg-* HIN.
Montbelliard, *Ulric*, le choiſit en
1570. pour ſon Médecin. Ce choix
l'obligea de quitter ſa Chaire pour
aller à *Montbelliard*, où il demeura
tout le reſte de ſa vie, occupé de ſon
emploi & de la pratique de la Médecine.

Il y mourut en 1613. dans ſa 73.^e
année.

Il avoit épouſé *Denyſe Bernand*,
dont il a eu pluſieurs enfans ; mais
tous les garçons ſont morts dans l'enfance.

Voici l'Epitaphe qui a été miſe ſur
ſon Tombeau.

C. S.

Johanni Bauhino, *Baſil. Joh. Fil.*
Phyſico Clinico Solertiſſimo
Anatomico Elegantiſſimo
Botanico Celeberrimo
Illuſtriſſ. Ducis Wurtemberg.
    Ultra anno XL.
Archiatro fideliſſimo
Cum uxore Chariſſima
    Dionyſia Bernand
Monumentum hocce poni curaverunt.

J. BAU-
HIN.

Filia unica Genefieva
· Cum Nepote Daniele Loritio.
Vixit Maritus Annos 72. *M.* 8. *D.* 14.
Uxor Annos 55. *Mens.* 8. *D.* 24.
1 6 1 3.

Catalogue de ses Ouvrages.

1. *De Plantis à Divis Sanctisque no-*
men habentibus ; Caput ex Magno volu-
mine de consensu & dissensu Autorum
circa stirpes desumptum. Additæ sunt
Conradi Gesneri Epistolæ hactenus non
editæ , à Gasparo Bauhino Med. Prof.
Basileæ 1591. *in-8°.* Ce fut *Gaspar*
Bauhin, son frere, qui eut soin de
cette Édition , & qui y ajoûta les
Lettres de *Gesner*.

2. *Memorabilis Historia Luporum*
aliquot rabidorum , qui circa annum
1590. *apud Mompelgartum & Beffor-*
tum , multorum damno , publice grassati
sunt. Additis Medicamentis & auxiliis
ad eam & cæterorum animalium rabiem
conferentibus. Montisbelgardi 1591. *in-*
8°. It. en François sous ce titre : *His-*
toire notable de la rage des Loups , ave-
nüe en 1590. *avec les remédes contre la*
rage causée par la morsure des bêtes enra-
gées. Montbeliard 1591. *in-8°.*

3. *De Plantis Abſinthii nomen haben-* J. BAU*tibus ; cum ejuſdem argumenti* Claudii HIN. *Rocardi libello. Montisbelgardi* 1593. *in -* 8°

4°. *Hiſtoria novi & admirabilis Fontis Balneique Bollenſis in Ducatu Wirtembergico ad acidulas Gopingenſes, mandato illuſtr. Principis Witemberg. ad ſubditorum, omniumque Vicinorum & exterorum emolumentum ob vires inſignes adornati. Montisbelgardi* 1598. *in-*4°. *It. Ibid.* 1600. *in-*4°.

5. *Hiſtoria Fontis & Balnei admirabilis Bollenſis Liber quartus, de Lapidibus, Metalliciſque miro naturæ artificio in ipſis terræ viſceribus figuratis, nec non de ſtirpibus, Inſectis, Avibus, aliiſque Animalibus, partim in putei penetralibus, dum ejus venas aquileges perſcrutantur, partim in Vicinia inventis & obſervatis, quorum multa numquam viſa vivis Iconibus expreſſa hic Oculis ſubjiciuntur. Montisbelgardi* 1598. *in-*4°. *It. Ibid.* 1600. *in-*4°.

6. *De Aquis Medicatis nova Methodus, quatuor Libris comprehenſa. Agitur in iis de Fontibus celebribus, Thermis, Balneis univerſæ Europæ, & potiſſimùm Ducatus Wirtemburgici,*

J. BAU-   *eorum mixtionibus, Metallis, succis,*
HIN.   *investigandi & utendi modo, ac eorum*
viribus. Item de variis Fossilibus, stir-
pibus, Insectis, quorum plurimæ figuræ
sive Icones & Regionum Tabulæ addun-
tur. Montisbelgardi 1605. 1607. 1612.
*in-*4°.

7. *Johannis Bauhini & Joannis Hen-*
rici Cherleri Historiæ Plantarum Prodro-
mus. Ebroduni 1619. *in-*4°.

8. *Historia Plantarum Universalis*
nova & absolutissima, cum consensu &
dissensu circa eas ; Autoribus Joh. Bau-
hino, & Joh. Henrico Cherlero Med.
D. Basileensibus, quam recensuit &
auxit Dominicus Chabræus M. D.
Genevensis ; Juris vero publici fecit
Franciscus- Ludovicus à Graffenried.
Ebroduni 1650. *in-fol.* 3. vol.

V. *Nova Litteraria Helvetica Joan.*
Jac. Scheuchzeri, an 1704. p. 55.
Mercklini Lindenius renovatus.

GASPAR BAUHIN

GASPAR *Bauhin*, frere de *Jean*, G. BAU-
dont je viens de parler, naquit HIN.
le 17. Janvier 1560. à *Basle* de *Jean
Bauhin* & de *Jeanne Fontaine*.

Ses parens le destinoient à l'étude
de la Theologie ; mais son inclination rendit cette destination inutile,
& le porta vers la Médecine, à laquelle il commença à s'appliquer à
l'âge de 16. ans sous *Theodore Zuinger*,
& sous *Felix Platerus*. Après avoir
fait quelques progrès en cette science, il passa en Italie, & alla à *Padoue*
étudier sous les fameux Professeurs
qui y enseignoient.

De retour à *Basle* en 1579. il n'y fit
qu'un mois de séjour ; après lequel il
se rendit à *Montpellier*, pour y continuer ses études d'Anatomie & de Botanique, qui étoient les parties de la
Médecine pour lesquelles il se sentoit
le plus de goût.

Il demeura un an en cette derniere
Ville, qu'il quitta pour aller visiter
les principales Universitez d'Allema-

G. Bau-
HIN.

gne. Mais il ne put en voir qu'un petit nombre ; car son pere, qui se sentoit infirme & près de mourir, le rappella à *Basle* sur la fin de l'an 1580.

L'année suivante il se fit recevoir Docteur en Médecine, & se maria peu après avec *Barbe Vogelmannin*.

Il ne demeura pas long-temps sans emploi, ayant été nommé la premiere année de son Mariage, Professeur en Langue Gréque : Poste qu'il quitta en 1588. lorsqu'il fut choisi pour remplir la Chaire de premier Professeur en Botanique & en Anatomie.

Felix Platerus premier Professeur en Médecine à *Basle*, & premier Médecin de la Ville, étant mort en 1614. *Bauhin* fut revêtu de ces deux dignitez qu'il a gardées jusqu'à sa mort.

Il mourut le 5. Decembre 1624 dans sa 65e. année. Voici l'Epitaphe qu'on mit sur son Tombeau.

Æternæ Memoriæ.
Casparo Johan. Senior. F. Bauhino
Magni Judicii, rari sollicitique Ingenii

G. BAU-
HIN.

Viro incomparabili

Qui

Patern. Virtut. & Art. æmulus.

Ab ineunte ſtatim ætate

Duĉtu & conſuetudine

Conſummatiſſ. quos ætas illa

(In Italia , German. Gall.)

Ferebat virûm

Omnigen. cum primis Medic. in ſcient.

Solidiſſ. Eruditus

Anatom. & Botan. inexplebili

Percitus deſiderio

Primus utriuſque hujus ſtudii Rauracor.

In Athen. electus Profeſſ.

Imo omnium

Sæculi ſui Anat. & Bot. Phœnix

Ociùs quam quiſquam alius

Ad ſummos Doĉtorat. ſuggeſtus Honor.

Aliaſque Dignit. Academic. deveĉtus

Præcell. Doĉtrin. ſuæ Monument. &

Divin. Ingen. Fœtibus luculentiſſ.

Poſt ſe reliĉtis

Terr. Vitæ & gloriæ ſatur

Ætern. Vita & Immort. gloria ut poti-

retur

Summo totius Academ. & Reipub. damno

E vivis diſceſſit.

Patriæ cum luĉtu & mœrore.

D. 5. Decemb. A 1624. Ætat. 65.

G. BAU-
HIN.

Catalogue de ses Ouvrages.

1. *De Corporis Humani partibus*
externis , hoc est , Universalis Methodi
Anatomicæ , quam ad Vesalium accom-
modavit Liber primus , multis novis ,
iisdemque raris observationibus propriis
refertus. Basileæ 1588. & 1592. in-8°.

2. *Anatomes Liber secundus , partium*
spermaticarum tractationem per quatuor
causas continens. Basileæ. 1591. in-8°.

3. *Francisci Rousseti de Partu Cæsareo*
Liber , in quo agitur de Opificio Chirur-
gico humani ortus , aliter fauste succe-
dere nequeuntis , quam per ventris Ma-
terni solertem incisionem , sospite cum
suo Fœtu matre ipsa. Item Fœtus Lapidei
Vige-Octennalis causæ , cur nasci non
potuerit ? Cur per 28. annos in utero
retentus non putruerit ? Cur in lapidem
obduruerit ? Primum ab Autore Gallice
conscriptus , à Caspare vero Bauhino
Latine redditus , Historiis lectissimis ,
Exemplis & Lithopædio Senensi illus-
tratus & mactus. Basileæ 1591. in-8°.

4. *Appendix ad Francisci Rousseti*
Librum de partu Cæsareo , varias &
novas Historias continens , quibus , quæ
in illo Tractatu continentur , compro-
bantur. Avec la traduction précedente.

dente. It. dans le Recuëil d'*Ifrael* G. BAu-
Spachius, intitulé : *Gynæciorum Libri.* HIN.
Argentinæ 1597. *in-fol.*

5. *Aloyfii Anguillaræ de fimplicibus*
Liber, *cum Notis Gafpari Bauhini.*
Bafileæ 1593. *in-8°.*

6. *Phytopinax, feu enumeratio Planta-*
rum (2460. *) ab Herbariis noftro fæculo*
defcriptarum, *cum earum differentiis ;*
cui plurimarum hactenus ab iifdem non
defcriptarum (164. *) fuccinctæ defcrip-*
tiones & denominationes acceffere ; addi-
*tis aliquot (*8*) hactenus non fculptarum*
Plantarum vivis Iconibus. Bafileæ 1596.
in - 4°.

7. *Anatomica Corporis virilis &*
muliebris Hiftoria. Lugduni 1597. *in-*
8°. *It. Bafileæ* 1609. *in-8°.*

8. *Guilielmi Varignanæ fecreta Me-*
dicinæ ad varios curandos morbos verif-
fimis autoritatibus illuftrata, *cum addi-*
tionibus Gafpari Bauhini. Bafileæ 1597.
in - 8°.

9. *Petri Andreæ Matthioli Oper*
quæ extant omnia ; hoc eft, *Commentarii*
in fex Libros Pedacii Diofcoridis, *Ana-*
zarbei, *de Medica Materia : adjectis*
in margine variis Græci Textus Lec-
tionibus, *ex antiquiffimis Codicibus de-*

G. Bau-
hin.

sumptis, qui Dioscoridis depravatam lectionem restituunt ; nunc à Gaspare Bauhino, post diversarum editionum collationem infinitis locis aucti, Synonymiis quoque Plantarum & Notis illustrati : Adjectis Plantarum Iconibus plusquam trecentis, ad vivum delineatis, &c. Francofurti 1598. in-fol. It. Basileæ 1674. in-fol.

10. *De Corporis humani Fabrica Libri IV. Methodo Anatomica in Prælectionibus publicis proposita, ad Andreæ Vesalii Tabulas instituta ; sectionibusque publicis & privatis comprobata, multis denique novis Inventis & Opinionibus aucta. Basileæ 1600. in-8°. It. sous le titre suivant : Theatrum Anatomicum infinitis locis auctum, ad morbos accommodatum & ab erroribus ab Autore repurgatum, observationibus & figuris aliquot novis æneis illustratum, Opera Joan. Theod. de Bry. Francofurti 1621. in-4°.*

11. *Animadversiones in Historiam generalem Plantarum Lugduni editam. Item Catalogus Plantarum circiter quadringentarum eo in Opere bis terve positarum. Francofurti 1601. in-4°.*

12. *Institutiones Anatomicæ Hippo-*

cratis, *Ariſtotelis*, *Galeni auctoritate* G. Bau-
illuſtratæ. Baſileæ 1604. *in-*8°. It. *Fran-* HIN-
cofurti 1616. *in-*8°.

13. *De Compoſitione Medicamento-*
rum, *ſive Medicamentorum componen-*
dorum ratio & Methodus, *in Prælectio-*
nibus publicis propoſita. Offenbachii
1610. *in-*4°. It. *Francofurti* 1610. *in-*4°.

14. *De Lapidis Bezaar*, *Orientalis*
& Occidentalis, *Cervini item*, *& Ger-*
manici ortu, *natura*, *differentiis*, *vero-*
que uſu, *ex Veterum & Recentiorum*
placitis Liber. Baſileæ 1613. *&* 1625.
*in-*8°.

15. *De Homine Oratio. Baſileæ* 1614.
*in-*4°.

16. *De Hermaphroditorum Monſtro-*
ſorumque partuum natura, *ex Theologo-*
rum, *Jureconſultorum*, *Medicorum*,
Philoſophorum & Rabbinorum Senten-
tia, *Libri duo. Oppenheimii* 1614. *in-*
8°. It. *Francofurti* 1629. *in-*4°.

17. *De Remediorum formulis, Græcis,*
Arabibus & Latinis uſitatis, *exemplis*
ad plæroſque morbos accommodatis illuſ-
tratis; plurimis ratione inventis, *expe-*
rientia confirmatis, *Secretique loco ha-*
bitis, *comprobatis*, *Libri duo. Franco-*
furti 1619. *in-*8°.

18. *Prodromus Theatri Botanici. In quo plantæ supra sexcenta ab ipso primum descriptæ cum plurimis (140.) novis figuris proponuntur. Francosurti* 1620. *in*-4°. It. *Editio altera, Basileæ* 1671. *in*-4°.

19. *Catalogus Plantarum circa Basileam sponte nascentium, cum earumdem Synonymiis, & locis in quibus reperiuntur, in usum scholæ Medicæ, quæ Basileæ est. Basileæ* 1622. *in*-8°.

20. *Pinax Theatri Botanici, sive Index in Theophrasti, Dioscoridis, Plinii, & Botanicorum, qui à sæculo scripserunt, Opera : Plantarum circiter sex millium ab ipsis exhibitarum methodice secundum earum genera & species proponens. Basileæ* 1624. *in*-4°. It. *Ad Autoris autographum denuo edit. Basileæ* 1671. *in*-4°.

21. *Epistolæ Medicæ.* Ces Lettres se trouvent dans le Recüeil, intitulé : *Joannis Hornungi Cista Medica. Noribergæ* 1625. *in*-4°. It. *Lipsiæ* 1661. *in*-4°.

22. *Vivæ imagines partium corporis humani, æneis formis expressæ, & ex Theatro Anatomico Gasparis Bauhini desumptæ, Opera & sumptibus Matthæi.*

Meriani. Francofurti 1640. *in - 4°.* G. Bau-

23. *Theatrum Botanicum, seu Histo-* HIN.
riæ Plantarum ex Veterum & Recentio-
rum placitis propriaque observatione
concinnata Liber primus. Basileæ 1658.
in-fol. L'Editeur de ce Volume marque dans sa Préface que ce n'est que
la douziéme partie de l'Ouvrage de
Bauhin.

24. *Stirpium aliquot obscurius Offi-*
cinis, Arabibus, aliisque denominata-
rum explicatio. A la suite du Livre,
intitulé: *Dionysii Joncquet Hortus, sive*
Index Plantarum quas Autor excolebat
Parisiis. Paris. 1659. *in-*4°.

25. *Epistola Anatomica curiosa ad*
Voglerum Patrem. Inserée dans la
troisiéme année du premier *Decen-*
nium des *Ephémerides des Curieux de*
la nature, p. 596.

V. *Nova Litteraria Helvetica Joan.*
Jac. *Scheuchzeri, ann.* 1704. p. 48.
Mercklini Lindenius renovatus.

CHARLES PASCHAL.

CHARLES *Paschal*, Chevalier, Seigneur & Vicomte de la *Queue*, & de *Dargny*, naquit le 19. Avril 1547. à *Caune*, en Piémont, de *Barthelemi Paschal*, Gentilhomme Piémontois, & de *Catherine de Fiesque*.

Il vint faire ses études à *Paris*, où après le cours ordinaire d'Humanitez & de Philosophie, il s'appliqua à la Jurisprudence. Ayant eu occasion de voir l'illustre *Gui du Faur*, Seigneur *de Pibrac*, Conseiller d'Etat, & Président au Parlement de *Paris*, il s'acquit son estime & son amitié.

Les esperances qu'il conçut de se pousser en France par son moyen, l'engagerent à se fixer dans ce Royaume, & à renoncer à sa patrie; & ces esperances ne furent pas vaines; car il fut employé depuis en differentes négotiations importantes.

D'abord il fut choisi, en 1576. par le Roy *Henri III.* pour aller en

Pologne, en qualité d'Ambassadeur C. Pas-

Pologne, en qualité d'Ambassadeur
extraordinaire, pour en retirer les CHAL.
meubles prétieux que ce Prince y
avoit fait porter, & il réüssit si bien
dans cette affaire, que le Roy en re-
connoissance de ce service l'honora
du titre de Chevalier, & ajoûta une
fleur de Lys à ses Armes. Les Lettres
patentes, qui lui furent données pour
cela, sont datées du mois d'Avril
1578.

Quelque temps après son retour il
épousa *Marguerite Manessier*, veuve
de M. de *Feuqueres*, *Claude de Laver-
not*, d'une des plus anciennes famille
d'*Abbeville*, qui mourut 13. ans
avant lui, & dont il n'eut point
d'enfans.

Il fut en 1589. envoyé pour la seconde fois en qualité d'Ambassadeur
extraordinaire en Angleterre vers la
Reine *Elizabeth*, dont il obtint les
secours d'Hommes & d'argent, qu'il
lui demanda de la part du Roy
Henri IV.

Ce Prince l'envoya encore en 1593.
en Languedoc, en Provence, & en
Dauphiné, pendant la fureur des

C. Pas-
CHAL.

troubles, pour tâcher d'y apporter quelque reméde.

Il avoit été auparavant reçu Conseiller & Avocat Genéral au Parlement de *Roüen*, Charge pour laquelle il prêta le serment accoûtumé le 4. Mars 1592.

En 1604. il fut député vers les Grisons, chez lesquels il demeura pendant dix ans. Ce fut dans le loisir dont il joüit en ce lieu, qu'il composa le plûpart de ses Ouvrages.

Il revint en France en 1614. & continua encore ses services pendant quelques années dans le Conseil, ayant été fait, je ne sçai en quelle année, Conseiller d'Etat. Mais étant devenu paralitique de la moitié de son corps, il se retira en sa Seigneurie de la *Queute*, près d'*Abbeville*, où il mourut d'apoplexie le 25. Decembre 1625. âgé de 78. ans. Il fut enterré, comme il l'avoit ordonné, au milieu du Chœur de l'Eglise Collegiale de S. *Wulfran* à *Abbeville*, où on lui mit cette Epitaphe.

Carola

*Carolo Paschalio Equiti, Cuttæ Vi-
æcomiti, hîc condito, Beatam Resurrec-
tionem expectanti, Posuit Philippus Fi-
lius, Hispaniæ Dominus, Abbavillæ
Præses.*

Paschal ne se voyant point d'enfant, adopta un jeune Homme, dont
on ne nous apprend point le nom,
pour lequel il eut toûjours une ten-
dresse singulière. Il lui acheta les
Charges de Président & de Lieutenant Criminel d'*Abbeville*, & le fit
héritier de son nom & de ses biens.
Les Lettres Patentes de son adoption
sont datées du mois de May 1607.
C'est ce *Philippe Paschal* dont il est
parlé dans son Epitaphe.
Catalogue de ses Ouvrages.
1. *Viti Fabricii Pibrachii Vita.*
Paris. 1584. *in*-12. It. dans un Recüeil de Vies choisies données par
Bauchius à *Breslau* 1711. *in*-8°. It.
trad. en François sous ce titre : *La
Vie & Mœurs de Messire Guy du Faur,
Seigneur de Pybrac, Conseiller du Roy
en ses Conseils d'Etat & Privé, & Pre-
sident en sa Cour du Parlement à Paris.*
Tome XVII. X

C. PAS-CHAL.

faite par *M. Charles Paschal*, ci-devant Ambassadeur aux Grisons, traduite du Latin par *Guy du Faur, Seigneur d'Hermay. Paris* 1617. *in*-12. Cette Vie est remplie d'avantures surprenantes, & qui semble tenir du Roman, quoiquelles soient très-veritables. (*La Faille Histoire de Toulouse*, tom. 2. p. 385.)

2. *Elogium Eliæ Vineti.* Cet Eloge est imprimé avec le Commentaire de *Vinet* sur *Ausone* à *Bourdeaux* 1594. *in* - 4°.

3. *De Optimo genere elocutionis Tractatus. Rotomagi* 1595. *in*-12. It. *Paris,* 1601. *in*-8°.

4. *Legatus. Rothomagi* 1598. *in*-8°. It. *Altera editio non paucis locupletata, Paris,* 1613. *in*-4°. It. *Amstelodami, Elzevir* 1643. *in*-12.

5. *Gnomæ, seu Axiomata Politica ex Tacito. Paris.* 1600. *in*-12.

6. *Censura animi ingrati, Paris.* 1601. *in* - 8°.

7. *Christianarum Precum Libri duo, Paris,* 1609. *in*-8°.

8. *Coronæ opus*, *distinctum in decem Libros, quibus res omnis Coronaria à Priscorum eruta & collecta monumentis*

continetur. Pariſ. 1610. *in-*4°. *It. Lugd.* C. PAS-
Bat. 1671. *in-*8°. *Euper*, dans ſon Ou- CHAL.
vrage ſur l'Apotheoſe d'*Homere*, p.
218. aſſûre que *Paſchal* a traité fort
au long la matiere des Couronnes,
mais que l'exactitude lui manque en
beaucoup d'endroits.

9. *Virtutum & vitiorum definitiones.*
Pariſ. 1615. *in-*8°. It. *Genevæ* 1620.
*in-*80°.

10. *Legatio Rhætica, ſive Relatio eo-*
rum quæ intra decennium in Rhætia acci-
derunt ab anno 1604 *ad* 1614. *Pariſ.*
1620. *in-*8°. *Charles Paſchal*, dit M.
de *Wicquefort*, dans ſon premier
Livre de l'*Ambaſſadeur*, »qui a for-
» mé l'idée de l'Ambaſſadeur dans un
» Livre ſingulier, ne le repreſentoit
» pas fort bien en ſon Ambaſſade au-
» près des Griſons. La Relation fait
» voir qu'il ſçavoit force Grec & La-
» tin; mais ſon Ambaſſade fait con-
» noître que c'étoit un Miniſtre fort
» médiocre.

11. *Harangue ſur la mort de très-*
illuſtre & vertueuſe Princeſſe Margue-
rite de Valois, Epouſe de très-illuſtre
Prince Emanuel Philibert, Duc de Sa-
voye, Prince de Piemont, traduite du

Latin de Charles Paschal, par Gabriel Chapuis. Lyon 1574. *in-8°.* It. *Paris* 1574. *in-8°.* Cette traduction est rapportée par *du Verdier* dans sa *Bibliotheque* ; mais je ne sçai quand l'original Latin a paru ; le P. *le Long* l'a ignoré aussi , puisqu'il n'en dit rien dans sa *Bibliotheque de France.*

12. *Traité des Vertus Royales.* L'Auteur de son Eloge , qui rapporte le titre de cet Ouvrage , dit que c'est le seul qu'il ait fait en François , & qu'il l'auroit dédié au Roy , si la mort ne l'eût surpris ; mais il ne marque point s'il a été imprimé.

V. *l'Histoire Ecclesiastique de la Ville d'Abbeville* ; par le R. P. *Ignace-Joseph de Jesus-Maria*, Carme Déchaussé. *Paris* 1646. *in-4°.* Ce Carme se nommoit dans le monde *Jacques Sanson* , & étoit neveu du fameux *Nicolas Sanson.*

JEAN BODIN.

JEAN *Bodin* naquit à *Angers* vers J. BODIN. l'an 1530, d'une bonne famille de cette Ville

M. *de Thou* dit dans le 117. Livre de son Histoire, sur l'année 1589. qu'il fit profession dans l'Ordre des Carmes; mais qu'ayant reclamé en- suite contre ses Vœux, comme ayant été faits dans sa premiere jeunesse, il en fut dispensé. Ce fait est du moins très-incertain, & *Menage* assûre que M. *Baudri*, Avocat au Grand Con- seil, petit neveu de *Bodin*, lui a dit plusieurs fois affirmativement, que M. *de Thou* avoit été mal informé sur ce point.

Bodin fit ses études de Droit à *Tou- louse*, & après y avoir pris ses degrez, il y enseigna lui même les autres avec applaudissement. Son dessein étoit alors de s'établir en cette Ville avec la qualité de Professeur en Droit, & pour se captiver la bienveillance des Touloufains, il fit son Oraison *De instituenda in Republica Juventute*,

X iij

BODIN. qu'il adreſſa au Peuple & au Senat de
Touloufe, & qu'il recita publiquement dans les Ecoles de cette Ville.

Il fit auſſi dans la même vûë, ſelon
M. *Menard*, l'Epitaphe de *Clemence
Iſaure*, eſtimée l'Inſtitutrice des Jeux
Floraux, gravée en 1557. ſous la Sta-
tuë de cette *Clemence* ; mais *Catel*,
dans ſes Mémoires de l'Hiſtoire du
Languedoc, marque que *Bodin* n'é-
toit point, comme on le croyoit,
Auteur de cette Epitaphe, qui étoit
de *Martin Gaſcon*, Avocat.

Cependant *Bodin* ſe dégoûta de
l'Ecole, qu'il abandonna pour la plai-
doirie. Etant venu à *Paris*, il y ſuivit
le Barreau, & plaida quelque temps ;
mais il ne réüſſit pas dans cette profeſſion, & ce fut apparemment ce qui
l'obligea à y renoncer, pour s'adon-
ner à la compoſition des Livres, dans
laquelle il réüſſit fort bien.

Ceux qu'il publia lui acquirent la
réputation d'Homme ſçavant & de
bel eſprit, & cette réputation le fit
ſouhaitter par le Roy *Henri III*. qui
aimoit les gens de Lettres, & qui ſe
plaiſoit dans leur entretien. Ce Prince appella donc *Bodin* auprès de lui,
& comme ce ſçavant étoit d'une con-

verſation agréable, qu'il avoit une J. BODIN.
grande lecture, & qu'il ſe ſouvenoit
de tout ce qu'il avoit lû, *Henri III.*
ſe plaiſoit à s'entretenir avec lui.

Il eut même d'abord tant de conſi-
dération pour lui qu'il fit empriſon-
ner *Michel de la Serre*, Gentilhomme
Provençal, (& non pas *Jean de Ser-
res*, comme le dit *Menage*) qui avoit
fait un écrit injurieux contre *Bodin*,
& qu'il lui fit défenſe ſous peine de
la vie de le publier. Mais la faveur
de *Bodin* ne fut pas de longue durée;
ſes envieux lui rendirent bien-tôt auprès du Roy de mauvais offices, qui
furent cauſe qu'il ceſſa de le conſi-
derer.

Ce fut en ce temps-là que ſe voyant
bienvenu auprès de *François* de France, Duc d'*Alençon*, frere du Roy, il
s'attacha à lui, & ce Prince le fit Secretaire de ſes Commandemens,
Maître des Requêtes de ſon Hôtel,
& ſon Grand Maître des Eaux &
Forêts.

Il le mena auſſi en Angleterre,
comme un de ſes principaux Conſeillers, lorſqu'il y alla pour négotier
ſon Mariage avec la Reine *Elizabeth*;

X iiij

J. BODIN. & *Bodin* y eut le plaifir & l'hon
de voir lire publiquement dans l'U-
niverfité de *Cambrige*, fes Livres de
la République, traduits en Latin par
les Anglois.

Il accompagna enfuite le Duc d'*A-
lençon* en Flandres, où il eut encore
plus de part à fa confiance, qu'il n'a-
voit eu en Angleterre. L'Hiftoire de
Flandres remarque que ce fut lui qui
confeilla au Duc d'*Alençon* de fe faifir
d'*Anvers*.

Après la mort du Duc d'*Alençon*,
arrivée peu de temps après l'entrepri-
fe fur *Anvers*, c'eft-à-dire le 10. Juin
1584. *Bodin* fe voyant déchu des efpérances que la faveur de ce Prince
lui avoit fait concevoir, fongea à fe
retirer, & retourna chez lui à *Laon*,
où il avoit époufé en 1576. *Françoife
Trouilliart*, veuve de *Claude Guyart*,
Contrôleur du Domaine du Roy en
Vermandois; & fœur de *Nicolas
Trouilliart*, Procureur du Roy au
Bailliage & Siége Préfidial de *Laon*.
Leur contrat de Mariage eft du 25.
Fevrier de cette année. *Ménage* n'a eu
aucune attention aux dates, lorfqu'il
a fait ce Mariage poftérieur à la mort
du Duc d'*Alençon*.

M. *de Thou*, dit que *Bodin*, fut J. BODIN.
Lieutenant General de cette Ville.
M. *Menard*, dans ſes *Hommes Illuſ-*
tres d'Anjou, avance qu'il y fut Procureur du Roy. M. *Joly* dans ſes
Notes ſur le *Dialogue des Avocats de*
Paris de Loyſel, & *Mezeray* dans ſon
Hiſtoire de France, veulent qu'il y
ait été Avocat du Roy. *Sainte Marthe*
dans l'Eloge de *Bodin* dit en general,
qu'il y exerça une Charge de Magiſ-
trature. Il eſt certain qu'il y fut Procureur du Roy, à la place du Sieur
Trouilliart, ſon beau-frere; il dit lui-
même dans ſon Teſtament, qu'il eſt
un des plus pauvres Procureurs du
Roy de France.

Ce fut apparemment à cauſe de
cette Charge qu'il fut député en 1576.
par le Tiers Etat de Vermandois,
aux Etats de *Blois*, quoique dans la
Relation qu'il a faite de ces Etats, il
ne prenne d'autre qualité que celle de
Député du Tiers Etat de Vermandois.
Son zele pour la Religion Prétenduë
Réformée & ſes oppoſitions aux vo-
lontez de la Cour, le firent diſtinguer dans cette Aſſemblée, & lui at-
tirerent beaucoup d'ennemis. Il a crû

J. BODIN, même que ce fut pour cela qu'il n'obtint point une Charge de Maître des Requêtes, qui lui avoit été deftinée.

M. *le Laboureur*, dans fes Additions aux Mémoires de *Caftelnau* (a) écrit qu'il avoit été Lieutenant Général de la Table de Marbre. C'eft une chofe fort incertaine ; mais il eft conftant que du temps de *Charles IX.* il fut Procureur du Roy d'une Commiffion pour les Forêts de Normandie. Ce fut lui qui par la connoiffance qu'il avoit de l'Hiftoire, déterra le Droit général du Roy dans les Bois de Normandie, appellé *Le Tiers & Danger*. Ce Droit général ayant été remis aux Normands par le Roy *Charles IX. Bodin*, Procureur du Roy, s'oppofa à la liberalité de ce Prince, foûtenant que ce Droit étant de la Couronne étoit inalienable. C'eft ce qu'on apprend d'un Ouvrage de M. *Greard*, Avocat au Parlement de *Roüen*, imprimé en 1673. fous le titre de *Défenfes pour les particuliers, qui poffedent des Bois dans la Province de Normandie, contre la prétention des*

(a) Tome 2. p. 385.

Droits de Tiers & Danger. » Maître J. BODIN.
» *Jean Bodin*, Avocat au Parlement
» *Paris*, dit l'Auteur, perſuada au
» Roy *Charles IX.* que le Droit de
» *Tiers & Danger* étoit un Droit ge-
» néral ſur tous les Bois de Norman-
» die, & ſe chargea des ſoins de cette
» recherche en qualité de Procureur
» de la Réformation. Il n'y eut preſ-
» que point de famille dans la Pro-
» vince qu'il n'attaquât. Il inſtruiſit,
» comme il le dit lui-même dans ſes
» écrits, juſqu'à quatre cens Procès,
» & il pouſſa l'affaire juſqu'au point
» qu'il ne manquoit plus à l'execu-
» tion de ſon deſſein, que la dépoſſeſ-
» ſion actuelle de tous ceux qui
» avoient des Bois. Toute la Nor-
» mandie fut émuë de ſon entrepriſe.
» Le Parlement s'aſſembla pluſieurs
» fois ſur ce ſujet; il nomma des Dé-
» putez, & la Nobleſſe ſuivit ſon
» exemple. Enfin le Roy fut touché
» de leurs plaintes, & convaincu par
» les raiſons qui lui furent repreſen-
» tées; & pour finir cette Recher-
» che, qui avoit duré pluſieurs an-
» nées, il fit un Edit en l'année 1571.
» par lequel il ordonna l'aliénation

J. BODIN. » des Droits du *Tiers & Danger*, qui
» lui appartenoient sur les Bois de
» Normandie; & par ce même Edit
» il reconnut que ces Bois étoient en
» petit nombre, & que le revenu
» qu'il en tiroit n'étoit pas considéra-
» ble. *Bodin*, qui ne se pouvoit ren-
» dre, s'opposa à l'enregistrement;
» mais le Roy donna une Déclara-
» tion, par laquelle, sans avoir égard
» à son opposition & à ses protesta-
» tions, qu'il déclara nulles, il or-
» donna qu'il seroit passé outre à
» l'execution.

Ce recit sert à faire connoître le
caractere de *Bodin*, qui étoit vif,
entreprenant, & que rien ne rebu-
toit.

Quoiqu'il eût été de la Religion
Prétenduë Réformée, comme il
paroît par une de ses Lettres à *Jean
Bautru des Matras*, & qu'il eût toûjours pour elle un penchant secret,
cependant en 1589. il persuada aux
Habitans de *Laon*, de se déclarer
pour le Duc de *Mayenne*, en leur re-
montrant que le soulevement de tant
de Villes & de Parlemens en faveur
de Messieurs *de Guise*, ne devoit pas

être appellé Rebellion , mais révolu- J. BODIN.
tion. C'étoit une suite de son esprit
Républicain , qui le portoit toûjours
à ce qui pouvoit contribuer à affoiblir
l'autorité Royale.

Il mourut de la peste à *Laon* en
1596. âgé , selon M. *de Thou* , de plus
de 70. ans , & selon M. *Menard* de
55 seulement. M. de *Sainte Marthe*
se contente de dire qu'il étoit alors
fort âgé. Son testament fait voir qu'ils
se sont tous trompez ; il est du 7.
Juin 1596. & il y témoigne qu'il passoit alors l'âge de 66. ans. Il doit donc
être mort dans sa 67ᵉ. année.

Il eut trois enfans de son Mariage ;
deux garçons , *Elie* qui mourut avant
lui , & *Jean* qui ne fut point marié ,
& une fille qui tomba en démence ,
& vécut plus de quatre-vingts ans.

Il fut enterré aux Cordeliers de
Laon , comme il l'avoit ordonné par
son Testament.

Voici le Jugement que *Grotius* fait
de cet Auteur. *(a)* Il étoit plus abon-
dant en paroles , qu'en choses ; son
Latin n'étoit pas net ; il ignoroit les

_____

(a) Epist. ad *Joann. Cordesium.* Inserée
dans la *Gallia Orientalis* de Colomiés.

J. BODIN. loix de la Poësie ; la Langue Gréque lui étoit peu connuë. Il étoit assez instruit des coûtumes & des sentimens des Juifs; non pour avoir appris leur Langue , mais parce qu'il avoit été en liaison d'amitié avec plusieurs Sçavans d'entre eux, qui avoient ébranlé la Foi qu'il devoit avoir pour les mysteres de la Religion Chrétienne. Lorsqu'il cite des Histoires , & qu'il rapporte quelques témoignages, il s'éloigne souvent de la verité; peut-être le fait-il par négligence plûtôt que par malice ; mais on ne peut s'empêcher de le soupçonner de fraude en quelques endroits.

On l'a accusé , comme bien d'autres , de Magie , & de Sorcellerie, & l'on a prétendu qu'il avoit un Genie, qu'il consultoit sur ce qu'il avoit à faire ; mais ce sont des puérilitez qui n'ont aucun fondement, & qui ont été avancées sans preuve par ses ennemis ; car les faits qu'on trouve sur ce sujet dans le *Pithœana* sont si ridicules , qu'on ne peut y ajoûter aucune foi.

Catalogue de ses Ouvrages.

1. *Oppiani Cynegetica , sive de Ve-*

natione Libri IV. Latino Carmine versi, J. BODIN,
cum Commentario. Pariſ. 1555. *in-4°.*
Jacques Bongars dans une de ſes Lettres à *Conrad Rittershuſius* , qui ſe
trouve dans la *Gallia Orientalis* de
Colomiés , p. 82. prétend que *Bodin*
avoit pillé les corrections de *Turnebe*
ſur *Oppien* ; mais cela ne peut s'entendre de celles qui ſe liſent à la fin
de l'Edition Gréque d'*Oppien* donnée par *Turnebe* , puiſqu'il n'y en a
pas un ſeule , ſuivant M. de *la Monnoye* , que *Bodin* ait inſerée dans ſon
Commentaire. *Baillet* n'a pas entendu ce que *Bongars* a dit ſur ce ſujet ,
lors qu'étendant l'accuſation qu'il a
intentée à *Bodin*, il marque en genér-
ral que *Bodin* avoit pris cet Ouvrage
à *Turnebe* , & l'avoit publié ſous ſon
nom , comme s'il en avoit été l'Auteur. C'eſt ainſi que les choſes s'aug-
mentent ſouvent en paſſant d'un Livre dans un autre, & changent même
quelquefois d'eſpéce. *Bodin* de ſon
côté s'eſt plaint dans ſa *Methode de
l'Hiſtoire* , d'avoir été lui même pillé
par un autre. Ce qui peut s'entendre
de celui qui publia la même année
une autre Edition d'*Oppien* chez *Guillaume Morel*.

J. BODIN. 2. *Oratio de Instituenda in Republica Juventute. Ad senatum Populumque Tolosatem. Tolosa* 1559. *in-4°.*

3. *Methodus ad facilem Historiarum Cognitionem. Parif.* 1566. *in-4°.* Ce Livre, qui a été imprimé plusieurs fois depuis cette premiere Edition, a été inseré dans un Recüeil d'Ouvrages semblables, réünis sous ce titre : *Artis Historiæ Penus, XVIII. instructa scriptorum tam Veterum, quam Recentiorum monumentis. Basileæ* 1579. *in-8°.* 2. vol. M. l'Abbé *Lenglet* trouve cette Methode pleine de bon sens, de sages réflexions, & de remarques importantes, & prétend que *Bodin* est un de ceux qui a le mieux connu la vraye maniere de regler l'étude de l'Histoire. Mais le jugement que M. de *la Monnoye* en porte (*a*) est bien different. » L'Ouvrage, dit-il, n'est » rien moins que methodique. On y » trouve de bonnes choses, souvent » ou empruntées d'ailleurs, ou répe- » tées dans ses autres Livres, ou qui » ne sont pas en leur place. Au travers » d'une ostentation perpétuelle de » Doctrine, on y reconnoît des igno-

(*a*) *Menagiana*, tom. 3. p. 108.

rances

» rances grossieres dans les choses &
» dans les mots. Le jugement que
» dans le *prima Scaligerana*, *Joseph*
» *Scaliger* fait de ce Livre est beau-
» coup plus sur. Ce Sçavant y loüe
le stile de l'Ouvrage & en blâme la
conduite.

4. *Réponse aux Paradoxes de M. de*
Malestroit touchant l'encherissement de
toutes les choses & des Monnoyes. Paris
1568. *in-4°.* It. sous ce titre : *Discours*
sur le réhaussement & diminution des
Monnoyes, pour réponse aux Paradoxes
du Sieur de Malestroit. Paris 1578.
in-8°. It. trad. en Latin par *Renerus*
Budelius, & inseré à la p. 751. du
Recuëil de cet Auteur, intitulé : *De*
Monetis & Re Nummaria. Coloniæ
1591. *in-4°.* Cet Ouvrage est rempli
de recherches curieuses.

5. *Les six Livres de la République.*
Paris 1576. *in-fol.* It. *Lausanne* 1577.
in-8°. It. *Paris* 1578. *in-fol.* Cette Edition, qui est la seconde que *Bodin* ait
donnée, est meilleure que la premiere, parce qu'il y a fait des corrections, ausquelle s la Critique de *Cujas*
donna occasion. Ce Sçavant étoit
irrité de quelques paroles que *Bodin*

J. BODIN. avoit lâchées contre lui dans la Préface de sa *Méthode pour l'Histoire*, où il s'exprime ainsi à son sujet sans le nommer. *Qui sine forensi disciplina Juris scientiam se adeptos arbitrantur, plane consimiles sunt iis qui se ipsos in Palestra semper exercuerunt, nullas tamen acies viderunt, nullos militiæ labores tulerunt. Itaque hostium aspectum ferre non magis possunt, quam is qui in scholis Biturigum tanta cum gloria florebat, id est, Strabo inter cœcos acutissimè cernebat. Cum in forum venisset, de levissima quæstione consultus, obmutuit, non sine acerba Riandi reprehensione.* Ayant donc lû le Livre de *Bodin*, il déclama quelques jours après contre lui en Chaire pendant plus de deux heures, & le censura sur plusieurs points. Cette Leçon de *Cujas* fut envoyée à *Bodin*, & elle l'engagea à mettre au-devant de sa seconde Edition une Epître Latine, où il maltraite ce Sçavant. Il profita cependant de sa Critique, & effaça tout ce qu'il avoit censuré. *Cujas* de son côté répondit à l'Epître de *Bodin* dans le Chap. 38. du 8. Livre de ses Observations, & se servit pour designer

fon Antagonifte de l'Anagramme J. BODIN.
d'*Andius fine bono*, par laquelle quelques-uns ont prétendu mal à propos
que *Cujas* vouloit faire allufion à fa
pauvreté, au lieu qu'il n'en vouloit
qu'aux qualitez de fon ame. Ces
Editions de la République de *Bodin*,
dont je viens de parler, ont été fui-
vies de plufieurs autres. *Lyon* 1593.
*in-*8°. It. *Geneva* 1600. *in-*8°. It. *Ab*
ipfo in Latinum Converfi, multoque
quam antea locupletiores. Parif. 1586.
in-fol. It. *Geneva* 1588. *in-*8°. It. *Ar-*
gentorati 1598. *in-*8°. It. *Francofurti*
1614. *in-*8°. It. *Editio quinta. Franco-*
furti 1622. *in-*8°. It. *Colonia* 1645.
*in-*12. It. *tradotta da Lorenzo Conti.*
In Geneva 1588. It. *In Torino* 1590.
» La République de *Bodin* qu'on lit
» peu aujourd'hui, dit M. l'Abbé
» *Lenglet*, a toûjours été eftimée des
» Connoiffeurs. Cet Ouvrage eft
» plein des plus grands & des plus
» fages principes de la politique &
» du Droit Public. L'Auteur appuye
» toûjours ce qu'il dit, ou fur les
» Loix, ou fur les Auteurs anciens,
» ou fur les traits d'Hiftoire les plus
» marquez & les plus recherchez. «

J. BODIN. Le P. *le Long* dit aussi dans sa *Biblio-theque Historique de la France*, qu'on y voit plusieurs belles recherches sur le Gouvernement du Royaume de France. D'autres y ont trouvé plu-sieurs principes dangereux, & l'ont attaqué avec beaucoup de force. J'ai déja dit qu'étant en Angleterre il y entendit lire publiquement, dans l'Université de *Cambrige*, cet Ouvra-ge traduit en Latin par les Anglois; apparemment que cette traduction ne lui plut pas; puisqu'il prit de-là occasion d'en faire lui-même une autre, & d'y ajoûter plusieurs choses qui n'étoient pas dans l'original Fran-çois.

6. *Apologie, ou Réponse pour la Ré-publique de Jean Bodin, par René Her-pin. Paris* 1581. *in-8°.* Bodin s'est ca-ché dans cet écrit sous le nom de *René Herpin*, qui étoit un Homme de la Ville d'*Angers*, pour répondre à ceux qui avoient écrit contre sa Ré-publique, c'est-à-dire, contre *Auger Ferrier* de *Toulouse*, Médecin & As-tronôme, dans son *Avertissement à Jean Bodin sur le IV. Livre de sa Répu-blique. Paris* 1580. *in-8°. Michel de*

la Serre, que *Menage* appelle mal à J. Bodin.
propos *Jean de Serre*, dans ſa *Remon-*
trance au Roy contre le Livre de la Ré-
publique de Jean Bodin, par *M. de la*
Serre. Paris 1579. *in-*8°. *Pierre de*
l'Hoſtal, & *André Frankeberger.*

7. *Nova diſtributio Juris Univerſi*
in tabula adumbrata. Lugduni 1578.
*in-*8°. *It. Coloniæ* 1580. *in-*8°.

8. *Relation Journaliere de tout ce qui*
s'eſt négocié en l'Aſſemblée générale des
Etats de Blois en 1576. *priſe des Mé-*
moires de Jean Bodin l'un des Députez.
Paris 1578. 1614. *in-*8°.

9. *La Démonomanie des Sorciers.*
Paris 1578. *in-*8°. C'eſt la premiere &
la meilleure Edition. It. *Paris* 1580.
*in-*4°. It. *revûë* & *augmentée. Paris*
1587. *in-*4°. It. *Lyon* 1593. *in-*8°. It.
Roüen 1604. *in-*12. It. *De Magorum*
Dæmonomania Libri IV. è Gallico in
Latinum tranſlati per Lotarium Philopo-
num. Baſileæ 1581. *in-*4°. & 1603. *in-*
8°. It. *Tradotta nella lingua Volgare*,
da Ercole Cato. In Venetia 1589. *in-*
40. *Haym*, dans ſa Notice, met
une Edition de cette traduction en
1572. mais il ne peut y en avoir eu
cette année, puiſque l'original Fran-

J. BODIN. çois ne parut qu'en 1578. *Bodin* s'eſt proposé dans cet Ouvrage de combattre les opinions de *Jean Wier*, & comme il s'y étend fort ſur la Magie & les Sortiléges, quelques-uns l'en ont cru coupable.

10. *Univerſæ Naturæ Theatrum, in quo rerum omnium effectrices cauſæ & fines contemplantur, & continuæ ſeries quinque Libris diſcutiuntur. Lugduni* 1596. *in-*8°. It. *Francofurti* 1597. *in-*8°. It. *Hanoviæ* 1605. *in-*8°. It. en François ſous ce titre : *Le Theatre de la Nature univerſelle traduit du Latin de Jean Bodin, par François de Fougerolles. Lyon* 1597. *in-*8°. Cet Ouvrage n'a rien de ſolide ; l'Auteur y avance même pluſieurs choſes, qui pourroient faire croire qu'il étoit un vrai Naturaliſte, & qu'il n'admettoit d'autre Religion que la naturelle. Des deux Interlocuteurs qui y parlent, *Theodore* debite des propoſitions qui tendent à renverſer le Chriſtianiſme ; & *Myſtagogue*, qui y fait le perſonnage de Précepteur, n'y répond que foiblement, & en ſe contentant de dire, qu'il ne faut pas prononcer à la legere ſur ces ſortes de matieres.

11. *Lettre de Jean Bodin , Procureur* J. BODIN, *du Roy au Siége Préſidial de Laon. Paris* 1590. *in-8°.* Il tâche de s'y juſtifier de ce qu'il avoit pris le parti de la Ligue.

12. *La Harengue de Meſſire Charles de Cars , Evêque & Duc de Langres , prononcée aux magnifiques Ambaſſadeurs de Poloigne , étants à Mets en Août* 1573. *tournée de Latin en Franç̧ois par Jean Bodin. Paris.* Cette traduction eſt rapportée par *du Verdier* dans ſa *Bibliotheque.*

13. *Conſilium de Principe recte inſtituendo.* Cet Ouvrage a paru , ſelon l'Auteur de la *Bibliotheca Juris Imperantium* , p. 99. avec un autre de *Fauſte de Longiano* , par les ſoins de *Jean Bornitius* à *Erford* , en 1603. *in - 12.*

14. *Colomiés* dans ſa *Gallia Orientalis* , rapporte , p. 76. une de ſes Lettres , qui eſt fort curieuſe. *Menage* en a inſeré une autre , qui ne l'eſt pas moins , dans ſes *Remarques ſur la Vie de Pierre Ayrault* , p. 249.

Teiſſier dans ſes Additions aux Eloges de M. *de Thou* , cite les trois Ouvrages ſuivans comme étant de *Bodin.*

J. BODIN. 1°. *Paradoxon, quod nec virtus ulla in mediocritate, nec summum hominis bonum in virtutis actione consistere possit.* 2°. *Carmina.* 3°. *Historica, Narratio profectionis & inaugurationis Alberti & Isabellæ Austriæ Archiducum, & eorum in Belgio adventus.* Je ne puis dire, s'il n'y a point de l'erreur de la part de *Teissier* par rapport aux deux premiers ; ce qu'il y a de sûr, c'est que le troisiéme ne peut être de *Bodin,* puisqu'il mourut avant ce voyage de l'Archi-Duc *Albert*, & de l'Infante *Isabelle-Claire Eugenie.*

On trouve dans plusieurs Bibliotheques des copies d'un Ouvrage de *Bodin*, qui n'a jamais été imprimé. Il est intitulé : *De abditis rerum sublimium arcanis Colloquium Heptaplomeres Libris sex digestum.* C'est une des plus dangereuses de ses productions, & celle qui fait le mieux connoître ses veritables sentimens, puisqu'il l'acheva huit ans avant sa mort, c'est-à-dire en 1588. Le titre d'*Heptaplomeres* lui a été donné par rapport au nombre des Interlocuteurs qui sont sept, & dont chacun a sa tâche, les uns étant destinez à attaquer, & les autres

autres à défendre. L'Eglise Catholique y est attaquée la premiere ; les
Lutheriens viennent ensuite sur les
rangs ; le troisiéme choc tombe sur
toutes les Sectes en général ; le quatriéme sur les Naturalistes; le cinquiéme sur les Calvinistes ; le sixiéme sur
les Juifs, & le dernier sur les Secta-
teurs de Mahomet. L'Auteur menage
de telle sorte ses combattans, que les
Chrétiens sont toûjours battus ; soit
qu'ils soûtiennent la Religion Catholique, ou le Lutheranisme, ou le
Calvinisme, le triomphe est pour les
autres, & surtout pour les Naturalistes & pour les Juifs. C'est ce qui a fait
dire à quelques Auteurs qu'il étoit
mort Juif ; mais peut-être qu'il ne
l'étoit pas plus que Chrétien, & que
ses incertitudes continuelles par rapport à la Religion, l'avoient réduit à
n'avoir sur elle aucun sentiment fixe.
On a sur cette matiere un Ouvrage
curieux de *Diecman*, qui a pour titre :
De Naturalismo cum aliorum, tum
maxime Joannis Bodini, ex opere ejus
manuscripto anecdoto de abditis rerum
sublimium arcanis, Schediasma inau-
gurale L. Jo. Diecmanni. Kilonii 1683.

Tome XVII.   Z

J. BODIN. *in-4°. It. Lipsiæ 1684. in-4°. It. Jena 1708. in-4°.*

Bodin, dans le sixiéme Chapitre de sa Methode de l'Histoire, fait mention d'un Ouvrage qu'il avoit fait *de Decretis* ; mais il n'est pas imprimé. Car il ordonna par son Testament que ses Livres, *De Imperio & Jurisdictione, & Legis Actionibus, & Decretis, & Judiciis,* seroient brûlez ; ce qui fut executé avant sa mort en sa presence.

V. Menage ; Remarques sur la Vie de Pierre Ayrault, p. 140. *Les Eloges de M. de Thou avec les Additions de Teissier. Bayle, Dictionnaire. Colomesii Gallia Orientalis,* p. 74. *Sammarthani Elogia Lib.* 1.

JEROSME FRACASTOR.

J. FRA-CASTOR.

JEROSME *Fracastor* naquit à *Verone* vers l'an 1483. de *Paul-Philippe Fracastor*, d'une ancienne famille Noble de cette Ville, & de *Camille Mascarelli*, de *Vicenze*.

On remarque que lorsqu'il vint au monde, ses lévres se tenoient, à la réſerve d'une petite oüverture au milieu, par laquelle il ponvoit pren-dre de l'aliment ; mais un Chirurgien les lui ſépara avec un raſoir. C'eſt là-deſſus que *Jules-Ceſar Scaliger* a fait cette Epigramme.

Os Fracaſtorio naſcenti defuit, ergo
  Sedulus attenta finxit Apollo manu.
Inde hauri, Medicuſque ingens, ingenſ-
    que Poeta,
Et magno facies omnia plena Deo.

Il fut dans ſon enfance expoſé à un grand danger. Sa mere le portant un jour dans ſes bras fut frappée de la foudre, qui la tua ; mais il n'en reçut aucun mal.

Son pere, qui l'aimoit tendre-ment, n'oublia rien pour lui donner une bonne éducation, & pour cul-tiver les heureuſes diſpoſitions qu'il avoit pour les ſciences.

Il alla de bonne heure à *Padoue*, où, après avoir fait ſes Humanitez & ſa Philoſophie, il s'appliqua tout entier à la Médecine, & il fit dans toutes ces ſciences des progrès conſi-dérables.

Z ij

J. FRA-
CASTOR.

Il demeura dans cette Ville, juſqu'à l'an 1509. que la Guerre, qui regnoit alors dans le Païs, obligea d'interompre les exercices Académiques, & de fermer les Colleges. (*a*)

Ayant appris dans le même temps la mort de ſon pere, il ſongea à retourner dans ſa patrie ; mais *Barthemi d'Alviano*, Général des Troupes Venitiennes, qui aimoit les gens de Lettres, & qui avoit pour lui une eſtime particuliere, l'engagea par des conditions très-avantageuſes, à ne point s'éloigner de lui, & à demeurer à *Pordenone* dans le Frioul, (*b*) où étoit alors une Académie célebre qu'il avoit formée. Il y paſſa quelque temps en la Compagnie d'*André Navagero*, & d'*André Cotta*, excellens Poëtes ; ce qui lui donna occaſion d'exercer le talent qu'il avoit pour la Poëſie, en compoſant jour-

(*a*) *Gymnaſium Patavinum Tomaſini*, *p.* 402.

(*b*) *Teiſſier* n'a pas entendu ces paroles de la Vie de *Fracaſtor* : *In Academiam Forojulienſem ad Portum Naonem inſtitutam*, &c. lorſqu'il les a rendus par ces mots : *Dans l'Academie de Forli.*

nellement des Pieces fur les fujets qui fe prefentoient.

Il fuivit auffi quelquefois *d'Al-viano* dans fes expéditions Militaires; mais ce General ayant été fait prifonnier par les François le 14. May de cette même année 1509. à la journée *d'Agnadel*, *Fracaftor* prit le parti de fe retirer a *Verone*, où il trouva tous les biens que fon pere lui avoit laiffez, ruinez en partie par les defordres de la Guerre. Mais comme il n'avoit point d'ambition, & qu'il fe contentoit de peu, fes pertes ne le toucherent que médiocrement.

Il pratiqua depuis la Médecine avec beaucoup d'affiduité & de fuccès, fans en vouloir retirer d'autre profit que l'amitié des perfonnes qu'il voyoit, parmi lefquelles il y avoit plufieurs Sénateurs Venitiens, & un grand nombre de Seigneurs de la premiere qualité. Il fut plufieurs fois à *Trente* pendant la tenuë du Concile, pour voir le Cardinal *Madruce*, qui y étoit tombé malade, & quelques autres Prélats; & M. *de Thou* nous apprend que ce fut lui qui perfuada aux Peres du Concile de le transferer

Z iij

J. FRA- à *Boulogne*, par la crainte de la peste
ᴄASTOR. dont il les menaça ; ce qu'il fit par
l'Ordre du Pape qui étoit bien aise
de retirer le Concile de l'Allemagne,
pour le mettre dans une Ville qui
dépendît de lui.

Je ne sçai où *Sleidan* a pris ce qu'il
dit dans son Histoire, que *Fracastor*
fut Médecin des Peres du Concile ,
& que le Pape lui donnoit pour cela
tous les mois soixante écus d'or : je
crains qu'il n'ait trop étendu ce que
ce fameux Médecin a fait seulement
pour quelques Prélats; c'est du moins
une particularité dont l'Auteur de sa
Vie ne nous dit rien.

Il abandonna quelques années
avant que de mourir la pratique de
la Médecine , pour se livrer aux
Belles-Lettres , qui faisoient ses déli-
ces , aussi-bien qu'aux Mathematiques & à la Cosmographie , pour laquelle il avoit un penchant singulier;
desorte que quittant quelquefois ses
occupations serieuses , il s'amusoit à
tracer sur des Globes de bois les
nouveaux Païs que les Portugais &
Christophe Colomb avoient découvert
dans les Indes , tant Orientales

qu'Occidentales , ſuivant leurs lon-
gitudes & leurs latitudes.

Il ſe divertiſſoit auſſi , à ſes heures
de loiſir , à lire les anciens Auteurs ,
& principalement *Plutarque* & *Polybe*,
qui étoient ſes Auteurs favoris.

Son amour pour le repos & pour la
tranquillité l'engageoit à ſe retirer
ſouvent à une Maiſon de Campagne
qu'il avoit à *Caſt* au pied *Mont-
Baldo* , à quinze mille de *Verone* , &
ce fut-là qu'il paſſa les dernieres années de ſa vie.

Il y (*a*) eut, étant à table, une
attaque d'apoplexie dont il mourut
le jour même 6. Août 1553. âgé de
plus de 70. ans. Son corps fut porté
quelque temps après à *Verone* , & enterré dans l'Egliſe de *Sainte Euphe-
mie*. Deux ans après , c'eſt-à-dire le
21. Novembre 1555. la Ville de *Verone* convint dans une de ſes Aſſem-
blées , de lui ériger une Statuë de
marbre , & cela fut executé en 1559.

(*a*) L'Auteur de ſa Vie dit préciſément
qu'il mourut à *Caſt* ; ainſi *Ghilini* s'eſt trompé
en diſant que ce fut à *Padoue* , où il ne fut
pas non plus enterré , comme le dit cet
Auteur

J. FRA- comme il paroît par cette Inscription
CASTOR. qu'on lit deſſous la Statuë.

Hieronymo Fracaſtorio
Pauli Philippi F.
Ex publica Autoritate
Anno 1559.

Fracaſtor s'étoit marié pendant ſon
ſéjour à *Padoue*, & il avoit eu plufieurs enfans de ce Mariage ; mais un
feul nommé *Paul-Philippe* lui a ſur-
vêcu.

L'Auteur des Eſſays de Litterature
rapporte (*a*) quelques particularitez
de *Fracaſtor* qui doivent trouver ici
leur place.

» Tout le monde ſçait, dit-il, la
» liaiſon étroite qu'il eut avec le
» grand *Fernel* ; on prétend que ce
» grand Homme conſulta *Fracaſtor*
» ſur les moyens de procurer la fe-
» condité à *Catherine de Medicis* ;
» qu'il le pria même de faire un voya-
» ge en France pour cela, & qu'ayant
» examiné enſemble pendant plu-
» fieurs jours la conſtitution de cette
» Princeſſe, *Fracaſtor* reconnut la

(*a*) *Novembre* 1701. *p.* 346.

» cause de sa sterilité, & donna des J. FRA-
» moyens infaillibles à *Fernel* pour la CASTOR.
» faire cesser. Ce qui eut le succès
que l'on sçait. Ce voyage, s'il est
réel, a dû se faire au plus tard l'an
1543. puisque *Catherine* devint grosse
cette année.

Le même Auteur avoit dit auparavant que *Fracastor* fit réimprimer
à *Paris* l'Histoire de *Venise* de *Bembo*
en 1551. ce qui fait entendre qu'il y
vint alors. Voilà donc deux voyages
à *Paris* qui ne font pas plus proba-
bles l'un que l'autre; celui de 1543.
puisque l'Auteur de sa Vie, qui
marque tout ce qui peut lui faire
honneur, n'en dit pas le moindre
mot; celui de 1551. parce que l'Auteur étoit alors trop âgé pour en entreprendre un semblable.

Catalogue de ses Ouvrages.

*Hieronymi Fracastorii Veronensis
Opera omnia. Venetiis* 1555. *in*-4°.
C'est la premiere Edition. It. *Editio
secunda. Venetiis* 1574. *in*-4°. It. *Tertia
Editio. Venetiis.* 1584. *in*-4°. It. *Lugduni* 1591. *in*-8°. 2. tom. It. *Mons-
pessuli* 1622. *in*-8°. 2. tom. It. *Geneva*
1637. & 1671. *in*-8°. Les Ouvrages

J. FRA-
CASTOR.
contenus dans ce Recuëil, à la tête duquel on trouve une Vie de *Fracaftor*, dont on ignore l'Auteur, font les fuivans.

1. *Homocentricorum, five de ftellis Liber unus. Ad Paulum III. Pont. Max.* Ce Livre, qui eft un fruit du goût que *Fracaftor* avoit pour l'Aftronomie & de l'application qu'il y avoit donnée, a été imprimé à part avec le fuivant, par les foins du Cardinal *Bembo* à *Venife* en 1538. *in*-8°.

2. *De Caufis Criticorum dierum libellus.*

3. *De Sympathia & Antipathia rerum Liber unus, ad Alexandrum Farnefium Cardinalem.* Imprimé avec l'Ouvrage fuivant à *Venife* en 1546. *in*-8°. & à *Lyon* en 1550. *in*-12. It. dans le *Theatrum Sympatheticum. Norimbergæ* 1662. *in*-4°.

4. *De Contagionibus & Contagiofis morbis, & eorum curatione Libri tres, ad Alexandrum Farnefium Cardinalem.*

5. *Naugerius, five de Poetica Dialogus, ad Joannem Baptiftam Rhamnufium.* » *Fracaftor* prétend faire voir » dans ce Dialogue, auquel il a donné

» le nom de *Navagero*, fon ami, qui J. FRA-
» y eft le principal Interlocuteur, CASTOR.
» que la fin de la Poëfie n'eft pas la
» feule délectation, ou le defir de
» plaire ; mais encore celui de profi-
» ter aux autres par le moyen de l'i-
» mitation, en quoi doit confifter
» toute la Poëfie. A dire le vrai, ce
» font plûtôt des Eloges que dés pré-
» ceptes de l'art; mais on ne laiffe pas
» d'y trouver l'explication de la na-
» ture & de l'effence de la Poëtique,
» & l'expofition des qualitez d'un
» veritable Poëte. Sa maniere de trai-
» ter fon fujet eft un peu trop fombre
» & trop féche pour un Dialogue ;
» elle eft auffi quelquefois trop obf-
» cure & trop embarraffée pour un
» recuëil de préceptes qu'on doit
» fuivre. C'eft ce qui excite rarement
» le defir de le lire aujourd'hui, fur-
» tout depuis que le nombre de ces
» fortes de Traitez s'eft multiplié, &
» que les derniers Auteurs, qui ont
» écrit fur cette matiere, ont tâché
» d'effacer ceux qui les ont devancez.

6. *Turrius, five de Intellectione Dialogus ad Joannem-Baptiftam Rhamnufium. Jean-Baptifte Della Torre*, dont

J. FRA- ce Dialogue porte le nom, y eſt le
CASTOR. principal Interlocuteur. C'étoit un
des intimes amis de *Fracaſtor.*

7. *Fracaſtorius, ſive de Anima Dia-*
logus, Ad Joannem-Baptiſtam Rham-
nuſium. Fracaſtor ſurpris par la mort
n'a pas eu le temps d'achever ce Dialogue.

8. *De Vini temperatura Sententia.*
Cet Ouvrage eſt daté du 19. Septembre 1534.

9. *Syphilidis ſive morbi Gallici Libri*
tres. Veronæ 1530. *in-*4°. It. *Pariſ.* 1531.
*in-*8°. It. *Baſileæ* 1536. *in-*8°. It. *Pariſ.*
1539. *in-*16. It. *Antuerpiæ* 1562. *in-*8°.
It. dans le Recüeil intitulé : *Aphro-*
diſiacus, ſive de lue Venerea. It. traduits en François par *Pierre Joyeuſe.* Je
ne ſçai quand cette traduction a paru.
Ce Poëme eſt l'Ouvrage le plus connu & le plus eſtimé de *Fracaſtor.*
L'Auteur de ſa Vie nous apprend que
Sannazar, Homme très-réſervé à
loüer les autres, & Cenſeur fort peu
indulgent de leurs productions,
l'ayant lû, avoüa que *Fracaſtor* non
ſeulement avoit ſurmonté *Jean-Jovien*
Pontanus ; mais qu'il en étoit lui-
même ſurmonté, quoiqu'il eût tra-

vaillé vingt ans entiers à polir fon J. Fra-
Poëme *De Partu Virginis.* La *Syphilis* castor.
n'a pas reçu moins d'applaudiffemens
de ceux qui font venus après *Sannafar;*
on peut voir fur cela les *Jugemens des
Sçavans* de *Baillet*, art. 1289. Je
dirai en deux mots que tout y eft
noble, élevé, & en même temps
aifé & naturel ; que les penfées en
font fines, délicates, & excellem-
ment mifes en œuvre ; que le tour de
la Poëfie y eft fi beau & fi heureux,
qu'on en a toûjours comparé l'Auteur
à *Virgile*, dont on lui a donné fouvent le nom, en l'appellant *le Virgile
de l'Italie* ; qu'enfin, quoique la matiere fut délicate, *Fracaftor* l'a traitée
d'une maniere fort fage.

10. *Jofeph Libri duo, Ad Alexandrum Farnefium Cardinalem.* Ce Poëme Epique, que l'on qualifie mal à
propos dans *Morery*, & dans les
Effais de Litterature, de Comédie,
n'eft pas achevé, l'Auteur étant mort
pendant qu'il y travailloit. C'eft une
Piece fort médiocre, où l'on voit
fans peine que *Fracaftor* avoit perdu
fon premier feu, & fa vigueur Poëtique, lorfqu'il y travailloit.

J. FRA-
CASTOR.

11. *Carminum Liber unus.* Ce font differentes fortes de Poëfies. Voilà tous les Ouvrages contenus dans le Recuëil des Oeuvres de *Fracaftor.* Il a fait outre cela les fuivans.

Alcon feu de Cura Canum Venatico-rum, Carmen. Geneva 1627. *in-*8o. Il y a eu quelques autres Editions de ce Poëme, qui peut être mis en paralle-le avec la *Syphilis.*

Del Crefcimento del Nilo Rifpofta al difcorfo di Giov. B. Ramufio. Inferée dans le Recuëil des voyages de *Ra-mufio,* tom. 1. p. 264.

V. *fa Vie à la tête de fes Oeuvres. Ghilini Teatro d'Huomini Letterati,* tom. 1. p. 119. *Joan. Imperialis Mu-fæum Hiftoricum,* p. 16. Ces deux Au-teurs n'ont rien que fort genéral à leur ordinaire, & font peu exacts. *Freheri Theatrum virorum Doctorum,* p. 1234. Cet article eft copié de *Ghi-lini* & d'*Imperialis. Les Eloges de M. de Thou & les Additions de Teiffier,* tom. 1. p. 169.

GUILLAUME BARCLAY.

GUILLAUME *Barclay* naquit G. BAR-
vers l'an 1543. à *Aberdeen* en CLAY.
Ecoffe, d'une famille confiderable,
alliée à plufieurs grandes Maifons de
ce Royaume ; mais affez mal partagée
des biens de la Fortune.

Áprès avoir fait fes études, il alla
à la Cour dans le deffein de s'y avancer. La faveur de la Reine *Marie
Stuart*, qui lui témoigna de la bonne
volonté, lui fit concevoir d'abord
quelques efperances; mais elles furent
bien-tôt renverfées par la renoncia-
tion que cette Princeffe fe vit obligée
de faire à la Couronne le 24. Juin
1567. Il ne laiffa pas de demeurer
encore quelques années à la Cour;
laffé cependant après de n'en recevoir
aucune faveur, il prit le parti de venir
en France, où il fçavoit que les Etran-
gers étoient bien traitez, & principalement les Ecoffois, anciens amis des
François.

Ce fut en 1573. qu'il fit ce voyage,

G. Bar-âgé de près de trente ans. L'eſtime où
clay. il vit que la Juriſprudence étoit dans
ce Royaume, l'engagea à s'y appliquer, & il alla peu après ſon arrivée,
à *Bourges*, pour y prendre des leçons
de Droit ſous les fameux Profeſſeurs
qui y enſeignoient, *Cujas*, *Doneau*
& *le Conte*. Comme il avoit l'eſprit
excellent, qu'il étoit fort laborieux,
& qu'il poſſedoit parfaitement les
Belles-Lettres, qui ſont le fondement de la Juriſprudence, il fut
bien-tôt en état de ſe faire recevoir
Docteur, & enſuite de Profeſſer lui-
même.

Charles III. Duc de Lorraine venoit alors de fonder une Univerſité à
Pont-à-Mouſſon; & *Barclay* fut propoſé
à ce Prince par le P. *Edmond Hay*,
Jeſuite Ecoſſois, ſon oncle, & un
des favoris du Duc, pour Profeſſeur
en Droit. Le Duc ne ſe contenta pas
de l'accepter; il lui donna encore la
premiere Chaire en cette Faculté, &
le fit outre cela Conſeiller en ſes
Conſeils, & Maître des Requêtes de
ſon Hôtel.

Barclay

Barclay ſe maria en 1581. (*a*) à G. BAR-
Pont-à-Mouſſon, avec *Anne de Malle-* CLAY.
ville, Demoiſelle Lorraine, dont il
eut *Jean Barclay*, qui naquit l'année
ſuivante ; & qui fut dans la ſuite la
cauſe innocente de ſes brouilleries
avec les Jeſuites. Ces Peres charmez
de l'heureux naturel & de la beauté
de l'eſprit du jeune *Barclay*, firent
tous leurs efforts pour l'attirer dans
leur Societé ; & ils y avoient preſque
réüſſi, lorſque ſon pere découvrit
leur deſſein : comme il n'avoit que
cet enfant, il ne put ſouffrir qu'on le
lui enlevât, & uſa de toute ſon autorité pour l'empêcher. Il ſe plaignit
même amérement des Jeſuites, qui
ſe fâcherent de leur côté, & lui rendirent tant de mauvais offices auprès
du Duc, qu'ils l'obligerent enfin à
quitter la Lorraine.

Barclay paſſa donc en 1603. en

(*a*) *Menage* met ſon Mariage en 1582.
& la naiſſance de *Jean Barclay* en 1583.
mais ces dates ne s'accordent pas avec les
autres de la Vie de *Jean Barclay* ; il faut
néceſſairement avancer d'une année ces
deux évenemens, afin que tout s'accorde,
comme on le verra plus bas.

Angleterre avec son fils, esperant
que le Roy *Jacques I.* auprès duquel
il avoit été plusieurs années en Ecosse,
lui donneroit quelque emploi consi-
derable. Ce Prince, qui aimoit les
gens de Lettres, le reçut fort bien,
& lui offrit même une place dans son
Conseil, avec de gros appointemens ;
mais la condition qu'il y mit empêcha *Barclay* de l'accepter : ce fut
qu'il embrasseroit la Religion Anglicane ; ce qu'il n'avoit garde de
faire, étant attaché constamment à la
Catholique. Il se vit par-là obligé à
aller chercher un établissement ailleurs. Le Roy voulut retenir son fils,
qui avoit composé à son arrivée en
Angleterre, un Poëme Latin sur son
Couronnement dont il avoit été très-
content, promettant d'avoir soin de
lui. Mais *Guillaume Barclay*, qui
craignoit que les sollicitations du
Roy ne lui fissent abandonner la
Religion de ses peres, aima mieux le
mener avec lui en France.

Il y arriva à la fin de la même année 1603. avec peu de bien, & sans
sçavoir ce qu'il y feroit. Heureuse-
ment pour lui l'Université d'*Angers*

avoit alors beſoin d'un Profeſſeur G. BAR-
pour remplir une Chaire de Droit, CLAY.
vacante depuis l'an 1599. par la mort
de *Marin Liberge* ; & ayant ſçu qu'il
cherchoit de l'emploi, donna ordre
à *Pierre Ayrault*, Lieutenant Criminel d'*Angers*, qui étoit à *Paris* pour
ſes affaires, de traiter avec lui, & de
lui offrir même la premiere place parmi les Profeſſeurs. *Barclay* accepta les
offres de *Pierre Ayrault*, & s'engagea
à l'Univerſité d'*Angers* pour cinq ans;
s'étant enſuite rendu dans cette Ville
il y régenta avec beaucoup d'éclat.
Menage dit avoir appris de ſon pere,
que lorſque *Barclay* alloit faire ſa
leçon, il étoit ſuivi de ſon fils & de
deux valets, & vêtu d'une Robe magnifique, avec une chaîne d'or au
cou. Au reſte il y eut de la difficulté
ſur la premiere place qu'on lui avoit
donnée. *François Davy*, Sieur d'*Ar-
genté*, Doyen, & *Matthieu le Grand*,
ſous-Doyen des Docteurs d'*Angers*,
ne voulurent pas la lui céder ; & lorſque l'Univerſité décida par ſa Concluſion du 7. Fevrier 1505. qu'il devoit l'avoir, *Davy* fut appellant de
cette Concluſion ; malgré cet appel

G. BAR-
GLAY.

Barclay eut cette place; mais lorsqu'il fut mort, *Davy*, du confentement même de l'Univerfité, obtint Arrêt, par lequel il fut maintenu dans fon Decanat.

Barclay ne remplit pas fon pofte tout le temps qu'il s'étoit propofé, quoique *Vittorio Roffi*, *François Pona*, *Craffo*, & ceux qui les ont copiez, le difent pofitivement; car il mourut vers la fin de l'année 1605. âgé de 62. ans.

Catalogue de fes Ouvrages.

1. *De Regno & Regali Poteftate adverfus Buchananum, Brutum, Boucherium & reliquos Monarchomachos Libri VI. Parif.* 1600. *in-*4°. It. avec l'Ouvrage *De Poteftate Papæ, &c. Hanoviæ* 1613. *in-*8°.

2. *Commentarius in Titt. Pandectarum de Rebus Creditis, & de Jurejurando. Parif.* 1605. *in-*8o. Il prend à la tête de ce Livre la qualité de *Premier Profeffeur en Droit de l'Univerfité d'Angers.*

3. *De Poteftate Papæ, an & quatenus in Reges & Principes feculares jus & imperium habeat. Londini* 1609. *in-*8°. It. *Muffiponti* 1610. *in-*8°. It.

Accedunt ejuſdem Autoris Libri VI. de G. BAR-
Regno & Regali Poteſtate. Hanoviæ 1612. CLAY.
& 1617. *in-8o.* It. dans *Goldaſt* au
troiſiéme tome de ſa *Monarchie de
l'Empire*, p. 621. It. traduit en François, ſous ce titre : *Traité de la puiſ-
ſance du Pape ; ſçavoir, s'il a quelque
droit ſur les Princes ſeculiers. Trad. du
Latin de G. Barclay.* Pontamouſſon
1611. *in-8o.* Il en parut, pluſieurs
années après, une nouvelle traduction ſous le titre de *Traité de la puiſ-
ſance du Pape ſur les Princes ſeculiers.*
Cologne 1688. *in-12.* It. traduit en
Anglois. *Londres* 1611. *in-4o. Barclay*
défend avec beaucoup de vigueur
dans cet Ouvrage, de même que
dans celui *de Regno*, l'indépendance
des Rois. Il n'eut pas le temps de
l'achever, & ſon fils le publia tel
qu'il étoit, après ſa mort, avec une
Préface, où il marque que ſon pere
étoit mort dans le fort des démêlez
du Pape *Paul V.* avec la République
de *Veniſe.* Ce qui ſuffit pour réfuter
ceux qui mettent ſa mort en 1609.
puiſque ces démêlez ceſſerent en
1607.

4. *Præmetia in vitam Agricolæ.* Je

G. BAR-
CLAY.

ne fçai quand parut cet Ouvrage pour la premiere fois ; je fçai feulement qu'il fut inferé dans une Edition de *Tacite*, accompagnée des Notes de *Lipfe* & de *Jofias Mercerus*, faite à *Paris* en 1599. en 2. vol *in-8°*.

V. *Menage*, *Remarques fur la Vie de Pierre Ayrault*, p. 228. C'eft ce que nous avons de plus exact fur *Barclay*. *Jani Nicii Erythræi Pinacotheca tertia*, *N°*. 17. *Tomafini Elogia*, tom. 2. p. 181. *Lor. Craffo Elogii degli Huomini Letterati*, tom. 2. p. 195. *Ghilini Teatro d'Huomini Letterati*. Ces deux derniers font fort peu exacts fuivant leur coûtume. La Vie Latine de fon fils à la tête de fon *Argenis*. Une autre Vie de *Jean Barclay*, écrite en Italien par *François Pona*, & mife à la tête de la traduction Italienne de l'*Argenis*. Ces deux Vies ne font pas exactes. *Bayle*, *Dictionnaire*.

JEAN BARCLAY.

JEAN *Barclay* naquit à *Pont-à-Mouſſon* le 28. Janvier 1582. de *Guillaume Barclay*, dont je viens de parler, & d'*Anne de Malleville*. Celui qui a écrit ſa Vie, imprimée au-devant de l'*Argenis*, s'eſt trompé étrangement, en le faiſant naître à *Aberdeen*. *Menage* s'eſt trompé auſſi en mettant ſa naiſſance en 1583. Car puiſque *Barclay*, ſelon lui, eſt mort le 12. Août 1621. âgé de 39. ans & ſix mois, il a dû naître au mois de Janvier 1582. date qui eſt conforme à ce qu'il dit lui-même dans l'Apologie de ſon *Euphormion*, qu'il n'avoit que 21. ans lorſqu'il fit imprimer la premiere Partie de cet Ouvrage en 1603. & à ce qu'aſſûre *Menage* qu'en 1601. lorſqu'il donna ſon Commentaire ſur *Stace*, il n'avoit que 19. ans. Auſſi eſt-ce celle que l'Auteur de ſa Vie Latine a ſuivie.

J'ai déja dit que les Jeſuites, chez qui il étudia à *Pont-à-Mouſſon*, charmez de ſon eſprit & de ſes heureuſes diſpositions pour les sciences, voulurent l'attirer dans leur Societé, & que ce fut-là l'occasion des broüilleries de son pere avec eux, qui l'engagerent à abandonner la Lorraine, & à passer avec lui en Angleterre.

Un Poëme Latin que *Jean Barclay* fit à son arrivée en ce Royaume sur le Couronnement du Roy *Jacques I.* & la premiere Partie de son *Euphormion* qu'il dédia à ce Prince, le prévinrent tellement en sa faveur, qu'il voulut le retenir en Angleterre, lorsque *Guillaume Barclay*, son pere, voyant qu'il n'y avoit rien à faire pour lui en ce Païs, forma le dessein de passer en France; mais celui-ci appréhendant que son fils ne se laissât entraîner aux sentimens des Protestans, voulut absolument l'emmener avec lui.

Jean Barclay demeura à *Angers* jusqu'à la mort de son pere, après laquelle il vint à *Paris*, où il se maria & épousa *Louise Debonnaire*, fille de *Michel Debonnaire*, Tréforier des Vieilles Bandes & d'*Ursine Denisot*.

Il passa peu de temps après avec sa
femme

femme en Angleterre, où il étoit dès J. BAR-
l'an 1606. M. *de Peiresc* y étant allé CLAY.
cette année-là, *Barclay* & lui y firent
connoiffance, & cette connoiffance
fut fuivie d'une étroite amitié.

Après un féjour de dix années à
Londres, *Barclay* jugea à propos de
revenir en France : il nous apprend
lui-même dans fon Ouvrage, intitulé : *Parænefis ad Sectarios*, que ce qui
lui avoit particulierement fait prendre cette réfolution étoit l'appréhen-
fion qu'il avoit que le Roy d'Angleterre, ou lui, venant à mourir, fes
enfans, nés en Angleterre, ne fuffent
empêchez dans la liberté de l'exer-
cice de leur Religion, ou n'embraf-
faffent d'eux même la Religion Anglicane ; & que ce qui l'avoit confirmé dans cette réfolution étoit le defir de fe voir en liberté de donner au
public ce qu'il avoit médité fur les
controverfes des Catholiques avec les
Lutheriens & les Calviniftes.

Il vint à *Paris* en 1616. & y vit M.
de Peiresc, qui s'y trouvoit alors, &
qui le prefenta à M. *du Vair*, Garde
des Sceaux. Ayant été alors invité
par le Pape *Paul V.* à fe rendre à

Tome XVII. Bb

Rome, il y alla l'année suivante 1617.
& sa femme l'y suivit quatre ans après,
comme nous l'apprenons de la Vie
de M. *de Peiresc*, p. 223. & non point
en 1619. comme le dit *Menage*, avec
son fils & *Jean-Louis Debonnaire*, son
frere. M. *Gassendi*, dans la Vie de M.
Peiresc, parle avec estime de ce *Jean-
Louis Debonnaire*; quant au fils de
Barclay, ce n'étoit pas un grand per-
sonnage, au rapport de *Menage*, qui
ajoûte qu'il l'avoit connu en 1652. à
Paris, où il vint avec sa mere; qu'il
faisoit des Vers Latins, & qu'il fit
imprimer en ce temps-là à *Paris* une
Elegie Latine.

Jean *Barclay* fut fort bien reçu du
Pape, qui fournit abondamment à
tous ses besoins, & qui lui donna
lieu de ne point regretter ce qu'il
avoit abandonné en Angleterre. Il
trouva aussi un protecteur dans la
personne du Cardinal *Maphée Barberin*, qui voulut bien tenir un de ses
enfans sur les Fonds de Batême; mais
il n'eut pas la satisfaction de le voir
élevé au Pontificat, cela n'étant arrivé
qu'après sa mort.

Il mourut à *Rome* le 12. Août 1621.

âgé de 39. ans & six mois, & fut en- J. BAR-
terré dans l'Eglise de S. *Onuphre.* CLAY.
Mais son fils lui fit dresser dans celle
de S. *Laurent* un Tombeau de marbre
avec son Buste dessus. Cependant
comme ce Tombeau se trouva vis-à-
vis d'un autre que le Cardinal *François Barberin* avoit fait faire à *Bernard
Guillaume*, son Précepteur, & qu'ils
étoient tous les deux semblables, la
veuve de *Barclay*, qui étoit haute &
altiere, choquée de cette ressemblan-
ce, & ne pouvant souffrir que son
mari, illustre par sa naissance, &
plus encore par son esprit & par son
érudition, fût mis là en parallele avec
un pédant, voulut faire détruire le
Tombeau de son mari ; (apparemment pour lui en faire construire un
plus magnifique) mais n'ayant pû
en obtenir la permission, elle fit ôter
seulement son Buste, qui fut trans-
porté dans sa Maison.

Je n'ai rien dit des Ambassades
dont les Auteurs de sa Vie veulent
qu'il ait été chargé par le Roy *Jacques I.* qui l'envoya, à ce qu'ils prétendent, à la Cour de l'Empereur,
à celle du Roy de Hongrie, & à celle

J. BAR-
CLAY.

du Duc de Savoye ; parce qu'il paroît que ces Auteurs n'ont pris ces faits que dans leur imagination, & qu'il n'en dit rien lui-même, lorsqu'il fait la description de la vie qu'il a menée en Angleterre.

Catalogue de ses Ouvrages.

1. *Notæ in Statii Thebaidem. Mussiponti* 1601. *in*-8°. Il composa cet Ouvrage à l'âge de 19. ans, & le dédia à *Charles III.* Duc de Lorraine.

2. *Euphormionis Lusinini Satyricon.* Cette Satyre est composée de deux Parties, & non point de cinq, comme quelques-uns l'ont cru mal à propos; parce que l'on y a joint dans plusieurs Editions trois autres Ouvrages, dont je parlerai dans la suite. La premiere Partie parut à *Londres* en 1603. *in*-12. & *Barclay* la dédia au Roy d'Angleterre *Jacques I.* Il fit la seconde pendant son séjour à *Angers*, & la fit imprimer à *Paris* avec la premiere en 1605. *in*-12. Ces Editions ont été suivies d'un grand nombre d'autres, dont quelques-unes ont une clef, qui indique les personnes & les choses que l'Auteur a voulu cacher ; mais la plus belle est

celle *d'Elzevir* faite à *Leyde* en 1637. On en a deux *cum Notis Variorum.* *Lugduni. Bat.* 1667. & 1669. *in-8°.* 2. tom. Quelques Auteurs ont pris soin de traduire l'*Euphormion* en François. J'en connois deux traductions ; l'une sous ce titre : *L'Oeil clairvoyant d'Euphormion dans les actions des Hommes, & de son régne parmi les plus grands & signalez de la Cour ; Satyre de notre temps composé ; en Latin par Jean Barclay, & mis en notre Langage par M. Nau, Avocat en Parlement. Paris* 1626. *in-8°.* L'autre est intitulé : *La Satyre d'Euphormion traduite du Latin de Jean Barclay avec des observations.* (par Jean Berault) *Paris* 1640. *in-8°. Grotius,* qui fit un Distique pour accompagner le portrait de *Barclay* que M *de Peiresc* fit mettre à la tête de son *Argenis,* y donne une grande idée de sa Latinité. La voici :

J. BARCLAY.

Gente Caledonius, Gallus natalibus, hic est
Romam Romano qui docet ore loqui.

Mais d'autres en ont jugé tout

Bb iij

J. BAR-
CLAY.

autrement & avec plus de justice ; ils ont trouvé son Latin dur , & rempli de mots nouveaux & de Gallicismes. C'est un defaut qui se trouve dans l'*Euphormion* & dans l'*Argenis* ; pour ce qui est du fond de l'*Euphormion* , » on y trouve de l'érudition avec des » censures de quelques vices du sié- » cle ; mais l'invention n'en est pas » des plus ingenieuses & des plus » agréables. « C'est ainsi qu'en parle *Sorel* dans ses Remarques sur le *Berger extravagant.* Aussi publia-t-on dans la suite un Ouvrage contre cette Satyre , sous le titre de *Censura Euphormionis. Autore Anonymo. Paris.* 1620. *in-*12. qu'on croit être de *Seton* , Ecossois. Il est vrai que *Pierre Musnier* , Chanoine de *Vezelay* , répondit à cette Censure par une autre qu'il intitula : *Censura Censuræ Euphormionis. Paris* 1620. *in-*12. Mais il répondit mal, & tous ses efforts ne renverserent point les attaques de son adversaire.

3. *Series patefacti divinitus parricidii , in Maximum Regem , Regnumque Britanniæ cogitati & instructi. Amstelodami* 1605. *in-*12. Ce petit Ouvrage,

qui n'eſt que de ſix feuillets, a été J. BAR-
joint à l'Edition de l'*Euphormion* faite CLAY.
à *Leyde* par *Elzevir* en 1637. *in*-12. &
dans quelques autres, ſous le titre de
Conſpiratio Anglicana anni 1605.

4. *Apologia Euphormionis. Londini*
1610. *in*-12. It. dans la plûpart des
Editions de l'*Euphormion*, dont elle
fait la troiſiéme Partie.

5. Il fit imprimer en 1609. à *Lon-*
dres le Traité de ſon pere *De Poteſtate*
Papæ, & mit à la tête une Préface,
où il dit que ſi quelqu'un écrit contre ce Traité, il éprouvera que les
cendres de ſon pere peuvent parler.
Cette menace n'empêcha pas *Bellar-*
min de l'attaquer dans ſon *Tractatus*
de Poteſtate ſuinmi Pontificis in rebus
temporalibus, adverſus Guill. Bar-
claium. Romæ 1610. *in*-8°. Mais *Jean*
Barclay tint ſa parole, en y oppoſant
l'Ouvrage ſuivant.

6. *Joannis Barclaii Pietas, ſeu pu-*
blicæ pro Regibus ac Principibus, & pri-
vatæ pro Guillelmo Barclaio parente
Vindiciæ adverſus Robertum Bellarmi-
num in Tractatu de Poteſtate ſunmi Pon-
tificis in temporalibus. Pariſ. 1612.
in-4°. It. dans *Goldaſt* au troiſiéme

J. BAR-
CLAY.

tome de la *Monarchie de l'Empire,*
p. 847. »Cette réponse n'est pas
» écrite d'un stile aussi figuré que son
» *Euphormion* ; mais l'Auteur y rai-
» sonne avec beaucoup de justesse,
» & réfute d'une maniere solide les
» argumens de son adversaire. (*Le*
Long. Bibliot. de la France.)

7. *Icon Animorum. Londini* 1614.
*in-*12. Cet Ouvrage que *Barclay* dédia au Roi *Louis XIII.* se trouve dans
la plûpart des Editions de l'*Euphormion*, dont il fait la quatriéme Partie.
La cinquiéme qui la suit ordinairement n'est pas de *Barclay* ; mais de
Claude-Barthelemi Morisot, de *Dijon,*
mort le 23. Octobre 1661. qui étoit
un des plus grands admirateurs &
imitateurs de *Barclay*. Elle est intitulée : *Alethophili Veritatis Lacrymæ;*
c'est une Satyre petulante, mais très-
informe contre les Jesuites, qui ob-
tinrent Arrêt du Parlement de *Dijon*
pour la faire brûler, le 4. Juillet
1626. par la main du Bourreau. (*La*
Monnoye, Menagia, tom. 3. p. 39.)
On a une traduction en François de
l'*Icon Animorum*, sous ce titre : *Le*
Tableau des Esprits, traduit du Latin

de J. Barclay. *Paris* 1 6 2 5. *in*-8°. J. BAR-

8. *Poematum Libri duo. Londini* CLAY.
1615. *in*-4°. Ces Poëſies ſont peu de
choſe.

9. *Paræneſis ad Sectarios hujus tem-*
poris de vera Eccleſia, fide & Religione.
Roma 1617. *in*-12. It. *Colonia* 1625.
in-12. It. *Antuerpiæ* 1669. *in*-12. Bar-
clay, dans l'Avertiſſement au Lecteur,
qui eſt à la tête de cet Ouvrage, pro-
teſte qu'il n'a jamais fait profeſſion
d'autre Religion que de la Catholique, même pendant ſon ſéjour en
Angleterre, où la qualité d'étranger
lui faiſoit accorder une entiere liberté
ſur cet article; ainſi c'eſt à tort que
quelquelques-uns ont avancé qu'il
avoit été pendant quelque temps de
la Religion Anglicane. Au reſte il
n'eſt pas difficile de voir que le ſéjour
de *Rome* lui avoit inſpiré ſur l'autorité
du Pape, des ſentimens bien differens de ceux qu'il avoit ſoûtenus dans
ſon Ouvrage contre *Bellarmin* ; ce
fut apparemment ce changement qui
lui acquit l'amitié de ce Cardinal,
dont il reçut beaucoup d'honnêtetez
pendant qu'il demeura en Italie.

10. *Argenis. Pariſ.* 1621. *in*-8°.

J. BAR- C'est la premiere Edition de cet Ou-
CLAY. vrage, qui fut faite par les soins de
M. *de Peiresc.* It. *Paris.* 1622. *in-8°.*
It. 3ª. *Editio. Paris.* 1623. *in-8°.* It.
4ª. *Editio. Paris.* 1624. *in-8°.* It. *Cum
Clave Onomastica. Lugduni. Bat.* 1627.
& 1630. *in-12.* It. *Variorum Commentariis illustrata. Lugd. Bat.* 1659. &
1662. *in-8°.* On a deux traductions
Françoises de cet Ouvrage ; l'une,
dont l'Auteur n'est point nommé,
parut à *Paris* en 1624. *in-8°.* & fut
réimprimée dans la même Ville, en
1638. aussi *in-8°.* avec des figures
assez belles. Le P. *le Long* la donne à
Pierre du Ryer ; mais je crains qu'il ne
se trompe, & qu'il n'ait pris deux
Pieces de Theâtre que *du Ryer* a composé sous le titre d'*Argenis*, pour une
traduction de l'Ouvrage de *Barclay* ;
l'autre est de *Pierre Marcassus*, qui
la publia à *Paris* en 1633. *in-8°. Nicolas Coeffeteau* en a aussi donné en François un abregé sous ce titre : *Histoire
de Poliarque & d'Argenis, abregée,
traduite du Latin de Jean Barclay,
avec le Promenoir de la Reine à Com-
piegne. Paris* 1621. *in-8°.* & *Rouen*
1641. *in-12.* Il en a paru outre cela

une traduction Italienne, faite par J. BRA-
François Pona, qui y a joint la Vie de CLAY.
l'Auteur, à *Venise* en 1625. *in-8°.*
Une Espagnole, par *Joseph Pellicier
de Salas*, à *Madrit* 1626. *in-8°.* Une
Allemande, par *Martin Opitius*, à
Breslau 1626. *in-8°.* Trois Angloises;
la premiere, par *Hengelmill*, à *Londres*
1625. *in-8°.*; la seconde, par *Robert le
Grys* & *Thomas May*, à *Londres* 1628.
in-8°.; la troisiéme, par *Guillaume
Long*, à *Londres* 1636. *in-4°.* Toutes
ces traductions marquent l'estime
qu'on a faite autrefois de ce Livre,
qui est peu lû maintenant, comme
tous les autres de même espece. *Jean
Schmid* en a tiré ce qu'il a cru pouvoir contribuer à l'instruction d'un
Prince, & l'a publié sous ce titre :
*Princeps præceptis & exemplis in Arge-
nide nobiliter informatus, excerptus per
Jo. Schmid. Oldemb.* 1674. *in-12.*

  M. *de Mouchemberg* donna en 1626.
une suite de l'*Argenis* en François,
contenant la seconde & la troisiéme
Partie, qui fut imprimée à *Paris*,
in-8°. & réimprimée au même lieu
& en la même forme en 1638. avec
des figures fort belles. Cette suite a

J. BAR-
CLAY.

été traduite en Latin, & imprimée d'abord à *Francfort* en 1626. & 1627. in-8°. Ainsi elle ne peut être de *Louis-Gabriel Bugnot*, Benedictin, comme quelques-uns l'ont prétendu, puisqu'il ne pouvoit avoir alors que neuf ans, étant né vers l'an 1617. Le P. *le Cerf*, dans sa *Bibliotheque des Auteurs de la Congrégation de S. Maur*, nous apprend ce que ce Benedictin a fait par rapport à l'*Argenis*, lorsqu'il dit, p. 50.

» En 1659. le P. *Bugnot* publia un
» premier volume de l'*Argenis* de
» *Barclay*, qu'il a enrichi de Notes
» fort sçavantes. Le second volume
» pour des raisons particulieres, ne
» parut que dix ans après ; il ne le
» commenta pas ainsi qu'il avoit fait
» le premier ; mais il a eu soin de ren-
» dre la narration de *Barclay* plus
» agréable, par un grand nombre de
» Vers qu'il y a inserez par maniere
» de liaison. « Ces paroles font voir que ce Pere n'a rien fait par rapport à la continuation, & qu'il n'a travaillé que sur l'Ouvrage même de *Barclay*.

V. les Auteurs citez dans l'article précedent.

ERYCIUS PUTEANUS.

ERYCIUS *Puteanus* naquit à *Venlo,*   E. Pu-
Ville du Duché de Gueldres, le TEANUS.
4. Novembre 1574. de *Jean Puteanus*
& *Gertrude Segers*, tous deux de familles considerables dans le Païs.

On l'envoya, à l'âge de dix ans,
à *Dordrecht*, pour y faire ses Humanitez, & il passa ensuite à *Cologne*, où
il étudia en Rhetorique & en Philosophie. Ces études finies il alla faire
son Droit à *Louvain*, où il fut reçu
Bachelier le 1. Juin 1597.

Après deux années de séjour dans
cette Ville, pendant lesquelles il écou-
ta les leçons de *Juste Lipse*, avec qui
il contracta une étroite amitié, il alla
faire un voyage en Italie. Il s'arrêta
d'abord à *Milan* où il acquit l'estime
de plusieurs Sçavans qui y vivoient
alors ; de-là il passa à *Padoue*, & y
logea chez le fameux *Pinelli*.

Son mérite, & la réputation qu'il
lui acquit, lui procurerent peu de
temps après, c'est-à-dire en 1601.
une Chaire d'Eloquence à *Milan* &

E. Pu-
TEANUS.

le titre d'Historiographe du Roy d'Espagne. Il fut aussi fait Citoyen Romain en 1603. & la Faculté de Droit de *Milan* le reçut au nombre de ses Docteurs.

Tout cela l'engagea à se fixer en cette Ville, & il s'y maria le dernier Fevrier 1604. à *Marie-Madeleine-Catherine Turria.*

Mais *Lipse* étant mort le 23. Mars 1606. l'Archiduc *Albert*, qui souhaittoit l'avoir dans les Païs-Bas, lui offrit la Chaire que ce Sçavant remplissoit à *Louvain*, & *Puteanus* l'accepta. Il retourna ainsi dans les Païs-Bas, & prit possession de son Poste qu'il a conservé pendant quarante ans, c'est-à-dire, jusqu'à la fin de sa vie.

Comme ses talens ne se bornoient point aux Belles-Lettres, mais s'étendoient aussi à la Politique; l'Archiduc le mit au nombre de ses Conseillers, & il fut même fait Gouverneur du Château de *Louvain.*

Il mourut en cette Ville le 17. Septembre 1646. (*a*) âgé de 71. ans,

(*a*) *Lorenzo Crasso* s'est trompé en mettant sa mort en 1624.

laiſſant un grand nombre d'enfans ; E. Pu-
mais dont aucun n'a fait figure dans TEANUS.
la Republique des Lettres.

Il s'étoit fait lui-même ſon Epitaphe , en ces termes.

Vixiſſe ne me neſcias , adhuc loquor.
Puteanus ego ſum , mentis ardor quem
     bona
Evexit , ore publice utilem & ſtilo.
Quid plura ? tu quod es , fui ; te cogita.
An non ubique cura , crux , moleſtia ?
Ceu naviges , vel Scylla vel Charybdis
     eſt ,
Poſt fata portus , vita morte naſcitur.
Mori neceſſum eſt , non neceſſum eſt
     emori.
Vixiſſe pulchre in rebus eſt æternitas.
     Mortuum audis ?
  Ut ego te vivum ,
     Bene precare mortuo.

Cette Piece , qui ne donne pas une
idée fort avantageuſe du ſtile de *Pu-*
teanus , eſt rapportée differemment
par *Ghilini* & par *Pope-Blount* ; mais il
eſt plus juſte de croire que celle-ci eſt
la veritable , puiſqu'elle eſt tirée de
ſa Vie écrite par ſon gendre.

E. Pu-
TEANUS.
Puteanus étoit un homme d'une grande érudition, qui affectoit de répandre dans fes productions plu-fieurs traits d'efprit ; mais le plus fouvent il choque le naturel & tombe dans un jeu de mots forcé. C'eft ce qui fait que fes Ouvrages ne peuvent être lûs qu'avec dégoût, & qu'ils ne le font même prefque plus. C'étoit un grand faifeur de petits Livres, & il paroît qu'il étoit plus curieux de multiplier le nombre de fes volumes, que de faire quelque chofe d'exact. M. *Colomiés* (*a*) rapporte fur ce fujet une particularité qu'il eft à propos d'inferer ici. » M. *Voffius* m'a dit,
» que *Moret*, fameux Imprimeur
» d'*Anvers*, reprochant à *Erycius*
» *Puteanus*, fucceffeur de *Lipfe*, qu'il
» ne faifoit que de petits Livres :
» celui-ci lui répondit, que *Plutarque*
» & plufieurs autres Auteurs de l'an-
» tiquité, en avoient auffi bien fait
» que lui : alors *Moret* lui repliqua,
» croyez-vous que vos Livres, que
» je ne puis débiter, foient auffi bons
» que ceux de *Plutarque* ? Ce qui mit
» *Puteanus* en colere, & le fit fortir
» de la boutique de *Moret*.

(*a*) *Opufcules*, p. 124.

Au

Au reſte ce qu'il y a de loüable E. Pu-
dans ſes Ouvrages c'eſt qu'il ne ſon- TEANUS.
geoit pas moins à édifier ſon Lecteur
qu'à l'inſtruire , & qu'il tâchoit
d'impirer par tout l'amour de la vertu
& de la ſageſſe. C'étoit auſſi ſa conduite à l'égard de ſes diſciples, dont il
prenoit à tâche de former les mœurs,
& dont il rapportoit les études à la
pratique de la vertu.

Catalogue de ſes Ouvrages.

1. *Reliquæ Convivii priſci , tum ritus*
alii & Cenſuræ. Mediolani 1598. *in-*4°.
Jean-Albert Fabricius dans ſa *Biblio-*
theca Antiquaria , p. 580. met une
Edition de l'an 1594. mais il y a er-
reut de chifres. It. ſous le titre de
Geniales Sermones. Francofurti 1602.
*in-*8°. It. *Lovanii* 1615. *in-*8°. It.
dans le douziéme volume des *Anti-*
quitez Romaines de Grævius , p. 133.

2. *Modulata Pallas , ſive ſeptem diſ-*
crimina vocum ad Harmonica lectionis
uſum aptata. Mediolani 1599. *in-*8°.
It. ſous le titre de *Muſathena , ſeu*
Notarum Heptas ad Harmonica lectio-
nis uſum. Francofurti 1602. *in-*8°.

3. *Pleias Muſica. Venetiis* 1660.
*in-*8°. It. ſous ce titre : *Iter Nonianum ,*

Tome *XVII.* Cc

E. Pu- *seu Dialogus , qui Musathenæ Epitômen*
TEANUS. *comprehendit.* Francof. 1602. *in-8°.*
avec l'Ouvrage précedent. On voit
fans peine par ces changemens de
titres , que *Puteanus* vouloit enfler le
Catalogue de fes Ouvrages, fans qu'il
lui en coutât la moindre peine.

4. *Panegyricus Præfidi Senatuique
Mediolanenfi dictus. Mediolani* 1601.
in-8°. Il prononça ce Difcours à fon
inftallation dans la Chaire de Profeffeur à *Milan.* It. fous ce nouveau
titre : *Pro titulo Profefforio Gratiarum
Actio , five Eloquentiæ aufpicia. Mediolani* 1602. *in-4°.*

5. *De Diftinctionibus Schediafma.
Mediolani* 1601. *in-12.* It. avec un
Ouvrage de *Jufte Lipfe* fur le même
fujet. *Hanoviæ* 1602. *in-8°.*

6. *Epiftolarum Atticarum Promulfis
in Centurias tres diftributa.* Francof.
1601. *in-8°.* It. *Lovanii* 1612. *in-4°.*
It. *Lugd. Bat.* 1616. *in-8°.*

7. *Biennii Apologifmus , de perfecti
Rhetoris officio , five Eloquentiæ aufpicia
fecunda. Mediolani* 1602. *in-4°.*

8. *De Rhetoribus & fcholis Palatinis
Mediolanenfium. Mediolani* 1603. *in-
8°.* C'eft fort peu de chofe.

9. *Epistolarum Fercula Secunda.*
Adjecta Eloquentiæ auspicia secunda.
Hanoviæ 1603. *in-8°.* Ce font trois
nouvelles Centuries de Lettres, qui
ont été réimprimées fous le titre
d'*Epistolarum Missus secundi.*

10. *Pro libertate Litterarum Oratio.*
Mediolani 1604. *in-8°.*

11. *Tesserarum Philotesiarum Libri*
duo, quorum prior ad Belgas, alter ad
exteros. Colon. Agripp. 1604. *in-8°.*
It. *Mediolani* 1605. *in-8°.* It. fous ce
titre : *Thyrsus Philotesius, sive amor*
Laconissans. Lovanii 1609. *in-*12. It.
Oxonii 1640. *in-8°.*

12. *De usu fructuque Librorum, &*
Bibliotheca Ambrosiana. Mediolani
1605. *in-8°.*

13. *De facilitate linguæ Græcæ. Me-*
diolani 1605. *in-8°.*

14. *Pro Raphaele Montorfano. Ale-*
xandriæ 1605. *in-*4°.

15. *Historiæ Medicæ Epideigma,*
sive de vita & rebus gestis Joannis-Ja-
cobi Medicæi Libri duo. Mediolani
1605. *in-*4°. It. *Lovanii* 1614. *in-*4°.
It. *Antuerpiæ* 1639. *in-*16.

16. *In Sclopum declamatio. Medio-*
lani 1606. *in-*12.

Cc ij

E. PU-   17. *De Jurejurando Antiquorum*
TEANUS. *Schediasma ; in quo de Puteali Libonis.*
Adnexa sunt serta Phaleucia. Medio-
lani 1601. in-8°. It. dans le cinquié-
me tome des *Antiquitez. Romaines de*
Grævius , p. 885.

18. *Suada auspicalis , sive Oratio-*
num Selectarum, Præmetium , cum Epi-
digmate Historico. Hanoviæ 1606. in-8°..

19. *De Erycio nomine Syntagma , nec.*
non Julii Paridis de Nominibus Epito-
me. Hanoviæ 1606. in-8°..

20. *De Laconismo Syntagma. Fran-*
cof. 1686. in-8°. It. *Antuerpiæ 1609.*
in- 12.

21. *Lipsiomnema Anniversarium ,*
sive Laudatio funebris Justi Lipsii die.
Anniversario habita. Antuerpiæ 1607.
in- 4°..

22. *Juventutis Belgicæ Laudatio. Lo-*
vanii 1607. in-fol. It. traduit en Flamand. *Louvain 1608.*

23. *Comus , sive Phagesiposia Cim-*
meria , de Luxu Somnium. Lovanii
1608. *in-12.* It. *Antuerpiæ 1611. in-8°..*

24. *Hispaniarum Vindiciæ tutelares ,*
venisse in hæc regna Jacobum Aposto-
lum , fideique lumen intulisse ; adversus.
Baronium , è Bibliotheca Joan. Fer-

Velaſci Comitis Stabuli Caſtellæ ; ab E. Pu-
Ericio Puteano Latinitate donata. Lo- TEANUS.
vanii 1608. *in*-4°. *Baronius* avoit ſoû-
tenu dans ſon Martyrologe le ſenti-
ment commun des Eſpagnols ſur la
venuë de S. *Jacques* en Eſpagne ; mais
dans la ſuite il ſe rétracta dans le neuviéme tome de ſes Annales ; ce qui
irrita les Eſpagnols qui l'attaquerent
avec vigueur ſur ce point , ſans cependant bien prouver , au gré des
Critiques , leurs prétentions. *Jean-*
Fernandez de Velaſco , Grand Conneſ-
table de Caſtille , & Gouverneur de
Milan , ſe mit ſur le rangs & publia
en 1605. à *Valladolid* un Ouvrage
Eſpagnol ſur cette matiere , qui fut
enſuite réimprimé à *Milan* ; & ce fut
pour lui faire ſa cour que *Puteanus* le
traduiſit en Latin.

25. *De Libris & libellis.* Lovanii
1608. *in*-12.

26. *Conſolatio Cæcitatis.* Lovanii
1609. *in*-12.

27. *Stimulus , ſive exhortatio ad Lit-*
terarum Studia. Lovanii 1610. *in*-12.

28. *De Aſſumptione Homilia.* Lovanii 1610. *in*-8°.

29. *Facula diſtinctionum.* Lovanii

E. Pu- 1610. *in*-8°. It. *Jenæ* 1632. *in*-12. It.
TEANUS. *Wittebergæ* 1671. *in*-12.

    30. *Palæstra bonæ mentis. Lovanii*
1611. *in*-4°. It. *Lugd. Bat.* 1628.
in - 8°.

    31. *Cryptographia Epistolica. Lova-*
nii 1612. *in*-4°. avec *Epistolarum Pro-*
mulsis de cette Edition.

    32. *Stricturæ in Casauboni Episto-*
lam ad Frontonem Ducæum Jesuitam.
Lovanii 1612. *in*-4°.

    33. *Homilia de Purificatione Matris*
Virginis. Lovanii 1612. *in*-4°. It. *Mo-*
nachii 1616. *in*-8°.

    34. *Cornelii Bredæ Errores per Ger-*
maniam. Lovanii 1612. *in*-4°. Cet Auteur avoit été disciple de *Puteanus*,
qui prit le soin de publier cet Ouvrage. C'est une description des mœurs
des anciens Allemans.

    35. *Epistolarum Centuria V. Lova-*
nii 1612. *in*-4°.

    36. *Democritus, sive de Risu Disser-*
tatio Saturnalis. Lovanii 1612. *in*-8°.
It. dans l'*Amphitheatrum Dornavii*,
tom. 1. p. 777.

    37. *Historiæ Insubricæ Libri VI. qui*
irruptiones Barbarorum in Italiam con-
tinent ab anno V. C. 157. *ad annum*

Chriſti 973. *Lovanii* 1614. *in-*8°. It. E. Pu-
ſous le titre d'*Hiſtoria Barbarica. An-* TEANUS.
tuerpiæ 1634. & 1639. *in-*16. It. *Com-*
mentariis illuſtrati & aucti à Rudolpho
Gothofredo Knichen. Lovanii 1630. *in-*
fol. It. *Lipſiæ* 1676. *in-fol.* It. *Helmſta-*
dii 1669. *in-*4°. It. *Francofurti* 1686.
*in-*4°. Cette Hiſtoire de *Puteanus*, eſt
fort ſuperficielle.

38. *Hiſtoriæ Ciſalpinæ Libri duo ; de*
rebus potiſſimum circa Lacum Larium à
Joanne-Jac. Medicæo Mariani Mar-
chione geſtis ab anno 1515. *ad annum*
1525. *Acceſſit Galeatii Capellæ de bello*
Muſſiano ab eodem Medicæo geſto Liber.
Lovanii 1614. *in-*4°.

39. *De Symbolo. Lovanii* 1615.
*in-*8°.

40. *Suada Attica, ſive Orationes Se-*
lectæ. Lovanii. 1615. *in-*8°. It. *Lugd.*
Bat. 1623. *in-*80. It. *Amſteled.* 1644.
*in-*12. Ces Diſcours avoient été déja
imprimez, du moins pour la plûpart.
Puteanus avoit tâché d'imiter le ſtile
de *Lipſe* ; mais il en avoit pris les défauts ſans en prendre les beautez ; cependant le ſien a tellement plu à
Antoine *Æmilius*, Profeſſeur d'*V-*
trecht, qu'il a copié dans ſes Diſcours

E. Pu-
TEANUS.
qui ont été imprimez en cette Ville
l'an 1651. *in-12.* des phrases & même
des lambeaux entiers de ceux de *Puteanus.* C'eſt une particularité que
Morhof nous apprend dans ſon *Poly-
hiſtor*, Liv. 6. du premier Tome, Ch.
3. *N°.* 4.

41. *Encomium Ovi. Lovanii* 1617.
iu-8o. It. *Monachii* 1617. *in-12.* It.
dans l'*Amphitheatrum Dornavii*, tom.
1. p. 420.

42. *Pietatis Thaumata in Protheum
Parthenicum, unius Libri verſum, &
unius verſùs Librum, Stellarum nume-
ris ſive formis* 1022. *Variatum. Antuerpiæ* 1617. *in-*4°. *Puteanus* ſe plaiſoit
à mettre à ſes Livres des titres ſingu-
liers, qui ne marquent gueres ſon
bon goût. Il ne s'agit ici que d'un
Vers qui peut ſe retourner d'un grand
nombre de façon. L'Auteur en rapporte 1022. il ne les a pas cependant
épuiſées, puiſqu'à bien examiner,
il peut l'être de plus de quatre mille.
Mais c'eſt-là un pur badinage qui ne
mérite pas l'attention d'un Homme
d'eſprit. Voici ce Vers :

*Tot tibi ſunt dotes, Virgo, quot ſidera
Cœlo.*

Au

'Au reſte un ſi grand nombre de com-   E. Pu-
binaiſons en ſi peu de mots ne doit TEANUS.
point ſurprendre ; puiſque cet autre
Vers :

Da mihi tot nummos , retro quot duplica
     Carmen ,

ſe retourne de plus de ſept mille fa-
çons ; comme me l'a démontré celui
qui en eſt l'Auteur.

     43. *De Induciis Belli Belgici Diſſer-*
tatio Politica. 1617. *in-*4°. It. *Lugd. Bat.*
Elzevir 1633. *in-*16. avec d'autres
Diſſertations de differens Auteurs
ſur le même ſujet.

     44. *S. Genovefæ , Ducis Brabantiæ*
filiæ , Iconiſmus. Lovanii 1618. *in-*8°.

     45. *Homilia de Annunciatione. Lo-*
vanii 1618. *in-*40.

     46. *Martyremata Academica , ſive*
Doctrinæ & probitatis Teſtimonia. Lugd.
Bat. Elzevir 1618. *in-*12. It. *Antuer-*
piæ 1645. *in-*24. Il falloit que *Puteanus*
eût bien envie de multiplier le nombre de ſes volumes , lorſqu'il publia
un Livret auſſi peu intereſſant pour le
public , que l'eſt celui-ci ; puiſqu'il
ne contient que les Atteſtations qu'il
avoit données juſques-là à ſes Eco-
liers.

Tome XVII.   **Dd**

E. Pu-   47. *Ad Urbanum VIII. Pont. Max.*
TEANUS.   *Oratio. Astræa Lovaniensis. Lovanii*
1618. *in-4°.*

48. *In Cornelium Tacitum affectus ,*
sive Præfatio. Lovanii 1619. *in-4°.*

49. *Bruma , sive Chimonopægnion de*
Laudibus Hyemis. Cum fig. Raphaelis
Sadelerii. Monachii 1619. *in-8°.*

50. *De Cometa anni* 1618. *Paradoxo-*
logia. Libri duo. Lovanii 1619. *in-12.*

51. *Arx Lovaniensis à Principibus*
lustrata. Lovanii 1619. *in-12.*

52. *De Officio Judicis Dissertatio.*
Lovanii 1619. *in-8°.*

53. *Pecuniæ Romanæ ratio facillimo*
ad nostram calculo revocata. Lovanii
1620. *in-8°.* It. Coloniæ 1628. *in-8°.*
It. dans le *Novus Thesaurus Antiquita-*
tum Romanarum , de *Sallengre,* tom. 3.

54. *De Stipendio Militari apud Ro-*
manos Syntagma. Lovanii 1620. *in-8°.*
It. dans le dixiéme volume des *Anti-*
quitez Romaines de Grævius, p. 1490.

55. *Enchiridion Ethicon ex Aristote-*
le collectum , Puteano Interprete. Lova-
nii 1620. *in-80.*

56. *Spicilegium in Apuleium. Fran-*
cof. 1621. *in-8°.*

57. *De Eloquentiæ Studiis Dissertatio,*

quæ suæ læ Francisci Woverii Joannis E. Pu-
filii duodecennis applauditur. Lovanii TEANUS.
1622. in-4°.

58. *Ænigma Regium , infantiam po-
puli Romani complectens , imaginibus
Raph. Sadeleri illustratum. Monachii
1622. in-12.*

59. *Bonæ Indolis Iconismus ; Accedunt Methodus Litterarum & Institutio
Principis. Lovanii 1622. in-12.*

60. *Diva Virgo Aspri-Collis : Bene-
ficia ejus & Miracula novissima. Lovanii 1622. in-4°.*

61. *Phœnix Principum , sive Alberti
Pii Morientis Vita. Lovanii 1622.
in-4°.*

62. *Bibliotheca , sive omnium Ope-
rum, quæ scripsit hactenus, edidit, desi-
gnavit, Catalogus. Lovanii 1622.in-8°.*

63. *Musarum ferculum , Carmina
selecta complectens. Coloniæ 1622. in-8°.*

64. *Unus & Omnis , Vis & proprie-
tas Unius. Lvanii 1623. in-4°.*

65. *Epistolarum Atticarum Centuria
singularis & nova. Lovanii 1625. in-4°.*

66. *Elementa Basilica ; quibus edu-
catio Principis continetur. Lovanii
1626. in-4°.*

67. *Olympiades , sola manu , ut vere*

E. Pu-
TEANUS.

annis *Mundi respondent, computata.*
Lovanii 1626. *in-4°.* It. dans le neu-
viéme tome des *Antiquitez Gréques de*
Gronovius, p. 1297.

68. *Doctrinæ Politicæ fontes ex Aris-*
totelis Lib. 1. & 2. *de Republ. perpetuis*
Aphorismis descripti. Lovanii 1627.
in-4°. It. *Dantisci* 1646. *in-12.*

69. *De S. Flavia Domitilla, Martyre,*
Observatiuncula Epistolica, ad locum
Martyrologii Romani Nonis Maii. Lo-
vanii 1629. *in-4°.*

70. *Ærarium Pietatis novum & mi-*
litare, sine tributo, vectigali, onere, &c.
Bruxellæ 1630. *in-4°.*

71. *Indigitamenta Temporum, sive*
Fasti perpetui digitorum articulis com-
putati. Antuerpiæ 1630. *in-4°.*

72. *Genealogia Puteana Bamelrodio-*
rum Venlonensium ab Origine Urbis,
sive anno 1343. *deducta. Antuerpiæ*
1630. *in-fol.*

73. *De Beghinarum apud Belgas*
institutione & nomine suffragium, quo
controversia recens excitata sopitur. Lo-
vanii 1630. *in-4°.*

74. *Divæ Virginis Bellifontanæ des-*
criptio. Antuerpiæ 1631. *in-4°.*

75. *Circulus Urbanianus, sive linea*

αἐκημερνῆ *compendio deſcripta* , *qua* E. Pu-
dierum Civilium principium Hieraticum TEANUS.
hactenus deſideratum conſtituitur. Lo-
vanii. 1632. *in-*4°. *Puteanus* a copié
dans cet Ouvrage le Livre de *Bergier*,
du Point du Jour , ſans en rien dire.

76. *De Quatuor principiis Diei* , *ab*
A. V. Joanne Boyvino propoſitis , *Theo-*
reſis. Lovanii 1632. *in-*4°.

77. *Circuli Urbaniani Vindiciæ* , *ad-*
verſus Jacobum Michalorum , *Urbina-*
tem. Lovanii 1633. *in-*4°.

78. *Belli & Pacis Statera.* Lovanii
1633. *in-*4°. Cet Ouvrage fut imprimé pendant qu'on négocioit un Traité de Treve entre le Roy d'Eſpagne
& les Provinces - Unies. *Puteanus* y
conſeilloit la Paix , & faiſoit voir que
la continuation de la Guerre nuiroit
beaucoup aux Païs - Bas Eſpagnols ,
pour cela il expoſoit nettement les
avantages , que les ennemis avoient
remportez , & les victoires dont ils
pouvoient ſe flatter pour la ſuite.
Cette franchiſe déplut à beaucoup
de perſonnes , & lui fit quelques
affaires ; il fut même cité à la Cour
de *Bruxelles* , où il ſubit quelques
interrogatoires ; mais il y trouva

. E. Pu- de puiffans Protecteurs , par l'entre-
TEANUS. mife defquels il fe tira d'affaire. Il
parut auffi une Réponfe anonyme à
fon Ouvrage , fous le titre d'*Anti-
Puteanus , five Politico-Catholicus Sta-
teram Puteani Inducias expendentis alia
Statera expendens , in-*12. dont le veritable Auteur eft *Barleus.* Les deux
Pieces ont été réimprimées depuis
enfemble.

79. *Idea Virtutis , Principis unius
omnium optimæ , Ifabellæ-Claræ-Euge-
niæ vita & morte in exemplum delineata.
Lovanii* 1634. *in-*4°.

80. *Purpura Auftriaca Hierobafilica
Ser. Principis Ferdinandi Hifp. Infan-
tis S. R. E. Cardinalis effigiem colore
Panegyrico repræfentans. Antuerpiæ*
1636. *in-*4°.

81. *Hiftoriæ Belgicæ Liber fingularis,
de Obfidione Lovanienfi anno* 1635.
Antuerpiæ 1636. *in-*16.

82. *Epiftolarum Atticarum Apparatus novus. Centuria I. & II. Antuerpiæ* 1637. *in-*12. *Centuria III. & IV.
Antuerpiæ* 1639. *in-*12.

83. *De Biffexto , nova temporis facula , quâ Intercalandi arcana hactenus
obfcura illuftrantur. Item Corona radia-*

tâ, sive dierum apud Indos Diorthosis, E. Pu-
Fastis exequandis necessaria. Lovanii TEANUS.
1637. *in-4°.* It. dans le huitiéme tome
des *Antiquitez Romaines de Grævius,*
p. 419.

84. *Pompa Prosphonetica, sive Præ-
fationum Syntagma. Lovanii* 1639.
in-4°. C'est un Recüeil des Préfaces
& des Dédicaces, que l'Auteur avoit
mises dans ses Ouvrages précedens.

85. *Auspicia Bibliothecæ publicæ Lovaniensis. Lovanii* 1639. *in-4°.*

86. *Dissertatio de belli Fulmine Lan-
greano, quo plures ordine & distincto
incendio globi ex uno eodemque Tormento
exploduntur. Bruxellæ* 1640. *in-fol.*

87. *Prælium Woeringanum Joannis I.
Brabantiæ Ducis anni* 1288. *quo memo-
rabili parta Victoria Ducatus Limburgi
ad Brabantiam accessio æternum mansit
obfirmata. Autore anonymo, edente
vero & Annotatore Erycio Puteano.
Bruxellæ* 1641. *in-fol.*

88. *Orchestra Burgundica (quatuor
postremorum) Ducum Burgundiæ Elogia Historica. Pars Theatri Heroici.
Bruxellæ* 1642. *in-fol.*

89. *Theatrum Heroicum Imperatorum Austriacorum, Ducum Burgundiæ,*

E. PU- *& Regum Hispaniarum. Bruxellæ* 1642.
TEANUS, *in-fol.*

90. *De Anagrammatismo, qui Cabalæ pars est, Diatriba. Accedit Joannis Caramuelis Lobkowitzi breviffimum totius Cabalæ specimen; cura & studio Justi Cæcilii Puteani. Bruxellæ* 1643. *in*-12. C'est un des fils de l'Auteur, qui a eu soin de cette Edition.

91. *Munitionum Symetria. Lovanii* 1645. *in*-12.

92. *Bivium Vitæ humanæ; Virtutum & Vitiorum lineæ, notis Ethicis distinctæ. Lovanii* 1645. *in*-12.

93. *Civilis Doctrinæ lineæ, quibus Aristotelis Politicorum Libri tres primi repræsentantur. Lovanii* 1645. *in*-12. It. *Dantisci* 1646. *in*-12.

94. *Methodus Litterarum, sive Sermonis & rerum lineæ, quæ ad eruditionem faciunt. Lovanii* 1645. *in*-12.

95. *De Nundinis Romanis Liber. Lovanii* 1646. *in*-12. It. dans le huitiéme tome des *Antiquitez Romaines de Grævius*, p. 641.

96. *Bruxella Septenaria à Gripho Palladio descripta, figuris & Luminibus Historicis, Politicis, Miscellaneis distincta & explicata. Bruxellæ* 1646. *in-fol.*

97. *Ad Constantinum Hugenium &* E. Pu
Danielem Heinsium Epistolæ. Edente TEANUS.
M. Z. Boxhornio. Lugd. Bat. 1647.
*in-*12.

98. *Epistolarum Apparatus Posthu-*
mus in Centurias quatuor distributus,
Opera & Industria Xysti Antonii Mil-
seri, Autoris Generi. Lovanii 1662. *in-*12.
2. tom. Ces Lettres ne contiennent
rien de remarquables, & méritoient
peu d'être données au public.

V. sa Vie par *Milser*, à la tête de
ses Lettres Posthumes. *Valerii Andreæ*
Bibliotheca Belgica. Henningi Witten
Memoriæ Philosophorum, &c. Ghilini
Theatro d'Huomini Letterati, tom. 2.
p. 72. *Bayle Dictionnaire. Lorenzo*
Grasso Elogii, tom. 1. p. 323.

HILARION DE COSTE.

HILARION *de Coste* naquit à   H. DE
H *Paris* le 6. Septembre 1595. COSTE.
d'*Antoine de Coste*, issu d'une famille
noble du Dauphiné, & de *Catherine*
Chaillou, petite niece de S. *François*
de Paule. Olivier Chaillou son oncle,
qui étoit alors Chanoine de l'Eglise
de *Paris*, & qui depuis entra en 1604.

H. DE
COSTE.

dans l'Ordre des Minimes, le tînt sur les Fonds de Batême, & lui donna le nom d'*Olivier*, qu'il conserva jusqu'au temps de son entrée chez les Minimes, où on le lui changea en celui d'*Hilarion*.

Le jeune *de Coste* eut le malheur de perdre son pere dans son enfance; mais son éducation ne souffrit point de cette perte; car sa mere le fit élever avec toute l'attention que méritoit un aussi beau naturel que le sien.

Lorsqu'il eut achevé ses études, il forma le dessein de suivre l'exemple de son oncle, qui avoit renoncé à tout pour se faire Minime, & l'executa en entrant dans cet Ordre, où il prit l'habit le 21. Octobre 1614. âgé de 19 ans, & fit profession l'année suivante.

Il alla ensuite à *Nevers* où il étudia en Philosophie sous le P. *Marin Mersenne*, & passa de-là au Couvent de *Vincennes* pour y faire sa Theologie.

Ayant été ordonné Prêtre, il fut appellé au Couvent de *Paris*, où il a demeuré presque tout le reste de sa vie, occupé de la direction des ames, & de la composition de ses Ouvrages.

Il mourut le 22. Août 1661 dans ſa 66e. année.

C'étoit un homme fort laborieux, & qui avoit beaucoup lû ; les Ouvrages qu'il a donnez au public le témoignent aſſez ; mais il manquoit de critique ; & ſon ſtile diffus & ennuyeux, a fait tomber dans l'oubli ſes Livres, où l'on ne laiſſe pas de trouver des choſes curieuſes, qu'on auroit de la peine à trouver ailleurs.

Catalogue de ſes Ouvrages.

1. *Hiſtoire Catholique, où ſont décrites les Vies, Faits & Actions heroïques, & ſignalées des Hommes & Dames illuſtres, qui par leur pieté ou ſainteté de vie, ſe ſont rendus recommandables dans les 17, & 18. ſiécles. Diviſée en quatre Livres. Paris* 1625. *in-fol.* Il y a dans ce volume 114. Eloges.

2. *Vita S. Elizabethæ Luſitaniæ Reginæ. Pariſ.* 1625. *in-8°.* It. *Aquis Sextiis* 1639. *in-80.* Il donna cette ſeconde Edition à *Aix*, pendant un ſéjour de quelque temps qu'il fit en Provence avec le Prince *Louis-Emmanuel de Valois*, Duc *d'Angoulême*, dont il dirigeoit la conſcience.

3. *Les Eloges & les Vies des Reines,*

H. DE
COSTE.

des Princeffes, & des Dames illuftres en pieté, en courage, & en Doctrine, qui ont fleuri de notre temps, & du temps de nos peres, avec l'explication de leurs Devifes, Emblêmes, Hieroglyphes & Symboles. Paris 1630. in-4°. 2. tom. It. Paris 1647. in-4o. 2. vol. Cette feconde Edition eft fort augmentée: on y trouve plufieurs nouveaux articles, & quelques-uns des anciens beaucoup plus amples. Le Livre mériteroit d'être plus recherché & plus lû qu'il ne l'eft.

4. *Les Regles des Minimes, traduites en François.* Paris 1630. in-12.

5. *Traité ou Recueil de l'ancien & moderne ufage des Canonifations des Saints. Par le P. François Victon, Minime.* Paris 1634. in-8°. C'eft Hilarion de Cofte qui a publié cet Ouvrage du P. *Victon*, fon coufin, auffi-bien que le fuivant.

6. *Hiftoire du S. Suaire de Turin, par François Victon.* Paris 1634. in-8o.

7. *Les vrais Portraits des Rois de France, tirez de ce qui nous refte de leurs Monumens, Sceaux & Médailles, & autres effigies, confervés dans les rares & curieux Cabinets, par Jacques de*

Bie, Calcographe ; ſeconde Edition augmentée de nouveaux Portraits, & enrichie des Vies des Rois, par *Hilarion de
Coſte.* Paris 1636. *in-fol.*

8. *Les Eloges de nos Rois & des Enfans de France, qui ont été Dauphins,
depuis André de Bourgogne & Dauphin de Vienne & d'Albon, juſqu'en
1643. avec des Remarques ſur le Païs
& la Nobleſſe de Dauphiné, & la ſuite
des Gouverneurs de Dauphiné.* Paris
1643. *in-4°.* Ce petit Ouvrage, où
l'on trouve des preuves, n'eſt pas
mauvais, ſuivant l'Abbé *Lenglet.*
André de Bourgogne eſt mort en 1338.

9. *La Vie du R. P. Marin Merſenne,
Theologien, Philoſophe & Mathemati-
cien de l'Ordre des Peres Minimes.*
Paris 1649. *in-8°.* pp. 119. Ce n'eſt
qu'un abregé de la Vie de ce fameux
Minime ; le P. *de Coſte* l'auroit pu
faire beaucoup plus longue, s'il
avoit voulu y entrer dans un auſſi
grand détail, que *Baillet* eſt entré
dans ſa Vie de *Deſcartes.*

10. *Le Portrait, en petit, de S. François de Paule, Inſtituteur & Fondateur de
l'Ordre des Minimes ; ou l'Hiſtoire
abregée de ſa vie, de ſa mort, & de*

H. DE *ses miracles ; avec plusieurs Bulles des*
COSTE. *Papes ; Patentes des Rois ; Titres &*
autres Pieces, non encore imprimées,
pour servir de Preuves. Paris 1655.
*in-*4°. Il y a plusieurs choses curieuses dans les Preuves.

11. *Le parfait Ecclesiastique, ou*
l'Histoire de la vie & de la mort de Fran-
çois le Picart, Seigneur d'Atilly & de
Villeron, Docteur en Theologie de la
Faculté de Paris, & Doyen de S. Ger-
main de l'Auxerrois ; avec les Annota-
tions & les Preuves, tirées de plusieurs
bons Auteurs, Histoires, Titres, Arrêts
de la Cour du Parlement, & Epitaphes;
& les Eloges de quarante Docteurs de la
même sacrée Faculté. Paris 1658. *in-*8°.
C'est l'Ouvrage le plus curieux &
le plus recherché qui soit sorti de
sa plume.

12. *La parfaite Heroine, ou l'Histoire*
de la vie & de la mort d'Elizabeth, ou
Isabelle de Castille, Reine d'Espagne,
jusqu'à sa mort en 1504. *Paris* 1661.
*in - *8°.

V. *Diarium Minimorum* 22. *Au-*
gusti.

PIERRE AYRAULT.

PIERRE *Ayrault* (en Latin *Æro-
dius*) naquit à *Angers* l'an 1536.
de *René Ayrault*, Sieur *du Roché*, (a)
Procureur du Roy à l'Election de
cette Ville, & de *Jaqueline Loriot*,
fille de *Pierre Loriot*, Lieutenant particulier de la même Ville.

Ayant perdu son pere de bonne
heure, il fut élevé par les soins de
François Ayrault, Prieur de *Becon* &
d'*Aviré* en Anjou, & Avocat au Parlement de *Paris*, son oncle, qui le fit
venir dans cette Ville, où il demeuroit, pour y faire ses études.

Après son cours de Philosophie,
il l'envoya à *Toulouse* pour y étudier
en Droit ; mais il n'y demeura que

(a) *Pierre Ayrault* a porté le nom de
du Roché, aussi-bien que son pere ; & tous
ses enfans l'ont pris à son exemple. Cependant le bien qui porte ce nom, & qui est
dans la Paroisse de S. *Pierre d'Eschaubrogne*
dans l'Anjou, étoit sorti de sa famille du
temps de son bis-ayeul *Jean Ayrault*, Avocat à *Angers*, qui l'avoit échangé le 7. Octobre 1481.

P. Ay-
RAULT.

six mois, au bout desquels il passa à *Bourges*, pour profiter des leçons de *François Duaren*, de *Jacques Cujas*, & de *Hugues Doneau*, trois des plus célebres Jurisconsultes de ce temps-là.

Revêtu du titre de Bachelier en Droit, qu'il reçut à *Bourges*, il alla revoir sa patrie, où il fit quelques leçons publiques sur le Droit Civil, suivant la coûtume de ce temps, & plaida quelques Causes. Il n'avoit alors que 22. ans.

Il revint ensuite à *Paris*, & s'y rendit un des plus célébres Avocats du Parlement.

Il se maria au mois de Juin 1564. & épousa *Anne Des-Jardins*, fille de *Jean Des-Jardins*, Médecin de *François I.* dont il eut quinze enfans.

Après un séjour de dix années à *Paris*, il quitta cette Ville en 1568. pour retourner à *Angers* prendre possession de la Charge de Lieutenant Criminel, qu'il avoit acquise après la mort de *Christophe Pincé* qui la possedoit. Il l'exerça avec tant de severité & d'exactitude, que comme un nouveau *Cassius,* il fut appellé *l'Ecueil des accusez.*

Pen-

Pendant les troubles de la Ligue, P. AY-
le Roy *Henri III.* le nomma le 11. RAULT.
May 1589. pour exercer par *interim* la
Charge de Lieutenant Genéral au
Préſidial d'*Angers*, qui vaquoit depuis cinq ou ſix ans. *Menage* dit
qu'il l'exerça pendant deux ans; mais
il ſe contredit lui-même, puiſqu'il
marque un peu après que *Marin
Boiſleve*, qui étoit Doyen des Conſeillers, en fut pourvû au commencement de l'année 1590.

La Ville d'*Angers* donna auſſi à
Pierre Ayrault, en pluſieurs occaſions,
des marques de ſon eſtime, & principalement en le faiſant Conſeiller de
Ville ſurnumeraire, & en mettant la
Maiſon qu'il habitoit & qui appartenoit à la Ville, à un ſi bas prix, qu'elle
ſembloit lui en donner l'uſage, &
non pas la lui loüer.

Il fut toûjours fort attaché au Parti
du Roy contre la Ligue; & il étoit
obligé de l'être, non ſeulement par
la Charge qu'il avoit au Préſidial,
mais encore par celle de Maître des
Requêtes du Duc d'*Anjou*, qu'il poſ-
ſeda conjointement avec le Juriſcon-

Tome XVII. Ee

P. AY-
RAULT.

sulte *François Baudoin*, avant que ce
Prince montât sur le Thrône.

Les chagrins que *René Ayrault*,
son fils aîné, lui causa, abregerent ses
jours. Il l'avoit envoyé à *Paris* étudier
dans le College des Jesuites, & il eut
la douleur d'apprendre qu'il étoit
entré dans leur Ordre sans sa partici-
pation, & contre sa volonté. Il en fit
beaucoup de bruit, accusa les Jesuites de Plagiat, & les somma de lui
rendre son fils. Il porta même ses
plaintes au Parlement de *Paris*, &
quand il eut sçu qu'on l'avoit fait
disparoître, il presenta une Requête
au Pape, & obtint des Lettres du
Roy *Henri III.* au Cardinal d'*Est*,
Protecteur des affaires de France, &
au Marquis de *Pisani*, Ambassadeur
de cette Couronne, par lesquelles le
Roy demandoit très - instamment
qu'on sollicitât un ordre du Pape,
qui obligeât à rendre le jeune *Ayrault*,
mais tout cela fut inutile. Le Traité
de la puissance paternelle qu'il adressa
trois ans après à son fils, n'eut pas
plus d'effet. Enfin voyant qu'il n'avoit
plus de resource, il dénonça par un
Acte public passé devant un Notaire

& des Témoins le 28. Avril 1593.
qu'il le privoit de fa Benediction, s'il ne quittoit les Jefuites, & qu'il défendoit à fes autres enfans de le reconnoître pour frere. Il ne perfevera pas cependant dans fa colere contre lui jufqu'à fa mort ; car on trouva parmi fes papiers un écrit où il lui donnoit fa Benediction.

Il mourut le 21. Juillet 1601. âgé de 65. ans ; & non point de 63. comme le dit M. de *Sainte-Marthe.*

De quinze enfans qu'il eut de fa femme *Anne Des-Jardins*, il en laiffa à fa mort dix encore vivans.

1. *René Ayrault*, né à *Paris* le 11. Novembre 1567. Il entra chez les Jefuites à *Treves* le 12. Juin 1586. & après avoir paffé par les principales Charges de leur Ordre, il mourut le 18. Decembre 1644.

2. *Pierre Ayrault*, qui fucceda à la Charge de fon pere, & fut Prefident au Prefidial d'*Angers* & Maire. La Harangue qu'il fit à *Marie de Medicis*, mere de *Louis XIII.* à *Angers* le 16. Octobre 1619. fe voit au fixiéme tome du *Mercure François.*

3. *Guillaume*, Religieux de l'Ordre

Ee ij

de S. *Benoît*, Docteur de Sorbonne, Prieur de S. *Nicolas d'Angers*, mort le 28. Octobre 1638.

4. *Jean*, Seigneur de *la Moisandiere*, Avocat au Parlement.

5. *Nicolas*, qui mourut fort jeune.

6. *Françoise*, qui épousa *Jean Liger*, Seigneur de *Boislaurier*, Conseiller au Presidial d'*Angers*.

7. *Anne*, mariée à *André Eveillard*, Conseiller au Presidial d'*Angers*.

8. *Guyonne*, mariée à *Guillaume Menage*, Avocat du Roy au Presidial d'*Angers*, dont est sorti *Gilles Menage*, duquel j'ai parlé dans le premier tome de ces Mémoires.

9. & 10. *Marie* & *Jaqueline*, qui se firent Religieuses; la premiere à *Poitiers*, & la seconde à *Châteaugontier*.

Catalogue de ses Ouvrages.

1. *M. F. Quintiliani Declamationes 137. quæ ex 388. supersunt, diuque latuere, nunc demum P. Ærodii Andegavi, in suprema Curia Patroni, studio & diligentia castigatæ, Scholiis illustratæ, ac in lucem Postliminio revocatæ. Paris. 1563. in-4°. Ayrault* a joint à ses Déclamations des Notes tirées

principalement du Droit Romain.   P. Ay-
Pierre Pithou a donné à *Paris* en 1580.   RAULT.
in-8°. une nouvelle Edition des Déclamations, augmentée de neuf nouvelles, avec des Notes courtes, mais
ſçavantes.   Celle - ci a fait oublier
celle de *Pierre Ayrault.*

2. *De la Nature, Varieté, & Mu-*
tation des Loix. A la tête du Livre de
François Grimaudet, du Retrait Ligna-
ger, imprimé à *Paris* en 1564. *in*-8°.
par les ſoins de *P. Ayrault.*

3. *P. Ærodii Andegavi, J. C. De-*
cretorum, rerumve apud diverſos popu-
los ab omni antiquitate judicatarum,
Libri duo ; qui ad formam Digeſtorum,
Codicis Juſtinianei redaǰi ſunt ; item
uſui forenſi ac moribus Gallicis accom-
modati. Accedit Tractatus de Origine &
Autoritate rerum Judicatarum.   *Cum*
omnium rerum, reorum, judicum, at-
que populorum locupletiſſimis indicibus.
Pariſ. 1567. *in*-8°. It. 2ª. *Editio auc-*
tior ; Libri ſex. Pariſ. 1573. *in*-8°. It.
Francofurti 1580. *in*-8°. Cette édition
a été faite ſur la premiere. It. ſous le
titre ſuivant : *Rerum ab omni antiqui-*
tate judicatarum Pandeǰa. Pariſ. 1588.
in-fol. Cette Edition eſt encore aug-

P. AY-mentée. It. *Eædem ab Autore recogni-*
RAULT. *tæ. Accessit Liber singularis de Patrio*
Jure ad Filium. Parif. 1615. *in-fol.*

4. *Vingt-un Plaidoyers faits en la*
Cour du Parlement de Paris, & Arrêts
sur ce intervenus; par Pierre Pyrault.
Paris 1568. *in-*8°. It. *Rouen* 1614.
*in-*8°. Cette seconde Edition est accompagnée des Notes & des Additions d'un jeune Jurisconsulte, qui
ne s'est pas nommé. It. avec quelques
autres *Opuscules de Pierre Pyrault.*
Paris 1598. *in-*8°. L'Auteur publia ces
Plaidoyers, lorsqu'il quitta *Paris,*
pour aller prendre possession de la
Charge de Lieutenant Criminel. Il y
en a 22. dans cette derniere Edition.
Le 20. n'a jamais été dit. Il est contre
les Jesuites en faveur des Curez de
Paris. Ces Curez l'avoient choisi en
1554. pour plaider leur Cause contre
les Jesuites; mais il ne la plaida pas,
peut-être parce qu'on ne trouva pas
à propos que les interêts des Curez
fussent separez de ceux de l'Evêque,
dont l'Avocat fut par consequent
chargé seul de cette affaire.

3. *Discours de M. Pierre Pyrault à*
Monseigneur le Duc d'Anjou, &c. fils

& *frere de Roy* , & *Lieutenant Général* P. A
pour Sa Majeſté , *ſur l'occaſion que le* RAULT.
voulant recommander pour ſes victoires ,
& *reſtauration de ſon Univerſité d'An-*
gers;les Panegiriques anciens de Pacatus
& *d'Eumenius* , *jadis faits à la loüange*
des Empereurs Conſtantin & *Theodoſe* ,
lui ont été adreſſez & *dédiez de nouveau.*
Plus , *Harangue audit Seigneur Duc à*
ſon arrivée en ſa Ville d'Angers le 7.
Janvier 1570. *Angers* 1570. *in-*4°. It.
Paris 1576. *in-*8°.

6. *De l'Ordre* & *Inſtruction Judi-*
ciaire , *dont les anciens Grecs* & *Ro-*
mains ont uſé en accuſations publiques ,
conferé à l'uſage de notre France. Et ſi
on peut condamner ou abſoudre ſans for-
me ni figure de procès. Paris 1575. *in-*8°.
It. *Paris* 1588. *in-*4°. Il y a trois Livres dans cette ſeconde Edition , au-
lieu que la premiere n'en contient
qu'un. It. *avec le quatriéme Livre* ,
dont je parlerai plus bas. *Paris* 1598.
in - 4°.

7. *Epiſtola Apologetica contra Gorel-*
lum , *Libellorum Magiſtrum. Andega-*
vi. 1577. Cette Piece fut réimprimée
la même année à *Angers* avec des augmentations.

P. Ay-   8. *Déploration de la mort du Roy*
RAULT. *Henri III. & le scandale qu'en a l'E-*
glise, 1589. *in-*8°.

9. *Des procès faits aux Cadaver,*
aux cendres, à la mémoire ; aux bêtes
brutes, choses inanimées, & coutumax.
Livre quatriéme, de l'Ordre, Formalité,
& Instruction Judiciaire. Angers 1591.
*in-*8°. It. avec l'Ouvrage dont il est la
suite, 1598.

10. *De Patrio Jure ad Filium Pseudo-*
Jesuitam. Paris. 1593. *in-*8°. Le même
en François, sous ce titre : *De la puis-*
*sance Paternelle, in-*4°. C'est l'Ouvrage qui l'a fait le plus connoître
dans les Païs étrangers, & surtout
parmi les Protestans.

11. *Opuscules de Pierre Ayrault.*
Paris 1598. *in-*8°.

12. On trouve une Epigramme
Gréque de sa façon sur la Version
Latine du premier Livre de l'*Histoire*
Ethiopique d'Heliodore, par *René Guil-*
lonius, à la tête de l'Edition qui s'en
est faite à *Paris* en 1552. *Menage* l'a
inseré dans ses *Remarques sur la Vie de*
Guillaume Menage, p. 497.

V. *Vita Petri Ærodii scriptore*
Ægidio Menagio. Paris. 1673. *in-*4°.

CONRAD

CONRAD GESNER.

CONRAD *Geſner* naquit a *Zurich* C. GES-
en Suiſſe l'an 1516. d'*Urſe Geſ-* NER.
ner, (a) & de *Barbe Frick*.

On le fit d'abord étudier, & il
apprit les élemens des Langues Latine
& Gréque ſous *Thomas Plattner*, *Theodore Bibliander*, *Oſvald Myconius*, &
Pierre Daſypodius, qui enſeignoient
alors à *Zurich*.

Quoique ſon heureux naturel pro-
mît beaucoup, & qu'il avançât avec
beaucoup de rapidité dans ſes études,
ſon pere qui ſe voyoit chargé d'enfans, & qui avoit peu de bien, étoit
prêt à l'en retirer, lorſque *Jean-Jac-
ques Ammian*, Profeſſeur en Langue
Latine & en Eloquence à *Zurich*, le
prit chez lui, & ſe chargea de ſon
éducation.

Pendant trois ans que *Geſner* demeura chez *Ammian*, il continua avec

(*a*) *Teiſſier* a fait une faute bien ridicule,
lorſqu'il a dit qu'il étoit né d'*Orſo Pellion*,
à cauſe du mot *Pellio*, qui ſe trouve après
ſon nom dans ſa Vie.

Tome XVII. Ff

beaucoup d'ardeur ses études sous ce Professeur , & sous *Rodolphe Collin*, qui expliquoit alors les Institutions de *Quintilien* , & les Vies de *Plutarque.*

Son pere ayant été tué malheureusement dans la Guerre que les Suisses se faisoient alors les uns aux autres , lorsqu'il n'avoit encore que quinze ans , ayant perdu lui-même son Protecteur , & ayant été outre cela attaqué d'une espece d'hydropisie , il se trouva dans un triste état. Il guerit cependant de cette maladie ; mais comme sa mere n'étoit pas en état de fournir à son entretien , & qu'il n'avoit personne , qui y suppleât par ses liberalitez , il prit le parti de sortir de sa Patrie , & d'aller ailleurs chercher de quoi vivre.

Il se rendit à *Strasbourg* , & s'y mit au service de *Wolfgang Fabrice Capiton* , chez lequel il reprit l'étude de la Langue Hebraïque , dont il avoit déja eu quelque teinture à *Zurich*.

Après quelques mois de séjour en cette Ville , il retourna en Suisse, où les choses étoient plus tranquilles , & il obtint de l'Academie de *Zurich*

une penſion, qui le mit en état de C. Ges-
faire un voyage en France.

Il y vint avec *Jean Friſius*, qu'il
avoit eu dès le commencement pour
compagnon d'études, & qu'il regar-
da toûjours depuis comme ſon frere.
Il demeura un an à *Bourges*, où il
s'appliqua avec beaucoup de ſoin à
lire les Auteurs Grecs & Latins ; mais
comme ſa penſion ne lui ſuffiſoit pas
pour ſon entretien, il ſe mit à enſei-
gner de jeunes gens, dont l'inſtruction lui fut auſſi d'un grand ſecours
pour s'inſtruire lui-même.

L'année ſuivante il vint à *Paris*,
âgé de dix-huit ans. Mais quoiqu'il
y eût dans cette Ville d'habiles Profeſſeurs en toute ſorte de ſciences, il
avoüe lui-même qu'il n'y fit pas autant de progrès qu'il auroit pu faire ;
ſoit à cauſe de ſa pauvreté, ſoit par
négligence, ſoit parce que ſans ſe
borner à aucun genre de Litterature,
il voltigeoit ſur tous, & liſoit indif-
feremment les Livres qui lui tom-
boient entre les mains, de quelques
matieres qu'ils traitaſſent ; n'ayant
pas même ſouvent la patience de les
lire en entier, & avec l'attention

C. Ges-
ner.

qu'ils exigeoient, afin de paſſer plus
vîte à d'autres, qui piquoient ſa curioſité.

De *Paris* il retourna à *Strasbourg*,
eſperant y trouver quelque emploi
par le moyen des amis qu'il y avoit.
Mais l'Academie de *Zurich* ne lui en
donna pas le temps ; elle le rappella
pour lui donner la conduite d'une
Ecole. A peine eut-il pris poſſeſſion
de ce Poſte qu'il ſe maria, âgé ſeulement de vingt ans, en quoi il reconnoît qu'il fit une folie, eu égard à ſa
jeuneſſe & à ſa pauvreté.

En effet ſes appointemens ne ſuf-
fiſoient pas pour le faire ſubſiſter avec
ſa femme ; & il ſe vit obligé de chercher une autre reſource. Il avoit eu
dès ſa jeuneſſe beaucoup d'attrait
pour la Médecine, & il réſolut de
s'y appliquer tout de bon dans la ſuite. Il commença même alors à lire
des Livres de Médecine dans les heures que les fonctions de ſon Ecole lui
laiſſoient libres.

Dégoûté enfin tout-à-fait de cette
Ecole, il obtint la permiſſion de la
quitter & d'aller à *Baſle* étudier en
Médecine, avec la penſion qui lui
avoit été accordée d'abord.

Le temps qu'il paffa dans cette C. Ges-
Ville, ne fut pas entierement occupé ner.
de l'étude de cette fcience, il y travailla auffi à fe perfectionner dans la
Langue Gréque, pour mieux entendre les anciens Médecins, qui avoient
écrit en cette Langue.

Il fortit de *Bafle* au bout d'un an,
pour aller profeffer la Langue Gréque à *Laufanne*, où le Senat de *Berne*
venoit d'établir une Academie, &
lui avoit affigné des appointemens
confiderables. Ce Pofte le mit un peu
au large, & il fe vit alors en état d'entretenir fa famille, & de fe livrer à
fon penchant pour la Médecine, parce que la grande connoiffance qu'il
avoit de la Langue Gréque, le dif-
penfoit d'apporter tant de prépara-
tion pour faire fes leçons ordinaires.

Après avoir rempli ce Pofte pendant trois ans, il crut qu'il étoit
temps d'achever fes études de Médecine, & alla dans ce deffein à *Montpellier.* Comme il fçavoit que l'on
profite davantage dans la converfa-
tion des Sçavans, que dans les leçons
publiques, il tâcha de loger chez
quelque Médecin de cette Ville;

C. Ges-
NER.

mais voyant qu'aucun d'eux ne voū-
loit le recevoir, il n'y fit pas un long
féjour; & s'étant contenté d'y étudier quelque temps en Anatomie &
en Botanique, il retourna à *Bafle*, où
après les exercices ordinaires il reçut
le Bonnet de Docteur en Médecine.

De retour à *Zurich*, il commença
à l'y pratiquer, & fut choifi peu de
temps après pour profeffer la Philofophie. Il a exercé cette Charge pendant 24. ans, c'eft-à-dire jufqu'à fa
mort, avec beaucoup de réputation
& de gloire.

Le 9. Decembre 1565. il fut attaqué de la pefte, qui regnoit dans le
Païs. Perfuadé qu'il n'en reviendroit
point, il mit ordre à fes affaires
domeftiques, & principalement aux
Ouvrages qu'il laiffoit imparfaits, &
qu'il confia à *Gafpar Wolphius*, Médecin de fes amis, pour les publier
avec les Additions néceffaires. Lorfqu'il vit que fa derniere heure appro-
choit, il fe fit porter dans fon Cabinet,
pour mourir dans le lieu qui lui avoit
toûjours été le plus agréable. Il y rendit l'efprit le 5e. jour de fa maladie,
c'eft-à-dire, le 13. Decembre 1565.

âgé feulement de 49. ans, fans laiffer   C. Gɛs-
de pofterité. On l'enterra à côté de ɴᴇʀ.
Jean Frifius, fon ami, qui étoit mort
l'année précedente.

C'étoit un homme remarquable,
non feulement par fon fçavoir extraordinaire, mais encore par fa douceur,
fa modeftie, & fon humanité.

Il avoüe franchement dans fa Bibliotheque, que fes Ouvrages ne font
pas travaillez avec autant de foin &
d'exactitude qu'il feroit à fouhaitter,
parce que la mifere de fa condition
l'obligeoit à compofer des Livres,
pour gagner fa vie; & qu'étant ainfi
preffé par deux Déeffes inéxorables,
la pauvreté, & la néceffité, il n'avoit
pas le temps de les mettre dans un
état auffi parfait, qu'il eût pu faire,
s'il n'eût écrit que pour acquerir de la
gloire. Cependant, ajoûte-t-il, afin
que cet aveu ne faffe point méprifer
les Livres que j'ai compofez, j'ofe
affûrer qu'ils furpaffent, en quelque
chofe, ceux qui ont été faits fur les
matieres que j'ai traitées.

Catalogue de fes Ouvrages.

1. *Lexicon Græco-Latinum. Bafileæ*
1537. *in-fol.* Ce Dictionnaire com-

C. GES-
NER.

pilé par diverses personnes, dont on ignore le nom, avoit déja été imprimé auparavant. *Gesner* se trouvant à *Basle* dans un état de disette, comme il le dit lui même, jugea à propos, pour gagner quelque argent, d'y faire un grand nombre d'Additions, qu'il tira du Lexicon de *Phavorin.* Mais le Libraire, à qui il vendit ces Additions, en réimprimant le Dictionnaire, n'y en joignit qu'une petite partie, se réservant à les publier peu à peu dans les differentes Editions qu'il en feroit dans la suite. Cependant comme il mourut peu de temps après, ces Additions furent perduës. Le Dictionnaire fut réimprimé plusieurs fois depuis, & *Gesner* fournit à chaque fois de nouveaux Supplémens : la derniere Edition à laquelle il ait eu quelque part, parut à *Basle* en 1560. *in-fol.*

2. *Medicamentorum Succiduorum Galeno adscriptorum Tabula Latinitate donata, adjectis etiam Græcis multo castigatioribus & annotationibus in quosdam locos. Eadem ex Libris Dioscoridis, Aetii & Pauli Æginetæ passim excerpta & in unum diligenter conscripta, nunc-*

que primum in lucem edita. Baſileæ C. Ges
1540. *in*-8°. A la ſuite de l'Ouvrage ner.
d'*Actuarius*, *de Compoſitione Medicamentorum.*

3. *Enchiridion Hiſtoriæ Plantarum,
Ordine Alphabetico, ex Dioſcoride
ſumptis deſcriptionibus, & multis ex
Theophraſto, Plinio, ac recentioribus
Græcis additis: facultatibus autem ex
Paulo Ægineta plerumque quam bre-
viſſime adſcriptis, in gratiam Medicinæ
Candidatorum, qui cognitionis Stirpium
cauſa ruſticari interdum ſolent. Baſileæ*
1541. *in*-8°. It. *Venetiis* 1541. *in*-16.

4. *Compendium ex Actuarii Zachariæ Libris de differentiis Urinarum, judiciis, cauſis, & prævidentiis. Univerſalis Doctrina Cl. Galeni Pergameni,
de compoſitione Pharmacorum ſecundum
locos affectos à capite ad Calcem, parti-
cularibus Medicamentis omiſſis. Sylvu-
la Galeni experimentorum ex Libris ejus
collecta, & aliorum quorumdam. Tiguri*
1541. *in*-8o.

5. *Apparatus & delectus ſimplicium
Medicamentorum, ex Dioſcoride &
Meſuæo præcipue, Alphabeti ordine.
Univerſalia Pauli Æginetæ præcepta de
Medicamentorum ſecundum genera com-*

C. Ges-
ner.

positione , & ejusdem argumenti omnia quæ in Galeni Libris de compositione Medicamentorum secundum genera præcepta extant. Lugduni 1542. in-8°. It. Venetiis 1542. in-16.

6. *Catalogus Plantarum, nomina Latine , Græce , Germanice & Gallice è regione proponens , secundum ordinem Alphabeti , Latinis præeuntibus , una cum vulgaribus Pharmacopolarum Nomenclaturis. His accedunt in calce Nomenclatura Stirpium secundum varias gentes , Dioscoridi adscripta , in ordinem litterarum digesta. Tiguri 1542. in-4°.*

7. *De Syllogismis compendium Autoris incerti , è Græco translatum. Basileæ* 1541. *in-8°.* A la suite de quelques Ouvrages de *Joachim Perionius* sur la Logique d'*Aristote.*

8. *Moralis Interpretatio errorum Ulyssis Homerici , Authoris incerti. Commentatio Porphyrii Philosophi de Nympharum antro in* 13. *Libro Odysseæ Homericæ. Apologia quædam pro Homero & Arte Poetica , fabularumque aliquot enarrationes ex Commentariis Procli Lycii Diadochi Philosophi Platonici in Libros Platonis de Republica ; in quibus plurima de Diis fabula, non juxta*

Grammaticorum Vulgus Historice , C. Ges-
Physice , aut Ethice tractantur ; sed ner.
Theologicis (ut Gentiles loquuntur) ex
prima Philosophia rationibus explanan-
tur. Omnia è Græco Sermone in Latinum
conversa. Tiguri 1542. *in-8°. Gesner* a
pris trop de licence dans toutes ses
traductions, suivant M. *Huet.*

9. *De Lacte & Operibus lactariis*
libellus Philologus pariter ac Medicus.
Cum Epistola ad Jacobum Avienum
Glaronensem de Montium admiratione.
Tiguri 1543. *in* 8°.

10. *Joannis Stobæi Collectanea , sive*
loci Communes 123. *ex omni genere Au-*
thorum vetustissimorum Græcorum 150.
fere congesti. His accesserunt Opuscula
tria , nempe Cyri Theodori Dialogus de
amicitiæ exilio Senariis iambicis ; Opus-
cula duo Platoni adscripta , unum de
justo , alterum an virtus doceri possit ?
Omnia Græce & Latine , ex Interpre-
tatione Gesneri. Tiguri 1543. *in-fol.* It.
Basileæ 1549. *in-fol.* It. *Stobæi locis*
auctis atque recognitis. Basileæ 1550. &
1559. *in-fol.* It. *Lugduni* 1608. *in-fol.*
La Version Latine de *Stobée* par *Gesner*
a été imprimée seule à *Anvers* l'an
1545. *in-8°.*

12. *Michaelis Ephesii Scholia in Aristotelis libellos, nempe; De juventute & senectute, vita & morte: De Longitudine & brevitate vitæ. De divinatione per somnum. Omnia è Græco translata Basileæ.* 1541. *in*-80. Avec l'Ouvrage de *Nicolas Leonicus,* qui a pour titre: *Explanatio in primum librum Aristotelis de partibus Animalium.* It. *Venetiis* 1545. *in-fol.* Avec *Alexandri Aphrodis. Commentarii in librum Aristotelis de Sensibus.*

13. *M. V. Martialis Epigrammata ab omni verborum obscœnitate expurgata, & in locos* 86. *digesta. Tiguri* 1544. *in-*8°. Gesner a ajoûté à cette Edition trois Dialogues où il rend raison de ce qu'il y a fait, & parle au long des études de la jeunesse, & outre cela des Remarques de *Jacques Micyllus.* Au reste il n'est pas le premier qui ait pris la peine de purger *Martial* de ce qu'il avoit de trop libre, pour pouvoir le mettre sûrement entre les mains de la jeunesse; *François du Bois,* plus connu sous le nom de *François Sylvius,* en avoit usé de même long-temps auparavant dans l'Edition qu'il donna de ce Poëte en 1535.

14. *Ambrosii Calepini Dictionarium* C. GES-
Linguæ Latinæ. Basileæ 1544. *in-fol.* NER.
Gesner a eu beaucoup de part à cette
Edition : il a corrigé le texte en un
infinité d'endroits ; il y a fait entrer
plus de quatre mille mots, qu'il a
tirez de l'Edition précedente faite à
Venise ; il a eu soin d'y marquer la
quantité sur chaque mot, & il y a
inseré une Table alphabetique des
noms propres contenus dans l'Edition de *Venise* , ausquels il a joint
ceux qu'il a trouvé dans les Diction-
naires Poëtiques , sous le titre d'*Ono-*
masticon nominum propriorum.

15. Dans l'Edition du *Lexicon Græco-*
Latinum faite à *Basle* en 1544. *in-4°,*
il a mis une Préface *De utilitate ac di-*
gnitate Linguæ Græcæ.

16. *Antonii Thylesii Itali Consentini,*
Opuscula aliquot jam prius diversis in
locis , partim numquam prius edita , tum
Styli Romana puritate , tum eruditione ,
varietate & lepore argumentorum , ma-
gno studiosorum applausu excipienda.
Basileæ 1545. *in-8°.* Les Ouvrages
contenus dans ce Recüeil sont en
Vers : *Imber Aureus , Tragædia ; Poë-*
matia VII. & en Prose deux Traitez ;

C. Ges-
ner.

De Coloribus ; de Coronarum generi-
bus.

17. *Bibliotheca universalis, sive Ca-*
talogus omnium scriptorum locupletissi-
mus, in tribus Linguis, Latina, Græca,
& Hebraica : extantium & non extan-
tium, Veterum & recentiorum in hunc
usque diem ; doctorum & indoctorum ;
publicatorum & in Bibliothecis latenti-
tium. Tiguri 1545. *in-fol.* Gesner est le
premier qui ait entrepris un Ouvrage
tel que celui-ci ; & sa Bibliotheque a
servi de modele à ceux qui en ont fait
de semblables après lui. Ainsi on ne
doit point s'étonner si l'on y remarque bien des fautes. Le peu d'exactitude, qui s'y trouve quelquefois,
n'empêche point que la République
des Lettres ne soit très-redevable
pour ce sujet à *Gesner*, qui doit s'être
donné des peines infinies pour le
mettre dans l'état, quoiqu'imparfait, où il est. *Nicolas Antonio* trouve
qu'il est trop sec & trop sterile, &
auroit voulu qu'on y eût dit quelque
chose de la Vie des Auteurs ; mais
ç'auroit été trop pour un seul homme, qui manquoit de secours, qui
étoit occupé à d'autres Ouvrages, &

qui donnoit ſes Livres au public, C. GES-
afin d'en recevoir dequoi ſubſiſter. NER.
La groſſeur du volume de *Geſner*
ayant rebuté quelques perſonnes,
pluſieurs entreprirent d'en donner
des Abregez.

Conrad *Lycoſthene* fut le premier
qui y travailla, & en publia ſon
extrait ſous ce titre : *Elenchus ſcripto-*
rum omnium, Veterum ſcilicet ac recen-
tiorum, extantium & non extantium,
publicorum, atque hinc inde in Biblio-
thecis latitantium. Baſilea 1551. in-4°.
Cet Abregé n'eſt pas d'un grand uſage, parce que *Lycoſthene* n'y a marqué ni la forme des Livres, ni le
lieu, ni l'année des Editions.

Joſias *Simler* a beaucoup mieux
réüſſi dans l'abregé qu'il fit paroître
quatre ans après. Car outre qu'il y a
obſervé exactement toutes les choſes
auſquelles *Lycoſthene* a manqué, il
l'a encore enrichi de beaucoup de
Livres nouveaux, dont *Geſner* avoit
manqué de parler, ou qui avoient
paru depuis l'impreſſion de ſa Bibliotheque. Il y a trois Editions de ſon
Abregé ; la premiere parut ſous ce
itre : *Epitome Bibliotheca Conradi*

C. Ges-
NER.

Gesneri, conscripta primum à Conrado
Lycosthene ; nunc denuo recognita, &
plusquam bis mille Autorum accessione
locupletata per Josiam Simlerum Tiguri-
num. Tiguri 1555. in-fol. Les Additions de cette Edition ont été imprimées à part à *Zurich*, pour être
mises à la suite de la Bibliotheque de
Gesner. La seconde fut faite 19. ans
après : *In duplum post priores Editiones*
aucta per Josiam Simlerum. Tiguri 1574.
in-fol.

La troisiéme fut donnée par *Jean-*
Jacques Frisius, qui y ajoûta quelques
milliers de Livres, tant de nouveaux
Auteurs, que de ceux qui y étoient
déja. Cette derniere, qui est la meilleure, parut à *Zurich* l'an 1583. *in-*
fol. Frisius avoit aussi disposé les Livres contenus dans cet Ouvrage par
ordre de Matieres ; mais cette nouvelle espece de Bibliotheque n'a pas
vû le jour.

Antoine du Verdier, Sieur de Vau-
privas, a mis à la fin de sa *Bibliothe-*
que Françoise, imprimée en 1585. un
Supplément à l'Epitome de la Bibliotheque de *Gesner*.

Jean Hallervord de *Konigsberg*, en
Prusse.

Pruſſe, en a donné, long-temps C. Ges-
après, un nouveau Supplément dans ner.
ſa *Bibliotheca curioſa. Regiomonti* 1676.
*in-*4°. qui n'a été ainſi intitulée, que
parce que le Libraire craignit que le
titre de Supplément ne fît mépriſer
ce Livre, & n'en empêchât le debit.
Ce nouveau Supplément eſt bien
court; on auroit pû le faire beaucoup
plus ample.

J'ajoûte enfin que *Robert Conſtantin*
a fait un *Index*, tant de la Bibliotheque que des Pandectes de *Geſner*, que
Baillet trouve aſſez bon. Il eſt intitulé : *Nomenclator inſignium ſcripto-*
rum, quorum Libri extant vel manuſ-
cripti vel impreſſi ex Bibliothecis Galliæ
& Angliæ ; Indexque totius Bibliothecæ
atque Pandectarum Conradi Geſneri.
Pariſ. 1555. *in-*8°.

Il eſt bon d'avertir, avant que de
finir ce qui regarde la Bibliotheque
de *Geſner*, que l'on n'en recherche
ordinairement que l'Epitome de l'E-
dition de 1583. ſans ſe ſoucier de la
Bibliotheque même, qui merite cependant de l'attention, non ſeulement parce qu'on y trouve des Extraits, & des Préfaces de pluſieurs

Tome XVII. Gg

C. GES-
NER.

Ouvrages, & même des Jugemens
sur quelques-uns, qu'on n'a point
dans l'Abregé ; mais encore parce
que les Abbreviateurs ont omis certaines choses que *Gesner* a rapportées,
mais qu'ils ont cru ne point faire
d'honneur aux Protestans. On en a
vû un exemple dans la Vie d'*Ulric de
Hutten* (*Tome* 15. *de ces Mémoires*,
p. 257.)

18. *Sententiarum, sive Capitum,
Theologicorum præcipue, ex sacris &
profanis Libris Græcis collectorum, di-
gestorumque in locos Communes per An-
tonium & Maximum Monachos, Tomi
tres. Abbæ Maximi, Philosophi, Con-
fessoris & Martyris, Aphorismorum seu
Capitum de perfecta charitate & aliis
Virtutibus Christianis Centuriæ quatuor.
Theophili sexti Antiochensis Episcopi de
Deo & fide Christianorum contra gentes
Institutionum Libri très ad Autolycum.
Tatiani Assyrii, Justini Martyris disci-
puli, Oratio contra Græcos. Græce. Ti-
guri* 1546. *in-fol. Eadem Latine versa.
Tiguri* 1546. *in-fol.* Gesner n'a traduit
en Latin que la premiere Partie des
Sentences du Moine *Antoine* & le
Discours de *Tatien*, auquel il a ajoûté

des Notes. Les autres verſions ſont C. GES-
de differens Auteurs. NER.

19. *Enumeratio Medicamentorum
purgantium, Vomitoriorum & alvum
bonam facientium, ordine alphabetico
deſcripta. Baſileæ* 1546. *in-8°.* Avec le
Livre d'*Antoine Muſa de Catapotiis.*

20. *Naturalis ſcientiæ totius compendium, ex Ariſtotelicis aliiſque Libris ab
Hermolao Barbaro, Patricio Veneto
confeEtum. Baſileæ* 1548. *in-8°.* Avec
l'Ouvrage intitulé : *Hieronymi Wil-
denbergii Aurimontani in pleroſque Ariſtotelis Phyſicorum Libros Epitome.*

21. *PandeEtarum, ſive partitionum
Univerſalium, qui ſecundus Bibliothecæ
univerſalis tomus eſt, Libri novemde-
cim. Tiguri* 1548. *in-fol.* Les Livres
contenus dans la Bibliotheque univerſelle, ſont ici rapportez par ordre
de Matieres ſous 19. titres differens.
Geſner avoit deſtiné le 20ᵉ. titre aux
Ouvrages de Médecine, mais il ne l'a
point donné.

22. *PandeEtarum Liber* 21. *ſive ulti-
mus de Theologia Chriſtiana. Tiguri*
1549. *in-fol.* Ce n'eſt qu'un petit volume de 90. feuillets, qui eſt ordinairement joint au reſte des Pandectes.

23. *Gesner* a eu part à l'Edition La‐
tine des Oeuvres de *Galien*, qui s'est
faite à *Basle* en 1549. *in-fol.* Il est l'Au‐
teur des argumens qui sont à la tête
des Chapitres.

24. *Historiæ Animalium Liber pri‐
mus, qui est de Quadrupedibus Vivi‐
paris, cum figuris ad vivum expressis.*
Tiguri 1551. *in-fol.*

25. *Thesaurus Evonymi Philiatri de
Remediis Secretis ; Liber Physicus, Me‐
dicus, & partim etiam Medicus &
Oeconomicus. Tiguri* 1552. *in-8°.* 2ª.
Editio. Tiguri 1558. *in-8°.* avec quel‐
ques Additions. Il fit cet Ouvrage en
faveur d'*André Gesner*, son cousin
germain, qui s'étant fait Imprimeur
dans ce temps-là, souhaittoit impri‐
mer quelque Livre de sa façon. Com‐
me il ne s'étoit pas donné le temps
d'y travailler avec soin, il n'y voulut
pas mettre son nom, & il le publia
sous celui d'*Evonymus*.

26. *Veterum aliquot Theologorum
Græcorum Orthodoxorum Libri Græci,
& iidem Latinitate donati ; quorum ple‐
rique partim Latine, partim Græce antea
non sunt editi. Tiguri* 1552. *in-fol.* Les
Ouvrages contenus dans ce Recüeil

font les fuivans : *Canones Apoftolorum,*
Veterum tredecim Sanctorum Concilio-
rum decreta, à Clemente Romano, ut
quidam putant, verfi & collecti. Ignatii
Martyris & Archiepifcopi Antiocheni
Epiftolæ duodecim, Jo. Brunero, Tigu-
rino, Interprete. Athenagoræ Athenien-
fis Philofophi Chriftiani Apologia vel
Legatio pro Chriftianis, ex Interpreta-
tione Gefneri : cum ejus annotationibus.
Ejufdem de Mortuorum Refurrectione
Liber, Petro Nannio Interprete, cum
H. Stephani Annotationibus. Æneæ
Gazæi Platonici Theophraftus, five de
animarum immortalitate, & corporum
refurrectione Dialogus, Joanne Volphio
Interprete. Cydonii de contemnenda
morte Oratio, Raphaele Seilero J. C.
Auguftano Interprete. Hermeæ Philofo-
phi irrifio Gentilium Philofophorum, eo-
dem interprete. Expofitio Capitum ad-
monitoriorum Agapeti Diaconi ad Jufti-
nianum Imperatorem, innominato In-
terprete.

27. *Catalogus rei Herbariæ fcripto-*
rum. Ce Catalogue eft à la tête du
Livre de *Jerôme Tragus, de ftirpium,*
maxime earum quæ in Germania naf-

C. Ges-
ner.

cuntur, usitatis nomenclaturis. Argento-
rati 1552. *in-4°.*

28. *De Thermis & fontibus Medica-*
tis Helvetiæ & Germaniæ Libri duo.
Dans le Recuëil *De Thermis. Venetiis*
1553. *in-fol.*

29. *Davidis Kyberi Argentinensis*
Lexicon Rei Herbariæ Trilingue, ex
variis & optimis, qui de stirpium His-
toria scripserunt, Autoribus concinna-
tum. Item Tabula Collectionum, quibus
per singulos anni menses, quæ stirpes in
singulis per Germaniam flores fructusque
ut plurimum proferant, ordine recense-
tur, per Conradum Gesnerum. Argen-
tina 1553. *in-8°.* David *Kyber,* ami
de *Gesner,* étant mort de la peste au
mois de Janvier de cette année 1553.
pendant qu'on imprimoit son Livre,
Gesner, à qui il l'avoit recommandé
avant que de mourir, prit soin d'en
faire achever l'Edition, y mit une
Préface & une Idylle Gréque à la
loüange de l'Auteur. Les Tables de
Gesner ont été réimprimées à *Zurich*
en 1587. *in-8°.* par les soins de *Gas-*
par *Wolphius,* qui y en a joint de
nouvelles, sous ce titre : *Conradi*
Gesneri Tabula de stirpibus earumque

partibus, ex Theophraſto potiſſimum C. Ges=
confecta. NER.

30. *Icones Animalium quadrupedum
Viviparorum & Oviparorum, quæ primo & ſecundo Hiſtoriæ Animalium Libris à Conrado Geſnero deſcribuntur;
cum Nomenclaturis ſingulorum Latinis,
Italicis, Gallicis, & Germanicis plerumque, per certos ordines digeſtæ. Tiguri
1553. in-fol. 17. feuil. It. auctæ & reco-
gnitæ tum alias tum multis deſcriptori-
bus & iconibus additis, quæ in Hiſtoria-
rum Libris non habentur. Tiguri 1560.
in-fol. 32. feuilles.*

31. *Hiſtoriæ Animalium Liber ſecundus, qui eſt de Quadrupedibus Ovi-
paris, cum appendice ad Quadrupedes
Viviparas. Tiguri 1554. in-fol.*

32. *Hiſtoriæ Animalium Liber ter-
tius, qui eſt de Avium natura. Tiguri
1555. in-fol.*

33. *Icones avium omnium quæ in
avium Hiſtoria deſcribuntur, cum Nomenclaturis ſingularum in linguis diver-
ſis Europæ. Tiguri 1555. in-fol. 33.
feuilles.*

34. *Enchiridion Rei Medicæ tripli-
cis. Illius primum quæ ſigna ex pulſibus
& urinis dijudicat. Deinde Therapeu-*

C. GES-*ticæ de omni morborum genere curando*
NER.   *singillatim. Tertio Diæteticæ, vel de ra-*
tione Victus, præsertim in Febribus. Ti-
guri 1555. *in-*8°. Les Ouvrages contenus dans ce Recüeil, à la tête duquel est une Préface de *Gesner,* sont
les suivans. : *De Pulsibus libellus, ex*
Galeni Libris collectus, ac veluti in
formulam redactus, incerto Autore. De
Judiciis Urinarum Tractatus ex proba-
tissimis collectus Authoribus, & in Ta-
bulæ formam confectus, adjectis etiam
causis, quæ hanc vel illam urinam red-
dant, Joanne Vasseo Meldensi Autore.
Morborum Internorum prope omnium
curatio, brevi Methodo comprehensa,
ex Galeno præcipue & Marco Gattina-
ria, per Jacobum Sylvium Medicum
selecta. De ratione victus in febribus se-
cundum Hippocratem, in genere & sin-
gillatim Libri tres, Autore Brudo, Lu-
sitano Medico.

    35. *De Chirurgia scriptores optimi*
quinque veteres & recentiores, in unum
conjuncti volumen. Tiguri 1555. *in-fol.*
Gesner, qui a donné ce Recüeil, y a
joint deux petites Pieces de sa façon,
l'une à la page 393. *Observationes de*
Medicinæ Chirurgicæ præstantia & an-
                                    tiquitate

tiquitate ad Geryonem Seilerum, Medi- C. Ges-
cum Auguſtanum ; l'autre à la page ner.
395. Enumeratio Alphabetica illuſ-
trium, qui rem Chirurgicam vel ſcriptis
vel artis uſu excoluerunt. On peut voir
dans la Bibliotheque Gréque de *Fa-*
bricius , tom. 12. p. 706. la Liſte des
Ouvrages contenus dans ce volume.

36. *De raris & admirandis Herbis*
quæ ſive quod noctu luceant, ſive alias
ob cauſas ; Lunariæ nominantur, Com-
mentariolus ; & obiter de aliis etiam
rebus quæ in tenebris lucent. Inſeruntur
& Icones quædam Herbarum novæ. Deſ-
criptio Montis Fracti, ſive Montis Pilati,
juxta Lucernam in Helvetia. His accedunt Joh. *du Choul G. F. Lugdunenſis*
Pilati Montis in Gallia deſcriptio ; Joan-
nis Rhellicani Stockhornias , quâ Stock-
hornus mons altiſſimus in Bernenſium
Helvetiorum agro verſibus Heroicis deſ-
cribitur. Tiguri 1555. in-4°. L'Ouvrage de *Gesner, De raris & admirandis*
Herbis, &c, a été réimprimé avec celui de *Thomas Bartholin , de Luce*
Hominum & Brutorum. Haſniæ 1663.
& 1669. *in-8°.*

37. *Mithridates, ſive de differentiis Lin-*
guarum, tum Veterum, tum earum quæ

*hodie apud diversas Nationes in toto orbe
terrarum in usu sunt observationes. Tiguri* 1555. *in-8°. It. Caspar Waserus
recensuit, & libello Commentario illustravit. Tiguri* 1610. *in-8°.* Gesner a
prétendu faire voir dans cet Ouvrage
en quoi toutes les Langues anciennes
& modernes, mortes & vivantes,
s'accordent ou different entre elles,
pour tâcher, ou de faciliter la connoissance de chacune en particulier,
ou de trouver par le résultat qui s'en
formeroit, une espece de langage
commun à toutes les Nations, pour
le bien & la communication du
genre humain ; mais il faut avoüer
qu'il a entrepris une chose qui étoit
au-dessus de ses forces.

38. *Sanitatis tuendæ Præcepta, Lit-
teratis præcipue, & qui minus exercen-
tur necessaria. Contra Luxum Convi-
viorum. Contra notas Astrologicas Ephe-
meridum de secandis Venis. Tiguri* 1556.
& 1562. *in-8°.*

39. *Cl. Æliani Monumenta quæ
extant omnia Græce & Latine. Tiguri*
1556. *in-fol.* Gesner n'a fait dans cette
Edition que traduire quelques endroits de l'Histoire des Animaux,

que *Pierre Gilles*, dont il donne la
Version, n'avoit pas traduits.

40. *P. Ovidii Nasonis Halieuticon hoc est, de Piscibus libellus, multo quam antehac emendatior, & scholiis illustratus. Emendantur & Plinii aliquot loca. Accedit Aquatilium animantium enumeratio, juxta Plinium, emendata & explicata ordine Alphabetico. Eorum nomina Germanica eodem ordine. Tiguri* 1556. *in-*8°.

41. *De Stirpium aliquot nominibus vetustis, cujusmodi sunt Martyras, Moly, Oloconitis, Doronicum, Bulbocastanum, Granum Alzelin vel Habbaziz, & alia complura. Epistolæ duæ.* 1ª. *Melchioris Guilandini.* 2ª. *Conradi Gesneri. Cum novis iconibus tribus. Basileæ.* 1557. *in-*8°.

42. *M. Antonini Imperatoris Romani & Philosophi de seipso, seu vita sua Libri XII. Gulielmo Xylandro Interprete, & Marini Neapolitani Liber de Procli vita & felicitate, Interprete Anonymo. Græce & Latine. Tiguri* 1558. *in-*8°. *Gesner* n'est que l'Editeur de ces Ouvrages.

43. *Historia Animalium Liber quartus, qui est de Piscibus & Aquatilibus,*

C. Ges- *cum iconibus. Tiguri* 1558. *in-fol.* Ges-
NER. *ner* dédia cet Ouvrage à l'Empereur
Ferdinand I. qui en fut si content,
qu'il voulut s'entretenir avec lui à
Augsbourg, & qu'il lui donna pour
Armes un Aigle, un Lyon, un Basi-
lic, & un Dauphin avec une Cou-
ronne sur la tête.

44. *Hannonis Carthaginensium Ducis
navigatio, qua Maximam Libycæ oræ
partem ultra Herculis columnas lustra-
vit, è Græco Sermone in Latinum conversa, adjectis etiam scholiis. Tiguri*
1559. *in-8°.* avec la Description de
l'Afrique de *Leon l'Africain.*

45. *Xenocratis de alimento ex aquatilibus libellus, Græce & Latine, cum
scholiis. Tiguri* 1559. *in-8°.* A la suite
du Livre de *Janus Dubravius, De
Piscinis & Piscium qui in eis aluntur
naturis.*

46. *Icones animalium Aquatilium in
mari & dulcibus aquis degentium, plus
quam* 700. *cum Nomenclaturis singulorum Latinis, Græcis, Italicis, Hispa-
nicis, Gallicis, aliisque interdum. Tiguri* 1560. *in-fol.* Gesner n'a rien ou-
blié pour s'instruire à fond de l'Histoire des Animaux : il fit pour cela

plufieurs voyages en Italie , en Alle- C. Ges-
magne & ailleurs , & l'Auteur de fa ner.
Vie nous apprend qu'il demeura un
mois à *Venife* , feulement pour y voir
& faire deffigner les poiffons qui s'y
trouvent. Il auroit même entrepris
des voyages plus fréquens & plus
longs , fi fes facultez le lui avoient
permis , tant il avoit d'ardeur pour
perfectionner l'Hiftoire naturelle.

47. *Hiftoria & interpretatio prodigii ,
quo cœlum ardere vifum eft per plurimas
Germaniæ Regiones ineunte anno* 1551.
*die tertio à Natali Dominico ; deque
aliis quibufdam prodigiis veteribus ac
novis. Tiguri* 1561. *in-*8°. Il donna cet
Ouvrage fous le nom de *Conrad Bo-
lovefus.*

48. *Præfatio de Lingua Germanica
ejufque Dialectis.* A la tête du Dictionnaire Allemand & Latin de *Jofué
Rictorius* imprimé à *Zurich* en 1561.
*in-*4°.

49. *Valerii Cordi Simefufii Annotationes in Pedacii Diofcoridis Anazarbei
de Medica Materia Libros quinque ,
longe aliæ quam antehac funt evulgatæ.
Hiftoriæ Stirpium Libri quatuor pofthu-
mi , nunc primum in lucem editi , adjec-*

H h iij

C. GES- *tis etiam Stirpium iconibus , & breviffi-*
NER. *mis annotatiunculis. Sylva qua rerum*
foffilium in Germania plurimarum , Me-
tallorum , Lapidum , & Stirpium ali-
quot rariorum notitiam breviffime perfe-
quitur , numquam hactenus vifa. De
artificiofis Extractionibus Liber. Com-
pofitiones Medicinales aliquot non vul-
gares. His accedunt Stochornii & Neffi
in Bernatium Helvetiorum ditione Mon-
tium , & nafcentium in eis Stirpium Def-
criptio Benedicti Aretii. Item Conradi
Gefneri de Hortis Germania Liber recens,
una cum defcriptione Tulipæ Turcarum ,
Chamæcerafi Montani , Chamæmefpili ,
Chamænerii , Conizoidis. Omnia fummo
studio atque industria Conradi Gefneri
collecta , & Præfationibus illuftrata.
Tiguri 1561. in-fol.

50. *De Galeni Vita , ejufque Libris*
& Interpretibus Prolegomena. A la tête
de l'Edition Latine des Oeuvres de
cet Auteur , faite à *Bafle* en 1592.
in-fol.

51. *Caffii Jatrofophiftæ Medicinales*
& Naturales Quæstiones 84. *circa homi-*
nis Naturam & Morbos aliquot , Con-
rado Gefnero Interprete , nunc primum
in lucem editæ. Eædem Græce , longe
quam antehac caftigatiores , cum Scho-

liis quibuſdam. His accedit Catalogus C. GES-
Medicamentorum ſimplicium & parati- NER.
lium, quæ peſtilentiæ veneno adverſan-
tur; Autore Antonio Schnebergero, Ti-
gurino. Tiguri 1562. *in-8°.*

52. *Santis Ardoyni Piſaurenſis Me-*
dici de Venenis Libri octo ; cum tribus
ejuſdem argumenti Ferdinandi Ponzetti
Cardinalis. Baſileæ 1562. *in-fol. Geſner*
n'a eu d'autre part à ces Ouvrages
que d'en procurer la réimpreſſion.

53. *Conradi Geſneri de Libris à ſe*
editis Epiſtola ad Gulielmum Turnerum
Theologum & Medicum in Anglia. Ti-
guri 1562. It. à la ſuite de ſa Vie par
Joſias Simler. Tiguri 1566. *in-4°.*

54. *C. Geſneri de Anima Liber ſen-*
tentioſa brevitate, veluti per tabulas &
aphoriſmos ut plurimum conſcriptus.
Tiguri 1563. *in-8°.*

55. *Jodoci Willichii Ars Magirica.*
Tiguri 1563. *in-8°.* C'eſt par les ſoins
de *Geſner* que cet Ouvrage a été publié; & il eſt l'Auteur de la Préface.

56. *De omni rerum foſſilium genere*
Gemmis, Lapidibus, Metallis & hujuſ-
modi, Libri aliquot, plerique nunc pri-
mum editi. Joannis Kentmanni Dreſden-
ſis Medici Nomenclaturæ rerum foſſi-

C. GES-
NER.

lium, quæ in Misnia præcipue , & aliis quoque regionibus inveniuntur. Ejusdem Calculorum , qui in corpore ac membris hominum innascuntur, genera 12. depicta descriptaque cum Historiis. De Metallicis rebus ac nominibus Observationes variæ ex schedis Georgii Fabricii. Severini Goebelii Medici de succino Libri duo, prior Theologicus, posterior Physicus & Medicus , cum Corollario Gesneri. Valerii Cordi de Halosanto seu spermate Ceti Liber , cum Corollario Gesneri. S. Epiphanii Episcopi Cypri de duodecim Gemmis quæ erant in veste Aaronis Liber Græcus & Latinus, cum Corollario Gesneri. Francisci Ruei Medici Insulani de Gemmis aliquot , iis præsertim, quarum Joannes in Apocalypsi meminit , & aliis quarum usus hodie apud omnes percrebuit Libri duo. C. Gesneri de rerum fossilium, Lapidum & Gemmarum maxime , figuris & similitudinibus Liber. Tiguri 1555. in-8o.

57. Pedacii Dioscoridis ad Andromacum , hoc est de Curationibus Morborum per medicamenta paratu facilia Libri duo Græce & Latine. Partim à Johanne Moibano , Medico Augustano , partim vero post hujus mortem à

Conrado Geſnero in Linguam Latinam C. GES-
converſi : adjectis ab utroque Interprete NER.
Symphoniis Galeni aliorumque Græco-
rum Medicorum. Argentinæ 1565.
in-8°.

58. *Moſchionis de Muliebribus affec-*
tibus Liber unus ; cum Conradi Geſneri
Scholiis & emendationibus, nunc pri-
mum editus Græce opera Caſpari Wol-
phii , Tigurini. Baſileæ. 1566. *in-4°.*

59. *Evonymus de Remediis ſecretis,*
Liber ſecundus : nunc primum opera
Caſpari Wolphii in lucem editus. Ti-
guri 1569. *in-8°.* It. *Francofurti* 1578.
in-8°.

60. *Epiſtolarum Medicinalium Libri*
tres. His acceſſerunt Aconiti primi Dioſ-
coridis aſſeveratio , & de Oxymelitis
Elleborati utriuſque deſcriptione & uſu
libellus. Omnia nunc primum per Caſ-
parum Wolphium in lucem data. Tiguri
1577. *in-4°.*

61. *Menſuræ apud veteres Græcos &*
Latinos ſcriptores uſitatæ Liquidorum &
Aridorum. Tiguri 1584. *in-8°.* Avec le
Livre de *Dominique Maſſari, de Ponde-*
ribus & Menſuris Medicinalibus.

62. *Achillis Pirminii Gaſſari Apho-*
riſmorum Hippocratis Methodus nova ,

C. GES-   *primum quinque Libris distincta ; Con-*
NER.   *radi Gesneri vero opera illustrata. Huic*
accedunt præterea libelli de re Medica
aliquot prius non editi. Omnia nunc pri-
mum opera Casparis Wolphii. Sangalli.
1584. *in-8°.*

63. *Physicæ Meditationes, Scholia*
& *Annotationes in aliquot Libros Aris-*
totelis, quinque Libris. Tiguri 1586.

64. *Tabula de Stirpium Collectione.*
Tiguri 1587. *in-8°.*

65. *Historiæ Animalium Liber quin-*
tus, qui est de serpentum Natura. Ex
variis schedis & *Collectaneis Conradi*
Gesneri compositus per Jacobum Carro-
num. Adjecta est ad Calcem scorpionis
insecti Historia à Casparo Wolphio, ex
ejus Paralipomenis conscripta. Tiguri
1587, *in-fol.* L'Histoire des Animaux
de *Gesner* a été réimprimée à *Franc-*
fort l'an 1604. en cinq vol. *in-fol.*

66. *Epistolæ hactenus non editæ.* A la
suite du Livre de *Jean Banhin*, intitulé : *De Plantis à Divis Sanctisque*
nomen habentibus. Basileæ 1591. *in-8°.*

V. *Vita Conradi Gesneri conscripta*
à Josia Simlero. Item Epistola Gesneri de
Libris à se editis. Tiguri 1566. *in-4°.*
Melchior Adam Vitæ Philosophorum.

Freheri Theatrum Virorum Doctorum; C. Ges-
ce qu'en diſent ces deux Auteurs eſt NER.
copié de *Simler. Pantaleonis Proſopo-
graphia lib.* 3. *Icones Virorum illuſtrium,*
tom. 4. p. 131. *Les Eloges de M. de
Thou & les Additions de Teiſſier.* Tout
cela vient de la même ſource. *La Bibliotheque de Geſner & ſes Epitomes.
Ghilini Theatro d'Huomini Letterati,*
tom. 1. p. 40. *Lorenzo Craſſo Elogii,*
tom. 1. p. 26. Ces deux Auteurs ne
méritoient gueres d'être citez ; car ce
qu'ils diſent de *Geſner* eſt très-ſuperfi-
ciel & très-peu exact.

CLAUDE POCQUET
DE LIVONNIERE.

CLAUDE *Pocquet de Livonniere* C. Poc-
naquit en 1652. de *Guillaume* QUET.
Pocquet, Bourgeois d'*Angers,* & de
Marie Quentin, qui mourut en cou-
che, après l'avoir mis au monde. *Menage* s'eſt trompé en l'appellant *Pau-
quet :* (a) Le nom de ſa famille s'eſt
toûjours écrit *Pocquet* ; & c'eſt ainſi

(a) *Rémarques ſur la Vie de Guillaume
Menage,* p. 490.

C. Poc- que s'écrivoit celui d'un de ses Ancê-
QUET. tres, *Jean Pocquet*, Officier de la Gar-
derobbe de *René le Bon*, Roy de Sici-
le, dans le 15ᵉ. siécle.

Claude Pocquet fit ses études à *Angers*
dans le College des Prêtres de l'Ora-
toire, & il s'y distingua par son application & par ses progrès. Il réüssit
principalement dans la Poësie jusqu'à
un point de faire une fois en un seul
jour un Poëme sur le Corail, par
l'ordre du P. *Hubert*, son Regent,
qui augura par-là ce qu'il devien-
droit un jour.

Ayant eu le malheur de perdre son
pere à l'âge de 14. ans, il fut émanci-
pé à la requête de ses parens, qui
lui trouverent l'esprit assez meur
pour pouvoir se décharger du soin de
sa tutelle.

Bien loin d'abuser de l'état de liberté où il se vit alors, il se conduisit
d'une maniere si sage & si reglée,
que les peres le proposoient ordinairement pour modele à leurs enfans.

Après avoir fait sa Philosophie,
sur laquelle il soutint des Theses
avec applaudissement, il passa à

l'étude du Droit, qui l'occupa pendant quelque temps.

Il la quitta pour prendre le parti des armes, & entra dans le ſervice, où il ſe ſignala par ſon courage, & où il n'auroit pas manqué de s'avancer, ſi l'amour des ſciences & de l'étude, joint à quelques raiſons particulieres, ne l'euſſent déterminé à reprendre ſes premieres vûës, & à ſe rendre au Barreau, auquel ſes diſpoſitions & ſes talens ſembloient l'appeller.

Dès qu'il eut prêté le ſerment d'Avocat au Parlement, il ſe mit en devoir de ſe diſtinguer dans ſa profeſſion, & s'appliqua avec tant d'aſſiduité à l'étude de la Juriſprudence Françoiſe, qu'il ne quittoit ordinairement ſon travail qu'à minuit, & le reprenoit de grand matin.

Ses premiers eſſais furent des coups de maître. Il plaida la premiere fois contre un des plus ſçavans Juriſconſultes, *Denis le Brun*, ſi connu par ſes Traitez des Succeſſions, & de la Communauté.

La lecture de *Quintilien* inſpira alors à *Pocquet* un deſſein, qu'il exe-

C. Poc-
QUET.

cuta en très-peu de jours ; ce fut les
Portraits des Avocats les plus fameux
du Parlement de *Paris*. Il y donna la
seconde place à M. *le Haguais*, qui a
été depuis Avocat Genéral à la Cour
des Aydes, dont le mérite n'étoit pas
alors si genéralement connu qu'il le
fut dans la suite ; ce qui fit beaucoup
de jaloux, lorsque l'Ouvrage se fut
répandu dans le Barreau contre l'in-
tention de l'Auteur, par les soins de
M. de *la Tousche*, célebre Avocat,
son cousin, chez lequel il logeoit ;
mais ce qui fit en même temps la réputation de M. *le Haguais* & celle de
M. *de Livonniere*. Cependant comme
il n'avoit pas dissimulé les défauts de
quelques Avocats en même temps
qu'il relevoit leurs bonnes qualitez,
il supprima autant qu'il put ces Portraits ; & son fils aîné fut obligé dans
la suite pour en avoir une copie, de
s'adresser à M. *Pinsson*, dont le Cabinet étoit riche en ces sortes de Pieces anecdotes.

Après plusieurs années de séjour à
Paris, l'amour de la Patrie le rappella à *Angers* en 1680. & le fit ainsi renoncer aux esperances d'une fortune

brillante que fa réputation lui promettoit.

Il délibera d'abord s'il y prendroit
un Office d'Avocat du Roy, ou un
de Confeiller. Le premier étoit plus
de fon goût, & convenoit fort au talent de la parole qu'il poffedoit; mais
il fe détermina au fecond par le confeil de fes amis.

Dès qu'il fut fur les Fleurs de Lys,
on fentit la fuperioté de fon genie &
de fes lumieres. C'eft ce qui le fit
choifir en 1684. pour affifter avec
trois des plus anciens Confeillers du
Prefidial d'*Angers*, à une Conference
qui fe tint alors chez M. *de Harlay*,
Procureur General du Parlement,
pour regler les differends, qui étoient
entre le Prefidial & la Prevôté d'*Angers*. C'étoit une affaire qui duroit
depuis plus de dix ans, & dans laquelle il y avoit plus de foixante
Chefs de conteftation. *Pocquet de Livonniere*, qui étoit chargé de porter
la parole, s'en acquita avec tant de
dexterité & de fçavoir, qu'il gagna
fur tous les Chefs, à la réferve d'un
feul. L'Arrêt rendu en cette caufe
eft du 9. Août 1684.

C. Poc-
QUET.

La réüffite de cette affaire lui fit beaucoup d'honneur, & le fit choifir dans la fuite pour la conduite de celles qui étoient de quelque importance. Telle fut celle de la tranflation de l'Hôpital Général d'*Angers* à *l'Eviere*, Prieuré de l'Ordre de S. *Benoît*, que tous les Ordres de la Ville défiroient ardemment.

Mais s'il n'y réüffit pas par le crédit de ceux qui s'y oppofoient, il eut du moins occafion, dans le voyage qu'il fit à *Paris* pour ce fujet, de fe faire connoître à M. le Chancelier *Boucherat*, d'une maniere qui lui fut avantageufe. Car la Chaire de Profeffeur du Droit François à *Angers*, étant venuë à vaquer pendant fon féjour à *Paris*, par la mort de M. *Verdier* ; & Meffieurs du Parquet ayant prefenté à M. le Chancelier, fuivant la coûtume, la Lifte de trois fujets dignes de remplir cet Office, parmi lefquels étoit *Claude Pocquet*, avec cette Note à côté de fon nom : *Nous connoiffons par nous-mêmes le mérite du Sieur Pocquet ;* ce Magiftrat ne balança pas à l'y nommer. Ce qui lui fut d'autant plus glorieux qu'il avoit
des

des Compétiteurs très-habiles & fort
accréditez.

Quoique l'étude de la Juriſprudence l'eut toûjours occupé juſques-
là, il lui fallut redoubler ſes travaux
pour s'acquiter des fonctions de ſa
Charge de Profeſſeur, d'une maniere
qui répondît à ſa grande réputation.
Mais ces travaux lui cauſerent peu à
peu un épuiſement qui l'obligea à
abandonner l'étude. Jamais homme
ne fut plus deſolé qu'il le fut alors, de
ſe voir hors d'état de travailler pour
le public, & d'être utile à ſa Patrie.

Il reprit cependant ſes forces;
mais ſon amour pour l'étude ne lui
permit pas de demeurer dans l'état
d'inaction, qui pouvoit ſeul les lui
conſerver. Dès qu'il vit ſa ſanté un
peu affermie, il ſe rengagea de nouveau dans le travail, & ſe procura
par-là une rechute plus mauvaiſe que
ſon premier accident.

N'étant plus alors en état de remplir ſa Charge de Profeſſeur, il ra-
pella de *Paris* ſon fils aîné, qui tâchoit de ſuivre ſes traces, en mar-
chant dans la même carriere que lui,
& en fit d'abord en 1711. ſon Subſti-

C. Poc-
QUET.

tut ; jufqu'à l'an 1 7 2 0. qu'il le
pourvoir de cet Office.

La Jurifprudence ne l'occupa pas
tellement qu'il en oubliât entierement les Belles-Lettres ; il fçavoit
qu'elles font utiles à toutes fortes de
perfonnes , & que la Jurifprudence
même en tire fouvent des lumieres ;
c'eft pour cela qu'il fe faifoit un
plaifir de s'en occuper dans les mo-
mens que fes emplois lui laiffoient
libres , & qu'il y cherchoit un délaf-
fement après des travaux plus férieux.

Lorfque le Corps de Ville d'*Angers*
forma le deffein d'établir une Académie Royale , il fut chargé d'aller en
Cour en folliciter l'établiffement par
des Lettres Patentes , qui lui furent
accordées au mois de Juin 1685. Ce
fut même lui qui en dreffa les Statuts,
qui fit la Lifte des Académiciens de
la premiere Nomination , & qui prononça l'Eloge funébre du premier
qui mourut. Après en avoir été Directeur & Chancelier , il en devint
Secretaire perpétuel ; & eut alors
occafion de faire admirer dans fes
Regiftres fa fageffe & fon exactitude.

Il animoit les exercices Académi- C. Poe-
ques, & il forma avec un de ses amis, QUET.
M. l'Abbé *Leger*, alors Grand Archidiacre d'*Angers*, & depuis Chanoine
de la Sainte Chapelle, une de ces
Guerres Civiles, qui renfermées dans
de certaines bornes, peuvent être
très-utiles dans la République des
Lettres. Quand l'un d'eux avoit lû
dans une Assemblée quelque Disser-
tation, l'autre y en apportoit dans la
huitaine une autre pour la combatre,
mais avec toute la politesse qu'exi-
gent l'amitié & la confraternité.

Il travailla en 1688. pour le prix
de l'Eloquence proposé par l'Académie de *Villefranche*, & il le remporta
par un Discours, dans lequel il se
proposa de montrer que *les Academies de Belles-Lettres font non seulement
établies pour apprendre à bien parler,
mais encore pour apprendre à bien vivre.*
Cette Académie ne se contenta pas
de lui envoyer la Médaille propo-
sée, elle l'accompagna encore d'un
Brevet d'Academicien.

Il fut plusieurs fois Recteur de
l'Université d'*Angers*, & il prononça
dans ces occasions des Discours qui

C. Poc-
QUET.

par leur éloquence & leur solidité
mériterent toûjours des applaudisse-
mens.

Il a été aussi Echevin de la Ville
d'*Angers* ; mais il n'est jamais parvenu
à la Charge de Maire qu'il n'a point
ambitionnée ; & quoique ses Notes
sur la Coûtume d'Anjou valent bien
celles de *Choppin*, l'Hôtel de Ville
rempli alors de gens jaloux de son
mérite & de sa réputation, ne lui a
pas fait le même honneur qu'à *Choppin*, qui étoit de le faire Conseiller
honoraire, lui & ses enfans.

Toutes ses occupations ne l'empê-
choient point d'être en liaison avec la
plûpart des Sçavans de son-temps, &
d'avoir avec eux un commerce de
Lettres assez reglé. Sa facilité le faisoit suffire à tout. Il dictoit souvent
deux ou trois heures, sans changer
un seul mot dans ce qu'il avoit dicté,
lorsqu'il le relisoit ; & de quelque
consideration que fût la personne à
qui il écrivoit, il ne faisoit jamais
de projet ou de modele de ses Lettres.

Les qualitez du cœur n'étoient
point en lui moins estimables que

celles de l'esprit. L'honnête homme C. Poc-
& le parfait chrétien entroient dans quet.
son caractere. Ami fidéle, il alloit
au-devant de tout ce qui pouvoit
faire plaisir à ceux qui le touchoient
par les liens de la confraternité, du
sang, & de l'amitié ; malheureux
seulement de n'avoir pas éprouvé de
leur part tout le retour qu'il pouvoit
en esperer. Attaché scrupuleusement
au moindre de ses devoirs, il ne né-
gligeoit rien, & étendoit à tout son
exactitude.

Sa santé ne lui permettant plus dans
ses dernieres années de se livrer au
public, il se réduisit à donner des
conseils aux pauvres, & à se rendre
l'arbitre de leurs differends.

Il a été la victime de son bon cœur
& de l'ingratitude. S'il avoit eu
moins de generosité, ou si ceux qu'il
obligeoit eussent eu plus de recon-
noissance, ses jours auroient pû s'é-
tendre plus loin. Il avoit évité toute
sa vie les Procès ; mais il s'y vit enfin
engagé malgré lui. Le nombre des
Parties qu'il eut alors sur les bras ; les
differentes chicanes ausquelles il fut
exposé ; la multitude des incidens

C. Poc-
quet.

qu'on fit naître, l'accablérent de leur poids & le conduifirent au tombeau, malgré la joye que dut lui caufer le gain de ce Procès.

Il mourut à *Paris* où il étoit venu pour ce fujet, le 31. May 1726. âgé de 74. ans, & fut enterré dans l'Eglife de S. *Severin.*

Il avoit époufé *Renée Quatrembat*, fille d'*André Quatrembat*, & de *Renée Firain*, tous deux de familles ancien- nes d'Anjou ; & il en a eu neuf en- fans ; trois fils ; l'aîné, qui lui a fuc- cedé dans la Chaire de Droit Fran- çois ; le fecond, qui eft Docteur de Sorbonne & Chanoine de l'Eglife Cathedrale d'*Angers* ; le troifiéme, qui eft Confeiller au Prefidial de cet- te Ville ; & fix filles, dont une feule- ment a été mariée ; les autres fe font faites Religieufes ; trois dans l'Ordre de la Vifitation, & deux dans celui des Urfulines.

Claude Pocquet eut bien de la peine à fe déterminer à donner fes Ouvra- ges au public, & il fallut plus de vingt années avant que de l'engager à publier fes obfervations fur *du Pi- neau : Vous ferez*, difoit-il à fon fils

aîné , *ce que vous voudrez après moi ; je* C. Poc-
redoute la qualité d'Auteur. C'eſt pour Quet.
cela qu'on a perdu ſes Diſcours Académiques , ſes Cahiers de Droit , ſes
Conſultations , dont il ne gardoit
pas même de double. Les ſeuls Ouvrages qu'on ait de lui ſont les ſuivans.

1. *Eloge de M. Pageau , Avocat ;*
inſeré dans le *Mercure.*

2. *Coûtume du Païs & Duché d'An-*
jou , conferée avec les Coûtumes voiſi-
nes , & corrigée ſur l'ancien Original
manuſcrit , avec le Commentaire de M.
Gabriel du Pineau. Nouvelle Edition
revûë , corrigée & augmentée , par M.
Claude Pocquet de Livonniere. Paris
1725. in-fol. 2. vol. Les Additions
que M. de *Livonniere* a faites à l'Ouvrage de *du Pineau* ſont ſçavantes &
curieuſes. On peut voir ce qui en a
été dit dans l'article de ce dernier ,
Tome 14. de ces Mémoires , p. 72.

3. *Traité des Fiefs. Paris 1729. in-4°.*
Quoique l'Auteur dans cet Ouvrage , qui eſt fort eſtimé , traite des
Fiefs en genéral , il s'eſt propoſé pour
objet principal ce qui ſe pratique à
leur égard dans les Coûtumes d'An-

C. Poc- jou & du Maine , avec lesquelles il
QUET.   compare les autres Coûtumes. Ainsi
il est également utile pour tout le
monde.

4. *Regles du Droit François.* Paris
1730. *in-*12. Quoique cet Ouvrage
porte le nom de *Claude Pocquet de
Livonniere* , il n'est pas proprement
de lui ; il y a eu seulement quelque
part , comme je l'apprends d'une
Lettre de M. *Pocquet* , son fils aîné.
» C'est moi , dit ce Sçavant Profes-
» seur en Droit François , qui par le
» conseil de mon pere fit le plan de
» ces Regles ; il me fit lire pour cela
» toutes les Coûtumes du Royaume.
» Je lui en presentai quatre ans après
» la premiere esquisse ; il la corrigea ,
» me fit remettre la main de nouveau
» à cette ébauche , & y mit lui-même
» la derniere. Il porta l'Ouvrage à
» *Paris* dans son dernier voyage , &
» Messieurs *Berroyer* , *Freteau* & quel-
» ques autres firent avec lui une revi-
» sion du premier Livre seulement.
» *Coignard* s'en empara & l'a mis sous
» presse à mon insçu , & a allegué
» faussement dans l'Avertissement,
» qu'il l'avoit confié à un ami. « Les
Regles

Regles contenuës dans ce Volume, C. Poc-
ſont d'une grande utilité, tant pour QUET.
les commençans, qui peuvent y apprendre les premiers principes du
Droit, que pour les gens conſom-
mez, qui peuvent par leur moyen ſe
rappeller leurs premieres études; &
même pour ceux qui n'étant point
Juriſconſultès peuvent y trouver du
premier coup d'œil, les ſources ori-
ginales, où ſont les preuves d'une
propoſition favorable.

*Cet article eſt tiré de quelques Mé-
moires qui m'ont été fournis par M. Pocquet Profeſſeur en Droit François, ſon
fils.*

A N D R E' D U D I T H.

A N D R E' *Dudith,* ſurnommé A. Du-
Sbardellat, du nom de ſa mere, DITH.
naquit à *Bude* en Hongrie, ou dans
un Château voiſin de cette Ville le 6.
Fevrier 1533. de *Jerôme Dudith,* Gentilhomme Hongrois, & de *N. Sbardellat,* noble Venitienne.

A peine fut-il ſorti de l'enfance,
qu'on remarqua en lui un eſprit vif;

A. Du- une imagination feconde ; une mé-
DITH. moire heureufe, & tous les autres
talens néceffaires pour réüffir dans les
fciences. Comme il étoit né d'un
pere Catholique, il fut élevé dans
la Communion de l'Eglife Romaine,
& on affûre que jamais perfonne
n'eut plus de zéle pour fa Religion,
& plus d'averfion pour celle des Proteftans, que *Dudith* en témoigna pendant les premieres années de fa vie.
Auffi eut-il pour Maître dans fon
éducation, *Auguftin Sbardellat*, fon
oncle maternel, qui étoit alors Evêque de *Vatfen*, ou *Veitzen*, & qui
fut depuis Archevêque de *Strigonie.*

Cet oncle voyant la Hongrie trop
agitée par les Guerres, pour que fon
neveu pût s'y appliquer tranquille-
ment à l'étude, l'envoya à *Breflau*,
où il fit fes Humanitez, & apprit la
Langue Allemande.

Il paffa enfuite à la Cour de *Vienne*,
d'où après quelque féjour il partit
pour l'Italie.

Il demeura quelque temps à *Padoue*, à *Venife*, & en d'autres Villes
du Païs, & il y eut pour Maîtres, ou
pour amis, *Paul Manuce*, *François*

Robortel, *Charles Sigonius*, *Onuphre* A. Du-
Panvini, & *Pierre Vettori*. Il fit de si DITH.
grands progrès sous *Manuce*, que ce
fameux Maître, qui connoissoit si
bien ses disciples, se faisoit souvent
un plaisir de parler avantageusement
de lui dans les Lettres qu'il écrivoit
aux Sçavans, & de le leur representer
comme un des plus grands génies du
siécle.

Son Auteur favori étoit *Ciceron*,
dont il fut un si grand admirateur,
& un partisan si zelé, qu'il écrivit
par trois fois, de sa propre main,
tous ses Ouvrages, pour s'imprimer
davantage ses pensées dans l'esprit,
& pour prendre plus facilement son
stile.

Etienne Bathori, qui fut depuis Roy
de Pologne, étoit à *Padoue* dans le
temps que *Dudith* y demeuroit, & il
se forma alors entre eux une jalousie
& une haine secrette, qui ne fit que
s'accroître avec le temps.

Dudith en quittant l'Italie vint à
Paris, où il s'appliqua à la Philoso-
phie sous *François Vicomercato*, à la
Langue Gréque sous *Ange Caninio*,

A. Du-
DITH.
& à l'Hebreu & aux autres Langues Orientales, sous *Jean Mercier.*

Instruit suffisamment dans toutes ces sciences, il retourna en Hongrie, d'où son oncle le renvoya quelque temps après à *Padoue*, pour y étudier en Droit; ce qu'il fit sous *Gui Pancirole*, qui y professoit alors. Il demeura en cette Ville, jusqu'à ce que le Cardinal *Polus*, qui avoit conçu de l'amitié pour lui, ayant été nommé Legat en Angleterre, il y passa avec lui en 1554.

Après avoir demeuré plus d'une année dans ce Royaume, il alla revoir de nouveau sa Patrie, où il fut aussi-tôt pourvû de la Prevôté d'*Overbaden*, & d'un Canonicat de *Strigonie.*

Le goût qu'il avoit pour les voyages ne lui permit pas de faire un long séjour en Hongrie. Il retourna bientôt après pour la troisiéme fois en Italie, & ce fut dans ce voyage qu'il traduisit en Latin le Jugement de *Denys d'Halicarnasse* sur l'Histoire de *Thucydide*, & qu'il commença plusieurs autres Ouvrages.

Ayant été à *Florence*, il alla fa- A. Du=
lüer le Grand Duc, qui fachant qu'il DITH.
avoit deffein de paffer en France, le
chargea de Lettres & de complimens
pour la Reine *Catherine de Medicis*:
complimens qu'il lui fit fi bien en
Langue Italienne, que cette Princeffe en fut furprife, ne pouvant pas
comprendre comment un étranger,
& principalement un Hongrois,
pouvoit dire de fi belles chofes en
Italien & avec tant de facilité. Auffi
nous dit-on à ce fujet, qu'outre qu'il
n'y eut point de fcience dans laquelle
il n'eût pénetré, & dont il ne parlât
d'une maniere qui le faifoit admirer,
il fçavoit encore differentes Langues,
& les parloit avec autant de facilité
que fa Langue maternelle.

Il fe rendit enfuite en 1560. à la
Cour de *Vienne* ; & il y eut, peu de
temps après fon arrivée, entrée au
Confeil. L'Empereur *Ferdinand I.* lui
donna auffi l'Evêché de *Tina*, en Dal-
matie, dans l'adminiftration duquel
il fe conduifit avec tant de prudence,
qu'il fut deux ans après député au
Concile de *Trente*, par le Clergé de
Hongrie.

Kk iij

A. Du- Il arriva en cette Ville le 9. Janvier
DITH. 1562. & fut reçu dans la Congrégation du 6. Avril suivant, dans laquelle il fit un discours très-éloquent,
qui fut écouté avec tant de plaisir,
qu'on ne songea point qu'il avoit
rempli toute la Seance, qui étoit
destinée à des affaires importantes,
comme le témoigne le Cardinal *Pal-*
lavicin.

   Il en fit le 16. Juin un autre qui ne
fut pas si bien reçu. Le premier n'a-
voit roulé que sur des choses fort
generales ; mais dans celui-ci il insi-
sta beaucoup sur la Concession du
Calice, quoiqu'on eût résolu de n'en
point parler alors, & toucha quelque
chose de la Residence ; matiere qui
déplaisoit à beaucoup de Prélats.
Ces deux discours ont été imprimez.

   Il prononça encore le 8. Decembre
le Panegyrique de *Maximilien II.* qui
venoit d'être élu Roy des Romains,
& quitta peu après le Concile. On
prétend que les Legats apprehendant
qu'il n'entraînât, par son éloquence
& par ses raisons, une bonne partie
des Peres dans ses sentimens, écrivi-
rent au Pape que *Dudith* étoit dange-

reux, & qu'on feroit bien de le faire   A. Du-

ſortir de *Trente* ; que le Pape entra DITH.

dans les allarmes de ſes Legats, &

qu'il écrivit à l'Empereur pour le

ſolliciter de rappeller *Dudith.* Quoi-

qu'il en ſoit de ce fait, l'Empereur le

rappella, & lui donna à ſon retour

l'Evêché de *Chonad*, en Hongrie. Il

l'envoya auſſi en Ambaſſade en Po-

logne auprès du Roy *Sigiſmond Au-*

guſte, & le transfera après ce voyage,

à l'Evêché de *Cinq-Egliſes.*

Ce Prince étant mort en 1564.

Maximilien II. ſon fils & ſon ſuccesſ-

ſeur, le renvoya en Pologne. *Dudith*

avoit pris inſenſiblement du goût

pour les ſentimens des Proteſtans ;

l'article du Mariage des Eccleſiaſti-

ques lui tenoit principalement au

cœur ; il avoit eu deſſein de parler

ſur cette matiere dans le Concile de

Trente ; mais l'occaſion de le faire,

qu'il attendoit toûjours, lui avoit

manqué. Pluſieurs réflexions l'avoient

déterminé enfin à prendre ſon parti,

& à renoncer au célibat en ſe mariant.

Comme il avoit réſolu de prendre

une femme en Pologne, plûtôt que

par tout ailleurs, pour avoir occaſion

de s'établir dans un Païs qu'il aimoit,
il n'y fut pas plûtôt arrivé qu'il songea à chercher une personne qui lui
convînt, & il la trouva dans une
fille d'honneur de la Reine, nom-
mée *Reyne Strazzi*. Il l'épousa du
consentement de sa mere, mais en
secret ; se réservant à déclarer son
Mariage lorsqu'il auroit fini son Ambassade, & qu'il auroit mis ordre à
ses affaires, pour pouvoir fixer sa
demeure en Pologne.

De retour à la Cour de *Vienne*, il
commença à prendre ses mesures
pour aller réjoindre sa femme, qu'il
avoit laissée chez sa mere ; il demanda instamment à l'Empereur la permission de quitter ses emplois & de
se retirer de la Cour ; mais ce Prince
qui l'aimoit, la lui refusa, & le combla de nouveaux bienfaits, pour lui
ôter une telle pensée.

Deux années se passerent ainsi, au
bout desquelles l'Empereur l'envoya
pour la troisiéme fois, en Pologne.
Dudith fit tout ce qu'il put pour être
dispensé de cette Ambassade, dont
il croyoit ne pouvoir s'acquitter avec
honneur, en qualité de Prélat ; parce

que ſon Mariage commençoit à être   A. Du-
connu dans ce Païs ; mais ne pouvant DITH.
ſe deffendre des inſtances de *Maximi-*
lien, il accepta cet emploi, dans l'eſ-
perance, qu'après avoir terminé les
affaires, dont il étoit chargé, il pourroit executer les réſolutions qu'il
avoit priſes.

Il alla donc en Pologne, où ſon
Mariage fut bien-tôt ſçu de tout le
monde ; ce qui le détermina à écrire
à l'Empereur pour lui rendre compte
des motifs qu'il avoit eu dans ce
Mariage, & de la réſolution qu'il
avoit priſe de demeurer en Pologne.
Sa Lettre eſt du 28. Avril 1567.

M. de *Thou* rapporte une particularité, qu'il ne faut pas omettre ici.
» *Dudith*, dit-il, ayant été envoyé
» en Ambaſſade en Pologne, fut
» introduit en habits Pontificaux dans
» la Chambre du Prince de Pologne.
» Une des filles de la Reine, qui s'y
» trouva, ne l'eut pas plûtôt apperçu
» qu'elle rougit ; quoiqu'elle ne l'eut
» jamais vû auparavant. Dès qu'il fut
» retiré, le Prince demanda à cette
» fille d'où venoit le changement qui
» avoit paru ſur ſon viſage : d'abord

A. DU-
DITH.

» elle en cacha la veritable caufe ;
» mais enfin fe voyant preffée, elle
» l'avoüa ; & dit, qu'elle avoit rêvé
» la nuit précedente, que fes parens
» la vouloient marier à un Homme
» fi femblable à l'Ambaffadeur, à
» l'exception des habits Sacerdotaux ;
» qu'elle n'avoit pû fe voir fans que
» la rougeur lui montât au vifage.
» Comme il n'étoit pas vraifembla-
» ble qu'un homme qui étoit revêtu
» de la dignité Epifcopale, pût ja-
» mais contracter de Mariage, per-
» fonne n'ajoûta foy à ce fonge. Ce-
» pendant il eut fon accompliffement
» deux ans après : car fon pere étant
» allé à la Cour de l'Empereur, par
» l'ordre du Roy de Pologne, il la
» fiança à *Dudith*, qui ignoroit alors
» ce fonge. « Ce dernier fait eft abfo-
lument faux dans toutes fes circonf-
tances, comme il paroît par ce que
j'ai rapporté ci-deffus, conformément à ce que *Dudith* dit lui-même
de cette affaire dans fon Apologie à
l'Empereur. Il eft à préfumer que le
fonge n'eft pas plus veritable.

Le Mariage de *Dudith* ne lui fit
point de tort dans l'efprit de *Maxi-*

milien II. qui continua à lui témoi-
gner de la bienveillance, lui donna
même les titres de son Ambassadeur
ordinaire en Pologne, & de son Conseiller secret, persuadé que ses services pourroient lui être utiles en ce
Royaume, & qui lui accorda des
Lettres par lesquelles il témoignoit
qu'il étoit content de lui, & qu'il
l'avoit toûjours servi avec fidélité.

Mais il n'en fut pas de même à la
Cour de Rome : on y procéda contre
lui avec éclat ; il y fut cité & excom-
munié dans toutes les formes ; on l'y
condamna même au feu comme he-
retique.

Dudith ayant perdu sa femme, dont
il avoit eu deux garçons & une fille,
se remaria en 1579. avec *Elizabeth
Sborovits*, d'une illustre famille de
Pologne, veuve du Comte *Jean
Tarnow.*

Sigismond Auguste étant mort le 7.
Juillet 1572. l'Empereur, qui aspiroit
à la Couronne de Pologne, envoya
Guillaume de Rosemberg pour négocier
cette affaire ; mais afin qu'il la condui-
sît mieux, il lui donna *Dudith* pour
conseil. Il y avoit differens Partis dans

A. Du-
DITH.

l'Etat ; les Catholiques vouloient
avoir un Roy, qui fût bon Catholique, & les Novateurs en vouloient
un qui fût de leur créance, ou du
moins qui leur laiſſât la liberté de
conſcience. Les *Sborovits* s'étoient
déclarez pour les Prétendus Réformez. Ils étoient puiſſans, & *Dudith*
employoit tous ſes talens pour attirer
tout le monde dans leur Parti. Peu
s'en fallut qu'ils ne fiſſent pancher la
balance de leur côté ; mais enfin les
Partiſans de *Henri de Valois* l'empor-
terent ; ce Prince fut élu ; & *Mont-
luc*, Evêque de *Valence*, que le Roy
Charles IX. avoit envoyé en Pologne
pour ménager cette affaire, a ſouvent
dit depuis à M. *de Thou*, que dans la
demande qu'il faiſoit de la Couronne
de Pologne, il n'avoit point eu de
plus redoutable adverſaire que *Dudith*.

Deux ans après, *Henri III.* ayant
quitté la Pologne pour venir prendre
poſſeſſion de la Couronne de France,
on procéda à une nouvelle élection.
La Diéte aſſemblée pour cela ſe parta-
gea en deux factions, dont la plus
foible, dont étoit *Dudith*, fut pour

l'Empereur *Maximilien* ; mais l'autre A. Du-
qui l'emporta, élut *Etienne Bathori*, DITH.
Prince de Tranſylvanie.

Cette élection obligea *Dudith* à
ſortir de la Pologne, pour ſe ſouſtrai-
re au reſſentiment de ce Prince qui le
haïſſoit, & dont il avoit traverſé
l'élevation, & ſe retira auprès de
Maximilien. Mais cet Empereur étant
mort à *Ratisbonne*, où il l'avoit ac-
compagné, le 12. Octobre 1576. il
alla avec toute ſa famille en Moravie,
& y acheta le Territoire de *Paſcow*,
où il s'établit, après avoir obtenu les
privileges dont jouiſſent les Barons
de cette Province. Sorti alors de la
vie tumultueuſe où il s'étoit trouvé
juſques-là, il ſe donna tout entier à
l'étude, n'ayant d'autre plaiſir que
les ſciences & la converſation des
Sçavans qu'il attiroit avec ſoin chez
lui.

Il ne demeura cependant que deux
années en ce lieu, dont des raiſons
conſiderables, que ſon Hiſtorien ne
nous fait point connoître, l'obligerent de ſortir.

Il le quitta ſur la fin de l'année
1579. pour aller demeurer à *Breſlau*,

A. Du-
DITH.

en Silefie, dont le féjour lui plut préferablement à celui de toute autre Ville, & il continua à y faire fon unique plaifir de l'étude & du travail.

La mort d'*Etienne Bathori*, Roy de Pologne, arrivée le 13. Decembre 1586. le tira de fa retraite. L'Empereur *Rodolphe II.* qui vouloit faire élire *Maximilien*, fon frere, l'engagea à faire encore un voyage en Pologne, pour foûtenir fon Parti. *Dudith* fit tout fon poffible pour cela; mais un autre Parti plus fort l'emporta; ce fut celui de *Sigifmond III.* fils de *Jean III.* Roy de Suede.

Ce Prince ayant été élu, *Dudith* fe hâta de retourner à *Breflau.* Peu de temps après il fentit fes forces s'affoiblir, & la mort venir infenfiblement à lui.

Il mourut doucement, comme il l'avoit toûjours prédit & fouhaité, le 23. Fevrier 1589. âgé de 56. ans, fans avoir gardé le lit deux heures. Les Médecins, comme il arrive affez fouvent, ne purent convenir de la nature du mal qui lui avoit caufé la mort; les uns difant que c'étoit un abcès au poumon, & les autres foû-

tenant que c'étoit une apoplexie. Il A. Du-
conſerva toute ſa raiſon & tout ſon DITH.
jugement juſqu'à ſon dernier ſoupir.

Deux jours auparavant, à ce qu'on prétend, il avoit écrit à *Pretorius*, qu'il appelloit ſon Compere ; & à la fin de ſa Lettre, après pluſieurs difficultez conſiderables ſur les Mathematiques, dont il demandoit la ſolution, il avoit ajoûté ces paroles : *Il y aura une Eclipſe de Lune le* 15. *de ce mois, le Soleil étant au ſigne d'Aquarius, qui eſt mon Horoſcope. Si l'Aſtrologie eſt veritable, je ſuis menacé ou de la mort, ou de quelque maladie dangereuſe. Qu'en penſez-vous ?* Les dates font voir que c'eſt un conte fait à plaiſir.

On prit auſſi, dit M. *de Thou*, pour un augure de ſa mort, la réponſe qu'il fit à ſes domeſtiques le jour avant qu'il mourût : car leur ayant ordonné de faire venir un pauvre, qu'il avoit coûtume d'aſſiſter, & ſes gens lui ayant répondu qu'ils ne l'avoient pu trouver ; *peut-être*, dit-il, *je ne ſerai pas demain en état de lui faire du bien* : augure aſſez trompeur ; puiſque ces paroles ont ſouvent été dites

par d'autres, sans qu'il en soit arrivé
aucun accident.

Il fut enterré à *Breslau*, dans l'E-
glise de *Sainte Elizabeth*, avec cette
Epitaphe.

D. O. M. S.

Andreæ Dudith ab Horehovicza,
Domino in Sinigla; Antiquiss. Prosapia,
virtute singulari, eruditione multijuga,
diversarum Linguarum excellenti cogni-
tione, plurimarumque & maximarum
rerum usu vere illustri; incomparabili
vero trium Imperatorum, Ferdinandi I.
Maximiliani II. Rudolphi II. Consi-
liario; Oratori primario; Summis hono-
ribus, tum sacris, tum prophanis, Lega-
tionibus amplissimis apud exteros Reges
& Dynastas maxima cum laude per-
functo; carissimo omnibus; adverso
nemini, cunctis admirationi, Marito
exoptatissimo atque desideratissimo, suo &
liberorum nomine multis cum lacrymis
posuit Elizabetha, ex illustri & amplis-
sima Sboroviorum familia oriunda, quæ
ut in hac vita cum dulcissimo conjuge
per annos decem conjunctissime vixit,
ita ne mortuum quidem deserere, sed

cum

*cùm eodem in eodem Sepulchro quiefcere
voluit.*

*Vixit Maritus A. 56. D. 17. Obiit
Breflæ 23. Februarii 1589. Illa vixit....*

Dudith étoit bien fait de fa perfonne , & avoit quelque chofe de
majeftueux fur fon vifage. Il étoit
fobre , & ennemi de l'yvrognerie &
des excès de bouche aufquels ceux de
fon Païs s'abandonnent ordinairement. Il étoit doux, affable , civil ,
modefte , liberal , & extrêmement
charitable. Il fupporta avec beaucoup
de conftance diverfes calamitez , qui
lui arriverent. Il haïffoit les vices , &
non point les Hommes, & tâchoit de
faire du bien à tout le monde : c'eft le
portrait que *Reuter* en fait dans fa
Vie.

Pour ce qui eft de fa Religion , on
n'en fçauroit dire rien de bien pofitif.
Le defir de fe marier le fit peu à peu
approcher de la créance des Proteftans ; il embraffa leurs fentimens les
uns après les autres ; mais il ne s'en
tint pas-là ; fes irréfolutions en matiere de Foy le conduifirent plus loin:

A. Du-
DITH.

il donna dans les erreurs des Soci-
niens, qui encore ne le satisfirent
point, au rapport de *Martin Ruarus*,
qui étoit de cette Secte, & qui nous
apprend qu'il commença sur la fin de
sa vie à douter des principales veritez
de la Religion Chrétienne, ou du
moins à en disputer avec *Socin*; &
que comme on ne satisfaisoit pas entierement à ses difficultez, il prit le
parti de ne plus s'occuper des questions de Theologie, & se tourna du
côté des Mathematiques.

Catalogue de ses Ouvrages.

1. *Francisci Vicomercati Commentarii in Meteorologica Aristotelis. Parisi.*
1556. *in-fol.* It. *Venetiis* 1565. *in-fol.*
Lorsque *Dudith* étudioit à Paris en
Philosophie sous *Vicomercato*, ce
sçavant composa ces Commentaires; mais comme ils étoient écrits
d'un stile dur & barbare, comme
étoit celui des Philosophes de ce
temps-là, *Dudith* à sa priere prit soin
d'en réformer & d'en polir le stile;
& c'est dans l'état où il les a mis qu'ils
ont été imprimez.

2. *Dionysii Halicarnassei Judicium*

de Thucydidis Historia, Latine. Vene- A. Du-
tiis 1560. *in-*4°. It. *Basilea* 1579. *in-*8°. DITH.
It. dans les Oeuvres de *Thucydide.*

3. *Cardinalis Reginaldi Poli Vita.*
Venetiis 1563. *in-*4°. Cette Vie n'est
point de la façon de *Dudith* ; il l'a
seulement traduite de l'Italien de
Louis Beccatelli.

4. *Andreæ Dudithii Orationes in Con-*
cilio Tridentino habitæ. Apologia ad D.
Maximilianum II. Imper. Commenta-
rius pro conjugali libertate, cum appen-
dice Epistolarum DD. Imper. & Prin-
cipum Germaniæ Orationum, ac scrip-
torum aliquot. Studio & opera D. Qui-
rini Reuteri, Palatini, Professoris in
Academia Heidelbergensi. Offenbachi
1610. *in-*4°. pp. 230. sans la Vie de
Dudith par *Reuter*, qui est à la tête.
Les Ouvrages de *Dudith* qui se trouvent dans ce Recueil sont : 1°. Les
deux Discours qu'il fit au Concile de
Trente, l'un à son arrivée le 6. Avril
1562. & l'autre le 16. Juin suivant,
sur la Concession du Calice. Ils ont
été imprimez separément à *Paris* en
1563. à *Venise* & à *Padoue.* 2°. *Ora-*
tiuncula habita in concilio Tridentino

pro permiſſione Calicis in ſacra Cœna.
Ce petit Diſcours n'avóit pas encore
paru ; *Reuter* l'a publié ſur un manuſcrit de l'Auteur. 3º. *Excuſatio ad
Imp. Maximilianum II. in qua rationes
affert, quamobrem Epiſcopatu Quinque-
Eccleſienſi, & aliis honoribus abdica-
tis uxorem duxerit.* On voit dans cet
écrit pluſieurs particularitez touchant ſon Mariage, que la plûpart
des Auteurs, qui ont parlé de lui,
ont ignorées, faute de l'avoir lû ; il
eſt daté du 1. Juin 1567. 4º. *Matri-
monium omni hominum ordini, ſine
exceptione, divina lege permiſſum eſſe,
Demonſtratio.* Dudith compoſa cette
Piece pour tâcher de juſtifier ſa conduite, & l'envoya à l'Empereur avec
la précedente ; mais ce Prince lui
défendit de les rendre publiques,
ne & tibi ipſi, lui dit-il, *& nobis nego-
tium faceſſas ;* comme on l'apprend
d'une Lettre de *Dudith* à *Jean Metel,*
qui les ſuit. C'eſt pour cela qu'elles
ont paru ici pour la premiere fois.
Quelques Auteurs ont prétendu qu'il
avoit fait dans le Concile de *Trente*
un Diſcours ſur le Mariage des Prê-

tres ; mais ils ſe trompent ſûrement :   A. Du-
il nous dit lui-même dans ſon Apolo- DITH.
gie , qu'il avoit deſſein d'en parler ;
mais qu'il n'en trouva pas l'occaſion.
5°. Deux Lettres à l'Empereur *Maxi-*
milien ſur ſon Mariage. *Sandius* dans
ſa Bibliotheque des Antitrinitaires ,
dit qu'on a joint dans cette Edition
aux Ouvrages de *Dudith* , *Monita*
Politica ; mais on n'y trouve rien de
ſemblable.

5. *Commentariolus de Cometarum*
ſignificatione , & Diſſertationes Novæ de
Cometis. Baſileæ 1579. *in-*4°. It. *Vra-*
tiſlaviæ 1619. *in-*8°. It. *Ultraj.* 1665.
*in-*4°. avec un Diſcours de *Jean-George*
Grævius ſur le même ſujet. *Dudith* ſe
propoſe de prouver dans cet Ouvrage que les Cometes ne preſagent aucun malheur.

6. *Epiſtolæ Medicinales.* Inſerées
dans l'Ouvrage de *Laurent Scholzius,*
intitulé : *Epiſtolarum Philoſophicarum,*
Medicarum , ac Chymicarum , à ſum-
mis noſtræ ætatis Philoſophis ac Medicis
exaratarum volumen. Francofurti 1598.
in-fol. It. *Hanoviæ* 1610. *in-fol.*

7. *Poemata.* Ils ſe trouvent dans le

A. Du-
DITH.
second tome des Delices des Poëtes Allemands.

8. *Epiſtola ad Theodorum Bezam.
ſcripta Cracoviæ* 1570. *Cal. Auguſti
in qua diſputatur an Eccleſiæ nomen
ſoli Reformatæ conveniat. Heidelbergæ*
1593. *in-*8°.

9. *Quæſtio : Ubi vera & Catholica
Jeſu-Chriſti Eccleſia invenienda ſit ?
Olim Joanni Wolfio & Theod. Bezæ propoſita per Epiſtolam. Hanoviæ* 1610.
*in-*8°. Cet Ouvrage a été donné au
public par *Jean Lavater* de *Zurich*.

10. *Notæ duplices in Fauſti Socini
Diſputationem de Baptiſmo aquæ.* Im-
primée avec le Livre de *Socin*, & ſa
Réponſe, à *Racovie* 1613. *in-*8°.

11. On trouve dans la *Bibliotheque
des Freres Polonois* les Lettres ſuivantes de ſa façon. *Epiſtola ad Joannem
Laſicium Equitem Polonum, in qua de
Divina Triade diſputatur ; ſcripta Cracoviæ die* 9. *Junii* 1571. *Epiſtola ad Petrum Melium Paſtorem Debrecinenſem
in Hungaria. Cracoviæ* 30. *Januar.*
1571. *Alia ad eundem* 22. *Septemb.*
1571. *Epiſtola ad Joſiam Simlerum &
Joannem Wolffium Theologos. Cracoviæ*

7. *Julii* 1572. *Epistola ad Petrum Caro-* A. Du-
lium Concionatorem Varadiensem. Cra- DITH.
covie 1. *Aug.* 1572. *Epistola ad Theod.*
Bezam.

12. *Epistola ad Justum Lipsium*
Bresla 17. *Mart.* 1584. Inserée parmi
les Lettres des Hommes Illustres
écrites à *Lipse.*

13. *Epistola ad Joachimum Camera-*
rium. Elle se trouve dans la seconde
Partie des *Animadversiones Philolo-*
gicæ Crenii, p. 140.

14. *Epistola de Hæreticis non perse-*
quendis & Capitali supplicio afficiendis.
Christlinge 1584. *in-*8°. Cette Lettre
qui est du 1. Août 1570. a été imprimée avec un Ouvrage de *Lelius Socin*
sur le même sujet.

V. sa Vie par *Reuter* à la tête de ses
Discours. C'est ce que nous avons de
meilleur sur son sujet, quoique l'Auteur s'y soit trompé en plusieurs endroits, principalement par rapport
au Mariage de *Dudith*, pour n'avoir
pas consulté avec assez de soin son
Apologie. *Histoire du Socinianisme.*
Paris 1723. *in-*4°. L'Auteur de cet
Histoire copie *Reuter*, qu'il n'a pas

entendu en plusieurs endroits, &
dont il s'éloigne mal à propos en
plusieurs autres. Ainsi l'on peut assû-
rer que ce qu'il a écrit de *Dudith* n'est
qu'une suite de fautes & de contradictions. *Sandii Bibliotheca Antitri-
nitariorum*, p. 61. Ce qu'il en dit
n'est point exact. *Les Eloges de M. de
Thou & les Additions de Teissier.* Articles remplis de fautes. *Teissier* attri-
buë à *Dudith* des Ouvrages qu'il
avoit seulement dessein de faire, ou
qu'il n'avoit fait que commencer.
*Davidis Czuittingeri Specimen Hun-
gariæ Litteratæ*, p. 127. Article fort
superficiel.

Fin du dix-septiéme Volume.

Tome XVII.   M m

TABLE NECROLOGIQUE.

BRUNUS (Jordanus) m. le 17. Fevrier 1600.

AYRAULT (Pierre) m. le 21. Juillet 1601.

BARCLAY (Guillaume) mort en 1605.

BAUHIN (Jean) m. en 1613.

CHAPEAUVILLE (Jean) m. le 11. May 1617.

BARCLAY (Jean) m. le 12. Août 1621.

SAVARON (Jean) m. en 1622.

GODEFROY (Denys) le Jurifconfulte, m. le 7. Septembre 1622.

BAUHIN (Gafpar) m. le 5. Decembre 1624.

PASCHAL (Charles) m. le 25. Decembre 1625.

PUTEANUS (Erycius) m. le 17. Septembre 1646.

GODEFROY (Theodore) m. le 5. Octobre 1649.

SIRMOND (Jacques) m. le 7. Octobre 1651.

GODEFROY (Jacques) m. le 24. Juin 1652.

COSTE (Hilarion de) m. le 22. Août 1661.

TABLE NECROLOGIQUE.

GODEFROY (Denis) l'Historiographe , m. le 9. Juin 1681.

HEIDEGGER (Jean-Henri) m. le 18. Janvier 1698.

TOZZI (Luc) m. le 11. Mars 1717.

DUFRESNI (Charles Riviere) m. le 6. Octobre 1724.

POCQUET DE LIVONNIERE (Claude) m. le 31. May 1726.

Fin de la Table necrologique.

M m

TABLE

Des Auteurs contenus dans ce Volume,
selon l'ordre des matieres qu'ils ont
traitées dans leurs Ouvrages.

A

TABLE DES MATIERES.

Botanique.

C

Comedies.

Conciles.

Controverse.

Critique.

Mm iij

TABLE

D

E

M m iiij

TABLE

TABLE

TABLE DES MATIÈRES

condition qu'elles soient, d'en introduire d'impression étrangere dans aucun lieu de notre obeïssance, comme aussi à tous Libraires, Imprimeurs & autres, d'imprimer, faire imprimer, vendre, faire vendre, débiter, ni contrefaire lesdits Memoires & Catalogue ci-dessus exposés, en tout ni en partie, ni d'en faire aucuns Extraits, sous quelque prétexte que ce soit, d'augmentation, correction, changement de Titre, ou autrement, sans la permission expresse & par écrit dud. Exposant ou de ceux qui auront droit de lui, à peine de confiscation des Exemplaires contrefaits, de trois mille livres d'amende contre chacun des contrevenans, dont un tiers à Nous, un tiers à l'Hôtel-Dieu de Paris, l'autre tiers audit Exposant, & de tous dépens, dommages & interêts. A la charge que ces Présentes seront enregistrées tout au long sur le Registre de la Communauté des Libraires & Imprimeurs de Paris, & ce dans trois mois de la date d'icelles ; que l'impression de ce Livre sera faite dans notre Royaume & non ailleurs, & que l'Impetrant se conformera en tout aux Reglemens de la Libr. & notamment à celui du 10. Av. 1725. & qu'avant de l'exposer en vente, le manuscrit ou imprimé qui aura servi de copie à l'impression dudit Livre sera remis dans le même état où l'Approbation y aura été donnée, és mains de notre très-cher & feal Chevalier Garde des Sceaux de France le sieur Fleuriau d'Armenonville, Commandeur de nos Ordres; & qu'il en sera remis 2 exemplaires dans notre Bibliotheque publique, un dans celle de notre Château du Louvre, & un dans celle de notre très-cher & feal Chevalier Garde des Sceaux de France le Sr Fleuriau d'Armenonville, Commandeur de nos Ordres ; le tout à peine de nullité des Presentes, du contenu desquelles vous mandons & enjoignons de faire joüir l'Exposant ou ses ayans cause pleinement & paisiblement, sans souffrir qu'il leur soit fait aucun trouble ou empêchement. Voulons que la copie des Presentes qui sera imprimée tout au long au commencement ou à la fin dud. Livre soit tenue pour dûëment signifiée, & qu'aux copies collationnées par l'un de nos amez & feaux Conseillers & Secretaires, foi soit ajoutée comme à l'original COMMANDONS au premier notre Huissier ou Sergent, de faire pour l'execution d'icelles, tous Actes requis & necessaires, sans demander autre permission, & nonobstant clameur de Haro, Charte Normande, & Lettres à ce contraires : CAR tel est notre plaisir. DONNE' à Paris le 28 Novembre l'an de Grace mil sept cens vingt-six, & de notre Regne le douziéme, Par le Roy en son Conseil, DE S. HILAIRE.

Registré sur le Registre VI. de la Chambre Royale des Libraires & Imprimeurs de Paris, N. 530. F. 421. conformément aux anciens Reglemens confirmez par celui du 28 Fevrier 1723. A Paris le 3 Decembre 1726.
Signé, VINCENT, Adjoint.

De l'Imprimerie de GISSEY.